旅行卷

成为所有地方的所有人

青年文摘图书中心 编 李钊平 主编

中国青年出版社

目 录

都柏林：眼下就是美好年代

文／毛十八

—

都柏林太随便了，简直随便到匪夷所思。

一不小心在周六中午漫步到基督大教堂，看到这种随便的氛围弥漫整个街区，并且在随便里流动着愉悦——那是吱吱流油的德国碎肉肠、香辣呛鼻的墨西哥玉米饼、翻滚的炸土豆丸和甜腻的芝士蛋糕……十几种香味豪迈地混合在一起，独属于路边摊的气息。

小食摊的帐篷竟然就搭在基督大教堂的花园里！而且还是固定节目，每周两次。摊位密密排开去，呈井字形布满整个院落。觅食的人们手捧战利品穿过教堂石桥，要去教堂午祷的人毫不介意，穿过重重食物的障碍，哦，让上帝的归上帝，香肠的归胃。

教堂里自然也肃穆隆重。基督大教堂的唱诗班蜚声欧洲大陆。神父和唱诗班的声音在自带音响效果的建筑里产生了一种似从山顶飘忽下来、极远又清晰可闻的神秘效果。

但这只是一楼。教堂的地下有着英国和爱尔兰诸岛里最大的教堂地窖，展品则略惊奇。除了常规的各版本《圣经》，还出现了一对猫和老鼠的木乃伊。据说这对冤家死于 19 世纪 50 年代，老鼠在奔逃的过程中闯入管风琴，猫则紧随其后，两个倒霉家伙再也没能出来，直到修缮保养管风琴的工匠发现了两具干尸。

教堂把它们保存、展览，还亲切地唤它们作——嗯，如你所愿的——汤姆和杰瑞。

英剧《都铎王朝》前些年颇热火，作为主要取景地的基督大教堂，也顺势在地窖里轮番展出拍摄用的各色登基华袍或是婚礼盛装。

看完汤姆 & 杰瑞和"都铎王朝"，一转身就是教堂咖啡馆，供君稍做歇息。

《飘》的作者玛格丽特·米切尔在描述爱尔兰人上很独到。她把郝思嘉小姐身上不那么优雅端庄的部分都归因于爱尔兰，轻浮俗气、活泼好动、热烈刺激……很有些方便主义和及时行乐的味道，踏上这片土地再回味这些形容词方觉精妙。

在教堂花园大啖酒肉不热烈刺激吗？在教堂地窖轻啜咖啡不轻浮俗气吗？神父却一派"施主您多虑了"的随遇而安的表情，"教堂也需要有收入嘛。"

二

人在都柏林却时常联想到巴黎，实非我所愿。

明明城市气质如此不同，都柏林拙朴敦厚，很少能在这里发现奢靡气息，最美的地方是参差的树木、开阔的草地和苍茫的爱尔兰海，就连食物也重饱足而不重形式，炖牛肉满满一碗，汤汁醇厚，卖相排到后面，最要紧的是实在。

会想到巴黎，大概是因为那些只要到了都柏林就无法避开的名字——斯威夫特的《格列佛游记》是成长童话，王尔德的《莎乐美》是青春期唯美教材，乔伊斯的《尤利西斯》是文艺青年必修宝典，贝克特的《等待戈多》则是深沉青年的进阶课程。萧伯纳的冷笑话、叶芝的情诗、斯托克的吸血鬼……巴黎的左岸因群贤毕至而无出其右，相比之下，仅一己之力造神无数的都柏林简直有些过于强大。

不提陈年旧事了吧，单看眼下。左岸的咖啡馆——花神、圆顶、双叟们，如今挤满游人，都柏林的比尤利咖啡馆却简直是默片里的旧时模样。推着手推车的母亲和闺密絮絮聊天，上了年纪的爷爷奶奶坐在窗边分吃一块蛋糕，每天中午吃饭的人顺便看一幕短剧——这是比尤利若干年前的创举，午餐戏剧，丰俭由人，4 欧元的当日例汤加三明治或者 12 欧元的前菜主食和甜点，一个多小时看一出戏。从来没有人说这里是文艺圣地，吃吃喝喝的人全都不以为意。

他们还有一种叫作"灯笼裤之光"的冰激凌，说来简单，就是高杯里装上水果和冷饮，上面再摆一粒樱桃的玩意儿。这种高杯冰激凌诞生在 20 世纪初的英国，还未独立的爱尔兰便自然迅速流行起来——难得的是竟有咖啡馆一直做到现在。原版到底更高级，除了水果冷饮，还有谷物奶油和小饼干棒，层层叠叠无愧于"灯笼裤之光"。五十多岁、儿子都上大学了的都柏林人约瑟芬阿姨说，这是她初恋的时候，和狂野长发乐队小男生一起来吃的东西。

他们甚至在 2011 年选了一个诗人做总统。书店里，他的诗集和叶芝的摆在一起。

三

在都柏林，很少能感受到工业碾压过的钝痛和资本席卷后的狡黠。爱尔兰被称为绿岛，世代农耕加上战争不断又遭遇饥荒，几番错过工业转型，始终过着养牛养羊骑马打鱼的日子，却意外好运气地直接搭上 IT 时代的快车，有过一段被称为"凯尔特之虎"的奔腾岁月。随后，金融危机爆发，欧洲陷入窘境，其他欧洲国家一片怨声载道，倒是爱尔兰能迅速回到曾经的习惯中去：文学、音乐、田园。

有酒万事足。都柏林人对酒有着毋庸置疑的自豪心，因为那里诞生了全世界最著名的啤酒。"啤酒出了酒厂就难以控制，出了都柏林更要变味。"

威士忌也一样。爱尔兰人固执地在威士忌的单词里硬生生加上一个e，英国连带上欧洲大陆都是whisky，爱尔兰偏是whiskey，因为，"E for excellent"（E代表完美）。

都柏林生活里酒的分量之重，甚至催生出了比教堂外的集市更让人无语凝噎的产物——教堂里的酒吧。

亨利八世后，英国改弦更张，脱离罗马教廷，顺便也在都柏林建造了大量的新教教堂，但爱尔兰人始终笃信天主教。爱尔兰独立后，新教顿失坚强后盾，首都满大街空出的新教教堂怎么办？一部分便宜行事的爱尔兰人把新教教堂改成了博物馆、图书馆，或者不计前嫌地，也把它们变成天主教堂；另一部分嗜酒的爱尔兰人，则把剩下的新教教堂变成了酒吧。入夜，人们在寂寞了100年的管风琴旁把酒言欢，仿佛在吃喝玩乐中可以解决一切。

伍迪·艾伦的电影《午夜巴黎》里，男主角坚信巴黎最光芒四射的时光是20世纪20年代，那个有海明威、菲茨杰拉德、艾略特、毕加索和达利的巴黎。他穿越到了那里，自觉幸福得不能更幸福，却愕然发现，在那些海明威们眼里，黄金巴黎也不过尔尔——身处黄金巴黎的人们，更向往19世纪90年代的巴黎。

"美好年代"终究是个悖论，每个年代的人都对眼下心存不满，幻想着另一个时代的生活是多么惬意，而都柏林的美好年代就在当下，载歌载舞，把酒吟诗。

小不列颠

文 / 金秋野

    2003 年一部讽刺英国社会的电视剧《小不列颠》在 BBC 播出，剧中所有主要人物都是由两名喜剧演员易装扮演的，以极端到变态的黑色幽默挑战观众的思维情趣。看此片时很惊讶英国人的大胆，竟敢把这样疯狂、纯粹的闹剧搬上荧屏。

在美念书的第一年，六月份到英国待了十天，十天里面对人生抉择等大问题，使得旅行本身也笼罩着别样气氛。我只游玩了大不列颠的一小部分，故将此篇冠名为"小不列颠"，童叟无欺。

大　学

清晨乘机场长途汽车来到牛津小镇。伦敦的瓢泼大雨泼到这里，零落成为家乡的梅雨。一年未见的初中老友黛西撑伞等在那里，我须臾有了回家的错觉，那吹在脸上的雨丝也几乎化作泪痕。

一样是围绕大学的小镇，牛津与我待的安娜堡截然不同，反映出老欧洲的紧密与古老。这里街道窄，转弯多，密密匝匝的建筑群滴着雨水尚在晨梦当中，没有多少闲置的树林与草地去被雨润湿。我走在黄土色的学院"碉堡"下，抬头见几世纪前雕刻的狰狞人头与怪兽，蓦然觉得学问真是吓人。

见识了牛津大大小小的学院，格局大致相同，都是堡垒围绕方庭。堡垒上空风云变幻，给人魔法驾临世界的感觉。堡垒内细节处各有匠心：栽花种草。开个天窗，钻个井口，有些江南园林精细的味道，是美国粗犷新潮、拿钱堆出来的大学不能比的。

牛津大学的味道在于它传承了几世纪的传统或怪癖。学生考试要去一栋专门的建筑考，叫作考试学校。着装是类似学士服或律师服的黑袍，胸前佩戴康乃馨，考试第一天戴白花，最后一天戴红花，中间戴粉花，以我的理解是象征考试如流血，血染白花，血尽人亡。六月份正是血流成河的时候，但是流完血就有死亡狂欢。我每天都能看到几批刚出考场的学生，被朋友簇拥着，用鲜花气球香槟，乃至鸡蛋番茄酱面粉，把街道和自己糟蹋得不成样子。当"面粉人"从你面前欢叫跑过时，墙角里总有个警察在不动声色地看着。

乡村与庄园

英国乡村是此行必看的。我听到一个无从考证的说法是，欧洲三个最美的村庄，英国占了一个，那便是水上伯顿。

乘火车穿越英格兰心脏的科茨沃尔德地区，大片绿野中零星散着青树和它们的影子。邻座的英国人睡得就快要枕我腿上了。途经的村庄无不是石头小屋、尖顶教堂、纹章小酒馆的排列组合，阴天下色彩低伏，沉淀着历史和梦境。书说这些英格兰的蜜色小房子在阳光下会闪闪发光，但我更喜欢眼前哈代小说的阴郁意境，亮丽的少女也隐于尘土。

进村时走过的石墙小巷，使我想起了皖南含蓄的古村落。水上伯顿这个有小河穿过的村庄，生活如悠游水上的鸭子般静谧和睦。美景有微醺的气质，游客是短醉，居民是长醉，这一点从他们恬静虚化的目光就可看出来。我们就餐的小酒馆吧台前围着收工后喝一杯的本地人，纷纷直率地打量三个中国女青年，想来乡下地方还不惯于看到外国人。中途我出外一趟，回来在门口碰见那些人，其中一个便满脸荡漾着小村风情对我打招呼，有些质朴和单纯。再漫步到河边树下，依偎静坐的老夫妇凝望细水长流，鸳鸯白头，真让人觉得这里流的、喝的水里都是情意，可以一见钟情，又可以一生倾情。

可到了黄昏时分，村庄大部分的房子依然鸦雀无声，没有灯光，没有炊烟晚饭的迹象。暮色四合中四处门扇紧闭，我们不由得想要尽快逃离这封闭的乡下。黛西说英国住家就是这样，从外面看根本猜不到里面有人。我们后来有次步行到牛津外缘的住宅区，果然也是这样。那些阴沉高耸的房子里仿佛就该有精神失常的母亲和虐待儿童的家庭教师。想起来，这个惯于隐匿的民族以侦探小说与希区柯克闻名。

靠近谢菲尔德的查茨沃斯庄园是电影《傲慢与偏见》、《女公爵》的拍摄地，两个片子都有我喜欢的美女凯拉·奈特利。在庄园富丽堂皇的楼里转悠，便有寻觅芳踪的感觉，可尽情想象那些精致的餐具、梳妆

用品曾在谁的手里把玩。假发与礼服被免费提供给游客穿戴拍照，过把古代贵族的瘾。

户外的看点更好，走几步就有个地洞、喷泉、迷宫、雕像之类，别出心裁，花样百出。山坡上的石屋里流淌出清泉，活泼亮丽地逐级流向山下。从苏州园林到英国庄园，可见从前东西方贵族共通的乐趣就是把自己安在画里——廊厅里无穷无尽的肖像也说明了这一点。只是如今谁都可以入画，山坡上躺着坐着各色人种的游客，小孩赤脚在水池中嬉戏。旧时王谢堂前俨然已成百姓的人民公园。

这公园也还是有主人的。那尊贵的 Sir 每年过来住几个月，其余时间便开放了卖纪念品、收门票、拍电影。独乐乐不如众乐乐，从经济学上也颇可以讲得通，想必 Sir 也深谙这个道理。

伦 敦

伦敦，让我怎样说伦敦？

闯入它是在希思罗机场，等候开往牛津的班车。鸽子飞到人们腿间避雨，疯子咒骂的气势有如莎士比亚戏剧。王朔说读英国小说会觉出英国人谁也不爱，包括他们自己。英剧《小不列颠》里那恶毒的搞笑叫人脊背一阵阵发寒。于是我着陆后贪婪地注视这些不列颠人，看他们到底像不像传说中那样古怪。

我看见冷嘲热讽的神气小老头、庄严冷漠的古板老先生、浓眉弯眼的"憨豆"先生、目光如鹫的疑似足球流氓——第一批走入视野的人如竹筒倒豆子纷纷倒进我对英国已有的印象套子里。不过印象本来是空穴来风，容易让人见风就是雨，陷入偏见的俗套。至于此地服装上的紧身和深色调倾向，还像在披头士流行那会儿，想来这就是严肃利落、不轻易改变的绅士风。

第二天从牛津来到伦敦正式游玩。在白金汉宫门前听到了各国语言，看到各种肤色的手举相机，追着马车、骑警狂拍。熊皮帽戴成比萨斜塔的卫兵无聊了，挥手走几步正步，引起围观游客如追星族般一阵骚动。我在报上看过英国人赡养王室的费用是每人每年一个面包的钱，当时就发感想：原来这样便宜，那么养着倒也好玩。

在伦敦仍然是以步当车，想看的景点都相距不远，选定了路线正好一路逛过去。三大公园在伦敦城中占据了广大的面积，古代是皇家花园，如今向全民开放，如三块翡翠瑰宝在城市中央安置了绿色栖息地。我在圣詹姆斯公园里漫步，目睹了这样一幕：三个本地小伙与一名金发女游客迎面走过后，其中一人大拇指往后一倒，问同伴："她靓吗？"同伴狂笑。发问的小伙也油笑着自己回答："不。"看得我额头滴汗——果然哪里的小青年都一样。

在国家画廊只看了些 16 世纪前盛大的宗教画，就从查林十字街穿过咖啡馆遍布的索霍区，赶往大英博物馆。中途光顾了推荐的一家炸鱼薯条店，很是被店员的古怪英语郁闷到，而这事在英国屡见不鲜。大约因为是他们原创的语言，怎么玩都来得，于是各种吞音，各种口音，存心不让人听懂似的。美语老实清晰，还要被英国人鄙视。

臭名昭著的大英博物馆挤着整整一所日本中学的学生——我生平从没见过这么多日本人，都从一个岛跑到另一个岛看宝贝来了。你完全可以想象当年的英国人怎样疯狂地冲到世界各个角落，捡起地上任何一根鱼骨头猫尾巴，更别提名副其实的宝贝，揣在怀里兴冲冲地带回岛上的场景。这个热衷收藏的民族的确为世界收藏界做了贡献。因为他们是擅长收藏的，有些宝贝如果放在原处，真不知还会不会存在。但是在这里见到中国玉碗跻身于印度神像、埃及木乃伊中的那一刻，我还是感到了战利品示众的屈辱，作为本国人也许会为强盗祖先而感到耻辱。果然有英国游客感叹："What a shame！"这样一个让谁都受辱的所在却成为伦敦的金牌景点，谁来了也不能不看，或许因为它是免费的。

博物馆看得眼花，出来在繁忙的律师会馆一带走了走。像所有大城市一样，街上人行色匆匆，谁也不多看谁一眼，我就像隐身人迷失在异国他乡的人流当中。伦敦市中心也就那么点大，走几步又到了泰晤士河畔，伦敦眼摩天轮和大本钟隔河相对，一个很摩，一个很笨。西敏寺已经关门开始做晚祷了。

快要结束游览的时候，我心血来潮拐上贝克街，一路走到尽头找到了221B号，福尔摩斯纪念馆。这当然是英国政府专为纪念这位著名的虚构人物建立的，按照维多利亚时代的风格布置了大侦探的日常起居。门口还有古装的女佣和门卫，像模像样地接待前来拜访求教的客人。据说这里每年都要收到几千封世界各地来信，认真地向大侦探咨询问题，足可见读者的虔诚或幽默感。福尔摩斯左边是猫王商店，猫王左边是披头士，这样排排坐的架势让人想起名人胁肩谄笑，互壮声势。披头士的发源地利物浦我没去，便在披头士商店听了会儿歌，拣了张明信片。

这就真要走了，可惜不是回家，只是从一片陌生的大陆飞往另一片陌生的大陆。

天亮出关，一路飞行越过洋面，再没有和一个人说话。这星球果然很孤单。

普罗旺斯：向南向南，向着太阳

文／苤苤

薰衣草神话

记得 10 年前，普罗旺斯在中国远没有现在这么流行。可能这和彼得·梅尔的《普罗旺斯的一年》引进有关，这本讲"慵懒的生活才是正经事"的书走红了，但其实也就是影响了一小撮文艺青年、编辑及编剧什么的，但他们不停地在杂志上、电视剧里提到普罗旺斯这个地名，它便走入中

产阶级的梦中。尚未理解，也无须理解，就把这个词生吞下去了，以致很多楼盘的名字都爱用它，比如"商丘普罗旺斯"，只要首付××万元你就可以住到"普罗旺斯"了。

　　国人对普罗旺斯的突如其来蜂拥而至的热情已经吓傻了法国人。可能背后偷着乐的也有，比如产自普罗旺斯的护肤品品牌欧舒丹，这几年在中国就很吃香。其实，无论10年前还是现在，普罗旺斯都不曾在法国人以及欧洲人的罗曼蒂克情怀中占据特殊位置。特地给在法国长居的朋友打电话确认了一下，他对普罗旺斯的印象就是每年5月劳动节出现在全法街头的一小束一小束的 lavande，是从普罗旺斯来的，这也是他爱用的一款法国20世纪60年代开始流行的传统男士香水的香味。直到前两年才和中国来的朋友口中不停提到的薰衣草对上等号。"我总觉得好地方是自己发掘的，而不是这种人云亦云，一窝蜂似的。一帮人对薰衣草的赞美和想象，一下打破了我对它的来源地的小好奇，就觉得心中的一个小泡泡破灭了，更提不起兴趣去普罗旺斯。所以你问我普罗旺斯的印象，我真说不上来。"他说。

　　与 lavande 不同，"薰衣草"之名，总给人带来浪漫和神秘莫测的想象。我想至少有两个原因：第一，亚洲的爱情电视剧制造神话的能力真的很强，亚洲人爱从众；第二，可能就是存在于中国人潜意识里，对"薰衣"二字的感觉。从唐初诗人陈子良的"云影遥临盖，花气近薰衣"，到王勃写"智琼神女，来访文君。蛾眉始约，罗袖初薰"，还有明代陈洪

缓的名画"斜倚熏笼图"。古代仕女都是要把衣服放在竹篾编的熏笼上熏香了再穿的。在金城武、陈慧琳主演的电影《薰衣草》里，女孩的职业就是香薰师。那时香薰已经在当代社会有了将流行未流行的趋势，所以编剧会觉得这个职业时髦。其实薰衣、香薰都是我们古代雅士的生活方式。冒襄在《影梅庵忆语》回忆他和董小宛的过往："姬与余每静坐香阁，细品名香。"你瞧，"薰"字不仅有香味，还香艳。现在也有附庸风雅的人重拾古人的这种生活方式，上好的沉香可是比去法国看薰衣草贵多了。

除了中国人之外的人对普罗旺斯的印象是什么样？《凡·高传》中有提到。凡·高从巴黎启程去普罗旺斯前，他的朋友意见不一，鼓励他的一方觉得，全法国人都知道普罗旺斯的太阳大，那儿的人都被晒疯了！你做出任何异常的举动，都会淹没在周围定期发作的神经病中。凡·高听了觉得这还行，就更想去了。男人间的会话不会太多讨论风景，自然讲到女人。画家劳特累克对普罗旺斯女人的评价其实道出了普罗旺斯古往今来的历史："你应当见一下阿尔的女人，天下最美丽非凡的妇女。她们仍旧保留着她们希腊祖先的那种单纯、优美的身材，同时融合了她们的罗马征服者的精力充沛、强健的体魄。但奇怪得很，她们却带有明显的东方风韵。我想这也许是8世纪阿拉伯人入侵的结果。真的，维纳斯是在阿尔找到的，文森特。那模特是个阿尔女子呀！"

凡·高的第二故乡

普罗旺斯位于法国东南部，全年阳光灿烂，风光明媚，从自然条件上可以说，是很优美的一片沃土。地中海带来湿润的海洋性气候，与意大利接壤，面积6000多平方公里，相当于上海市，但地级划分的层次上要多。有地道且漂亮的农村，银绿色的橄榄园，玫瑰色的果园、葡萄园，当然还有薰衣草田，给这片大地染上丰富轻快的色彩。还有一些著名的文化城市，阿维尼翁、阿尔勒、大学城艾克斯–普罗旺斯等。

500多年前，普罗旺斯是罗马帝国第一个在阿尔卑斯山之外的省，罗马人给了它一个霸气且粗鲁的名字——"我们的省"，现在的叫法就是从这个短语演化而来。Provence 这么一个带着殖民色彩的词，翻译成中文却变得浪漫起来。

我坐 TGV（高速火车）南下普罗旺斯，到达阿维尼翁时，正是 6 月。"二战"后，法国经历了文化重建，普罗旺斯比较著名的项目是 1947 年开始的阿维尼翁戏剧节和戛纳电影节。几周后，近千场戏剧演出会给这个人口 8 万的小城带来 50 万的游客。我没有在阿维尼翁多做停留，在车站出口租上车就去了 40 公里外的阿尔勒——凡·高创作了他绝大多数代表作的地方。

阿尔勒濒临地中海，小城的中心是一座圆形斗兽场。由于历史的原因，我们在普罗旺斯看到的建筑，尤其古代教堂与修道院都是罗马式的。自文艺复兴时期以来，就是诗人文士频频光顾之地。薄伽丘描写过这个地方，莫里哀浏览过这个小镇，伏尔泰也曾在这里喝咖啡。

阿尔勒与法国其他地方比起来，最与众不同的是它的天气。除了法国南部的日照，还有海面反射过来的天光，给人的第一感觉就是空气亮得炫目。很多人解析凡·高画出那样的画，是因为精神病眼睛看到的世界就是那样的，或者说他可能喝苦艾酒喝得致幻了。但是当你在一个恰当的时间来到阿尔勒，忽然对凡·高何以画出那样的画有恍然大悟之感，甚至很容易就理解了整个印象派。那儿的天空就是画里的那个样子呀——

太阳像一颗旋转着的液态火球，给它照耀到的一切事物都镀上了一层黄色。山峦呈现出不同层次的紫罗兰色，酒瓶一样绿的柏树，好像着了火似的往上生长。错落有致的屋顶铺的都是红砖瓦，但是由于强烈的日照，退化成不同层次的红。天空的颜色在白天是一种深沉的蓝，甚至蓝得发黑。到了傍晚，红日沉落在庄重古老的修道院上空，夕阳的余晖

照射着从乱石堆中生长出来的松树的树干和枝叶，给它们染上一层橙红的火焰色，而远处的松树呈现出醒目的普蓝色彩，树下白色沙滩和层层白色岩石也蒙上了浓淡不同的蓝。天空变成清透的钻蓝时，天边总交织着玫瑰色的火烧云。夜幕是清透的深蓝色，星星闪烁。这种酷热以及纯净透明的空气给凡·高创造出了一个他未曾见过的新世界。

我从小城中心的拉马丁广场往上走，会经过一些石造庭院，到处都能看到凡·高的复制画，空场上也总少不了售卖凡·高复制品的摊位。不知道这座城市是不是以这种谦卑的姿态来对100多年前市民联名给市长写信驱逐发病了的凡·高的行为说抱歉。

阿尔勒夏日看似宜人的气候里隐藏着一个大问题，每年冬天从阿尔卑斯山刮过来的西北风，有时时速可达 100 公里。为了遮挡那能把人晒得发疯的太阳，这儿的胡同窄得只要伸开手臂，指尖就能碰到两边的房子。又为了避开凛冽的北风，阿尔勒的街巷在山坡上故意弯来拐去，没有一段超过 10 米长的直路。

凡·高曾经很喜欢并邀请高更来居住的黄色房子已经拆了，但曾经入画的夜晚咖啡馆仍在营业，我还去参观了凡·高住过的精神病院。当时很多人住一间屋子，凡·高成名后，就把他活动过的区域单辟出一间，从窗户望出去，田野的景色十分宜人，他的大量作品都是在普罗旺斯的田野产生的。那个地方因为风大，所以人和树就长成那样。

从阿尔勒开车去艾克斯–普罗旺斯市，有七八十公里的样子。艾克斯是大学城，是罗马帝国时期的古都，也是画家塞尚的故乡。塞尚在这里买下了一座山，创作了大量的印象派代表作，后来他的拥趸毕加索不仅买下塞尚的很多作品，而且亦步亦趋来到普罗旺斯定居，买下了 1000 公顷土地和沃维那格城堡，去世后埋葬在这里。那座城堡对外开放，也是一个值得参观的去处。

行驶在普罗旺斯的路上，会看到很多的小教堂和修道院，罗马式建筑令人感到庄重，砖色又给人质朴感。"就像一株崇高的浓荫广覆的上帝之树腾空而起，它有成千个枝干、百万条细梢，它的树叶多如海中之砂。"凡·高《星夜》前景里的教堂的样子可能就是对歌德这些溢美之词最好的诠释。教堂和修道院附近的田地里总是种植着大片薰衣草。那种一眼望不到头的华丽颜色，对我们中国人来说，简直像大地过于慷慨的厚爱，的确有点令人唏嘘。你之前觉得大地给我们小麦、稻子、土豆已经很好了，但去了普罗旺斯，看到大地给人家的是那些，能不哭吗？

很多人不知道的是，我们在国内小区内见到的薰衣草都是三根一束的，是工业用的，不能榨出精神保养和美容用的精油。普罗旺斯的薰衣草是另一个品种，一根一束，生长周期短，但是可以榨出真正安神的薰衣草精油。教堂旁边，通常有大大小小的手工作坊，卖装着薰衣草的小包，可以放在衣柜里驱虫薰衣，而那些小玻璃瓶里的精油真的好用。我随身总带着在普罗旺斯买的精油，比如昨晚吃羊肉串过敏了，嘴周围开始有点红，抹上就好了。

蓝色海岸

"二战"后，普罗旺斯日渐成为法国人和欧洲人旅游向往的目的地，随着高速公路的建设，TGV 的开通，从巴黎到普罗旺斯坐火车也就三个多小时。缺乏日照脸色惨白的英国人最喜欢去普罗旺斯买房子了。七八月间，人们从巴黎涌到美丽的南部，安慰自己辛劳一年的心灵，最受欢迎的还是能让人在沙滩上躺着的蓝色海岸。蓝色海岸沿线著名的城镇包括尼斯、圣多佩、戛纳以及被法国包围的摩纳哥大公国的蒙特卡洛。

有一年我坐火车从米兰去戛纳，先在蒙特卡洛下了车，戛纳和蒙特卡洛是菲茨杰拉德和他老婆珊尔达喜欢留恋的城市。我最近又把《了不起的盖茨比》看了一遍，觉得盖茨比家的盛筵就很像蒙特卡洛。但盖茨比不像珊尔达，他根本对此无所谓的。我去参观蒙特卡洛的皇宫，惊讶地看到墙上的壁画仿如深圳大芬村的水平。摩纳哥的国王并不掩饰他们的家史，某个当众议员的祖先篡位得来的王位，在战争时通过各种妥协、斡旋保存下来。可能至今这种无道德束缚的野性仍流淌在现在的王室成员中，导致格蕾丝王妃去世的车祸，以及斯蒂芬妮公主第一个丈夫的游艇事故，都在欧洲传得离奇。蒙特卡洛是在 19 世纪末开办起赌场后才富裕起来。让我想到另一个城市拉斯维加斯，一座大假城，白天每一样东西看着都像道具，到了晚上歌舞升平，充斥着性与金钱的交易，积累财富的主流方式不是靠辛勤的劳动或正义的智慧———一个势利的城市。

避开戛纳电影节的高峰期，来看看这座城市的地理面貌，然后发现我们从电影杂志里从小就熟悉了的戛纳，就是一座被文化概念架起来的城市，在没有电影节的时候乏善可陈。电影宫和朝阳区文化馆差不多大，爬上城边的一座山俯瞰，跟其他海滨城市也谈不出区别。好像奢侈品店多一点，跑车多一点，人时髦一点。海滩上风很大，远处是庞然大物般的邮轮。酒店房间的墙上，伊丽莎白·泰勒的一张照片占了一整面墙。去门口养着金鱼的竹园吃饭，墙上贴着来此一游中国影星的照片，要不是菜太难吃，没觉得在法国。竹园拐过来没多远，算是酒吧街，聚集着哪儿都能看到的那种烂蒲的年轻人。酒吧的黑人老板来自塞舌尔，穿着挺括的白衬衫，很招金发美女喜欢。就是在戛纳，你可以充分认识到文化产业的能量，它可以把一座平淡无奇的城市变得举世无双。

除了莫奈、雷诺阿、塞尚、凡·高、毕加索、皮埃尔·博纳尔、伊夫·克莱因这些画家，普罗旺斯还吸引着许多文化人。滚石乐队的吉他手基思·理查兹在他的传记《滚吧，生活》里写道，70年代初，他们为了避税离开英国住在蔚蓝海岸的费拉角，那时他们经常录音录到天亮，就直接从录音室的码头开着船去意大利的芒通吃早餐，看着蒙特卡洛在海岸线滑过。

晚年的基思在法国的度假天堂圣多佩有间别墅，这是我从《名利场》上对凯特·莫斯的采访中看到的。凯特在他的别墅里度假（她和理查兹夫人也很要好），基思对凯特的采访者说，凯特有种能把任何方式的找乐儿变成艺术的魔力。这一句话让我对基思的归纳总结能力刮目相看，后来才买了他的自传。圣多佩最早是一个小渔村，法国女作家柯莱特在20世纪50年代带朋友来此度假，经过一众文化人的镀金后，如今才变成上流社会的度假胜地。圣多佩我没有去过，但当我明白圣地都是因为活人和事才充满活力，而且在富人扎堆的地方，装模作样凑那儿吃饭的感觉也不是太好，也就不特别渴望去了。圣多佩与很多我喜欢的文化偶像有关。比如萨冈，她是随柯莱特来的最早的那帮人之一，她对圣多佩很有感情，然而后来这一带的赌博业耗尽了她的积蓄与活力。关于圣多佩的故事最有温度的是，当年碧姬·巴铎离开甘斯布回到自己的丈夫身边，有一天，甘斯布在圣多佩一家餐厅看到她迎面进来，他的脸变得煞白，所有人都看出他还爱着她。

烟火印度

文／安妮宝贝

　　我走过幽暗的巷子和街道，在街边路过一家牛奶店，决定坐下来歇息。灯火通明的店堂，四五个穿白衣的老年男子在工作，角落里摆放着一些擦洗干净的铜制容器。他们出售生牛奶、热牛奶、奶酪、各式Lassi。很多客人光顾，有些堂吃，有些打包带走，一切整洁有序。我点了一杯热牛奶，看到男子用锡碗来回倒，让奶的温度略降低，然后装进玻璃杯送过来。杯口结出厚厚一层奶皮。如此醇浓的牛奶，的确很久没有喝到了。此时是深夜9点过，夜色中的店铺和人群，依旧充满生机。

　　敞开的店门口，一辆叮叮当当的老式的有轨电车开过，随后，男子驾驭着一架插满花朵的马车奔腾着经过。这些场景，仿佛是发生在某个电影里。一切如此安然，我感受到眼睛里微微湿润的触动。这是加尔各答，一座古老的城市。它什么都不愿意放弃，什么也不曾错过。这个城市充满如此之多的新和旧的元素，有时搅动翻腾，让人觉得晕眩和不知所措。而这一切，正是印度。

　　三个小时之后，我赶到机场，等候搭凌晨的飞机回昆明。候机厅里坐满脸色疲惫的夜行旅客，一个中年男子起身去买东西，让我照看他的行李，回来之后开始跟我闲聊。从城市、工作、个人经历一路说起，絮絮叨叨，强人所难。我突然发现自己在旅途中不喜欢跟陌生人说话。我宁愿看着右边一位喇嘛衣着的老人，打开他用黄布兜着的经文，独自安静诵经的样子。他脖子上挂着一串红珊瑚佛珠，眉毛已经雪白，裸露出来的手臂依然结实。而身边这个倾诉欲强烈的男子，开始说起自己始终无法习惯咖喱，一闻到咖喱气味就不舒服。而我在印度，经常有的感叹，恰恰是以后再也吃不到这样有劲道的咖喱了。它们是多么美妙的食物。

人的开放性是不一样的。那种即使出来旅行，仍需固执地带上方便面和榨菜的中国人，真的不适合离开他们既定的生活规则和地理环境。旅行是拥有开放性的人才能享受的乐趣，旅行意味着尝试、冒险、实践、探索，面对种种的不安定和不确定。这种不安定和不确定，在印度会显得更加酣畅淋漓。

例如，你必须随时面对突然变卦和耍赖的司机，他们会没有任何羞耻之心地索要额外的不合理的报酬。酒店里的服务员，强行进入房间摆弄，撤下床单和拖鞋，迟迟不走，只为等着得到小费。卖票的人不主动找零钱，除非你硬着头皮问他索要。路上冒出搭讪和纠缠的陌生人，一路说话，只为最后说服你去某个旅游代理处或购物场所……如此种种，有时不免让人的情绪产生波动。旅途劳顿之中，这些骗局、谎言、欺诈、赖皮的行为，有时令人突生厌恶，并变成自己不喜欢的样子，爆发出脾气及强硬态度。但这一切，正是印度。

在日本，或者在欧洲，不会发生这样的事情，所有的人与事都是干净的，干脆的，有条理，有秩序。印度的旅程则注定让人无法轻松，总是需要绷住神经跟人斗智斗勇，总是需要提前做出一个坏的打算。无法相信别人，是一种糟糕的情绪。因为这种情绪带来的困扰，对自己强烈得远甚于有过错的对方。那些人在得逞和不得逞之间没有任何困扰，他们始终保持着可进可退的潇洒态度。

即便如此，这些小小的代价仍值得付出。如同精妙绝伦的咖喱酱汁只有印度才有。据说里面含有丁香、小茴香籽、胡椒、桂皮、八角、草果、姜黄粉、川花椒、芥末子等各种不同的香料，有些可多达数十种。每个不同的餐馆烹制出来的咖喱因此也不会单调，因为可以自主搭配。通常我会点羊肉咖喱，配蔬菜炒米饭或者一种叫作 Naan 的泥炉中烤制的扁面饼，搭配一杯清凉的 Lassi，是新鲜的酸奶和冰水调制出来的饮料。这即是完美一餐，即便持续十几天也不厌倦。因为每一个不同的城市不同的餐馆，吃到的咖喱会有不一样的口味。我对咖喱的接受和熟悉度，如此直接，并不需要任何多余步骤。

着迷这个国度，即便它有时候看起来贫穷、污脏、疯狂、拖沓，同时，它又是这样的丰富、精妙、优雅、开阔，不拒绝先进的事物，但不丢弃骨子里的传承和血脉。所以，这个民族是充满开放性的，有十足韧性的，同时，也有珍惜而又包容的心。如同加尔各答的街头，能看到黄色出租车、人力三轮车、马车、有轨电车、轿车、地铁……各式交通工具，能看到清真寺、教堂和印度教的小寺庙共存，看到密密麻麻的餐厅、商铺，也看到各式小摊贩。他们只需要一小块地方，就可以在那里出售卷烟、水果、榨汁、蔬菜、各种小吃……在这种貌似无序和混乱的格局中得到一处小天地，于其中施施然地生存。这些人看起来不焦躁也不急迫，很少见到他们吵闹。每一天，如此密集地聚集在一起，在各种喇叭和市井噪声中度过热闹喧哗的白日。在这种处境中，你恰恰会发现他们因此而显得静而安稳。

像所有来到此地的世界各地的游客一样，我的常规生活，不过是每天上街逛逛，看人，看旧房子，在小餐厅里点辛辣芳香的咖喱，午后看一场男欢女爱的印度电影。电影院里，感情奔放的印度人经常随着剧情大呼小叫，不时哄笑或拍手，着实投入。黄昏走出剧场，街边骑楼下鸽子飞翔，野狗躺在人行道正中酣睡，骑象人赶着大象慢慢走过来，牛也出来觅食。这块天地，人与自然，人与动物，人与植物，相处得安好。新与旧，现在与过去，并不断裂。这种感触在斋浦尔、乌布代尔、加尔各答这样的城市更加明显。

我所着迷的，就是这样一种现代中的古老，前进中的退却，动中的静，以及混乱之中的优雅。而这一切，正是印度。

埃及：谜一样的国度

文／冯镜明

远古文明密码

探访埃及，其实是前来"猜谜"。

每每站在某一个耳熟能详的著名景点前，我如同在翻阅一本封面布满了厚厚尘垢的史册，沉浸在一种时光倒流的氛围里。往回追溯到公元前1550年，古埃及新王国时期，埃及人就如同今天的游客，从四面八方长途跋涉前往神圣的吉萨高地，凭吊他们的伟大先王。

埃及5000多年的文明历史，留下了太多难解的谜团，太多的神秘。

在茫茫黄沙中遗世独立几千年的金字塔，千年不腐的法老"木乃伊"，斯芬克司之谜，古代都城卢克索，掩埋帝王的帝王谷，纸莎草制成的世界最早的纸张，与中国甲骨文有着异曲同工之妙而年代却更为久远的象形文字，有着倾国倾城美貌、让一代枭雄一怒为红颜的"埃及艳后"克里奥佩特拉，横扫千军、缔造了丰功伟业的一代君主亚历山大，以及亚历山大城内那座最终被汹涌海水淹没的擎天灯塔……这些林林总总的历史陈迹，正是人类寻找的通向世界文明源头的一个个通道。但可惜，后人却一直找不到打开这些通道的钥匙。或者说，存留至今的每一个著名的古埃及景点，正是古人给后世人留下的一个个谜团，要让后世人在这些谜面之前皓首穷经、世代不辍地追寻自己的前世今生。

人类文明最早的发祥地之一为什么是古埃及？为什么是这片漫漫黄沙覆盖下仅余的绿洲？从当今地理上看，古埃及虽然地处亚非交通要道，但本身的地质条件并不优越，一条狭长的尼罗河三角洲地带，被肆无忌惮的黄沙紧紧包裹。

为什么要建造金字塔？如何建成金字塔？为什么它的数据与天体的运行规律暗合？它到底是人类的智慧结晶还是外星文明的杰作？斯芬克司之谜要昭示什么？法老身后被制成"木乃伊"，真的如考古学家所言是为了来世？为什么古埃及的象形文字至今无人完全读懂？为什么记述历史的古籍竟然没有一部存世？假设那部《埃及史》在恺撒大帝攻占亚历山大城后，没有被夹在70万卷图书中付之一炬，而是至今留存人间，古埃及的千古之谜是否就可以迎刃而解？人类的历史是否需要改写？

还有，为什么一种站立在巅峰之上的文明却难以为继，有如一些古代建筑般颓然坍塌，最后一切要从头开始，并且再难企及？为什么古埃及国力强盛至此，到后来仍为异族所灭？古埃及是人类文明的开山鼻祖，是由于历史本身的漫长，如同滚烫而至的黄沙，让人类在艰途跋涉中迷失了眼睛，还是古人的恶作剧，好让后人在这些旷世杰作面前自惭形秽，并由此迸发出解谜的冲动和激情？无论是何者，都是历史的必然，也是历史本身的一部分。

法老治下的古埃及是一个黄金时代，将作为一个制高点和范本永存于人类的记忆之中。解读古埃及，就是解读人类的前世今生。它是回望人类古老历史的一扇窗户。

同一时空里的古今

金字塔是当今人类考古史上的哥德巴赫猜想，是人类的梦工场，各种奇思妙想可以孕育于此，各种世间奇迹可能诞生于此。每一次考古发现，都让世人惊喜甚至是战栗，睁大了好奇的眼睛，并极力展开想象的翅膀。

但到了金字塔，却有几个没想到。

没想到金字塔竟然离开罗城这么近。驱车从宾馆出发，往郊外方向没开多久，眼前就开始浮现大漠景象，再开上一阵子，又见人流、骆驼和警车，这才终于让我确信，金字塔到了。位于尼罗河西岸的吉萨高地，被世人称为"一个地球伟大文明的遗嘱"，在电影、图片、书画等媒介上见过无数遍的大金字塔，就这样坦陈在我眼前。

据专家考证，开罗城本身便奠基于古埃及建造开罗城时劳工所搭建的工棚。也许，距离之远近，在不同的时空是相对的。时移世易，伴随着开罗城的日渐扩张，道路和交通工具的不断发达，在远古时代可能是遥不可及的金字塔，到今天也只是咫尺之遥。

没想到眼前的胡夫金字塔，并没有想象中或在照片中见过的宏伟壮观。这座古代世界七大奇迹唯一幸存的古迹，在照片中的形象大都经过摄影师不同角度的拍摄、剪裁、修辑，以突出金字塔的伟岸。可是，一旦到了现场，在广阔宏大的地理空间背衬下，又无参照之物，纵使是恢宏无比的人类建筑巨作也可能会被矮化？又或许，太过知名，反而容易失去震撼感？

其实，观看大金字塔，不能仅凭现代人的眼光，还要加上历史的光圈，想象着几千年前，人类没有任何现代科技的辅助，仅凭双手建成这种建筑奇观，你的内心顿起敬畏之心。有历史学家考证：要建成金字塔，当时10万人足足花费了20年的光阴。据专家称，哪怕运用现代科技手段，当今要建造这些庞然大物，仍然要面对诸多棘手难题。

埃及明文禁止游客攀爬金字塔，却容许游客交钱后通过一条神秘的内部墓道，攀爬直抵它的心脏位置，那里有一座墓室。记得早年中央电视台曾做过开启金字塔墓室的实况转播，墓道之复杂精密令人叹为观止，印象深刻。

这次攀爬犹如一次探险，金字塔内部犹如迷宫，墓道构造迂回曲折，时宽时窄，宽大处可阔步而上，狭小处则需躬身而行，或侧身而过。一路攀爬更是一路惊叹：古埃及人是何等的伟大，有着怎样高超的力学水平，他们可以一面将金字塔的外部搭建得严丝合缝，石方之间的缝隙不容插进一个薄刀片；一面又在金字塔内部的巨石构件之间预留了神秘墓道，结构有如立体的国际象棋一般复杂。除了墓道据说还有好几条通道。通常墓道都是平挖或向下掘进的，只有胡夫金字塔的墓道是一直向上堆砌，通往一处位于金字塔中央的墓室，那里摆放着一个花岗岩石棺椁，是用于殓葬法老遗体（木乃伊）之所，据称这里为国王墓室，在其之下有一座王后墓室，底层还有一座地下墓室。最神奇之处还在于：国王墓室尺寸比例，正符合坐标三角形的公式。

没想到在狮身人面像和金字塔前，现代媒介将我们与古人相接于同一时空。这是一场精彩绝伦的声光表演，令人高山仰止的5000年文明历史被浓缩在短短的时间内，当一幅幅古埃及历史画面栩栩如生地渐次映入眼帘；当绚丽变幻的激光配上空灵的音乐和低沉的解说，撞击着人们的视觉和听觉神经；当古老巍峨的金字塔和荒凉深邃的沙漠在激光映射下隐现其间，当萧萧风声透过夜空传递着阵阵寒意；当一轮明月高悬于金字塔的头顶，清辉遍洒亘古大地……此时此刻，身临其境的人们便恍若置身于那个曾站在人类世纪之巅的古埃及辉煌时代，仿佛看见那些缔造了古埃及伟大文明、已随时光远逝的先贤圣哲们，以排山倒海之势，自大漠深处纵马而来。

往昔辉煌何处寻

古埃及文明盛景的碎片至今在埃及大地上俯拾皆是。除了举世闻名的金字塔，人们还可以从美丽的纸莎草画、神庙上的巨型浮雕以及帝王谷中的宏大壁画中，窥见古埃及的富裕、奢华和权力。据说三千年前的

埃及神庙撒满了黄金白银，古代巴比伦国王曾致信阿蒙诺菲斯三世："在兄弟的国度，黄金多如尘土。"

但往昔的辉煌何处寻？

纸莎草画和芦苇船的失传和重生就颇具象征意义。纸莎草是生长在尼罗河边的淤泥和沼泽之中的草本长茎植物。古埃及人早在4500年前就学会了用纸莎草造纸，比中国蔡伦发明的"蔡侯纸"还要早上两千多年。但随着中国造纸术传到埃及，纸莎草纸日渐式微，最终销声匿迹。只是，冥冥中天降神人，一个名叫拉杰布的埃及人，退休后潜心钻研纸莎草纸的制造工艺，经过反复试验，终于使这一文化瑰宝重见天日。

在尼罗河上荡漾摇曳的芦苇船，其实是用芦苇捆扎，抹上沥青而成船身，再在船上挂起一张亚麻布制成的帆，靠着风力在尼罗河上航行的一种帆船。可别小看了这些芦苇船，它甚至可以横渡大西洋！现代人已将其成功复制。在埃及出土的一艘古船，船龄高达4700多年，船身长达近50米，足见古埃及高超的造船技术。

卢克索，地处埃及中南部。关于卢克索，有这样一种说法："当现在的大多数国都还没有人迹时，它已完成了国都的使命。"这里的国都指的是底比斯，即现在的卢克索，荷马史诗中所称颂的"百门之都"。兴建于中王国第十一王朝时期的底比斯，距今已有四千多年历史，到新王国时期，底比斯国力鼎盛，城市横跨尼罗河中游两岸，号称当时世界上最大的城市，人烟稠密，广厦千万。在将近700年的漫长岁月中，古埃及的法老们就在这片被誉为"上埃及的珍珠"的土地上缔造了人间奇迹。但到了今天，这里仅遗存庞大的卡纳克都市遗址，以及那座由巨型石柱支撑的卢克索神庙，无言诉说着曾经辉煌的历史和人世间的沧桑。

亚历山大城，一座可以让所有到访的游客低下高傲头颅的城市。一代枭雄亚历山大大帝为埃及留下了世界性大都市，许多年后，承继亚历山大伟业的拿破仑在其生命历程的尽头曾这样慨叹："亚历山大大帝建立亚历山大城所获取的名声，远远高于他的最辉煌战绩为他带来的赫赫威名。这是一个令人难以抗拒、注定要成为世界中心的城市。"

标志正是那座早已淹没在海底的擎天灯塔。它见证了亚历山大大帝如何在一个边远荒芜的悬海边上，白手兴业，将亚历山大城从无到有打造成帝国的中心，并迅速成为世界的中心。

可是，如今到访的游人，站住亚历山大城的海边，举目四望，除了那座气派不凡的宫殿，只剩眼前的烟波浩渺，浊浪滔滔。昔日的荣耀，早成了一个传说。

历史，自有其演进的逻辑，我们唯一可以验证的是：人类文明的发展过程并不是纯粹的线性，不是简单的"一加一"，而是"零和游戏"，是不断的中断和重复。人类文明发展史是一部在自己的废墟中不断重建的历史。

开罗那些高楼大厦的背后，是一栋栋楼顶裸露的房子，一束束钢筋十分扎眼地直指天空。据说，那是由于房子一旦建成后，将被课以重税，于是，当地人宁愿对楼顶不加以整修，任其钢筋横生。那方圆数十里的死人城，活人与死人共处一室的情形，令人不可思议。在帝王谷墓地，一位守墓者见我独自一人到来，便远远招手，接着跳下了葬有法老的墓穴，并向我伸出手指，示意我也跳下去，以便可以近距离观看到法老木乃伊，但先要给点小费。在卢克索，乘坐马车绕城一周，沿途见到的百姓生活情景，离现代化还有相当遥远的距离……现实太多的局促和不堪，令人不由得感叹：或许是埃及人的祖先过于奢侈和挥霍，将后辈的福分也享尽。

生死相守于尼罗河

古埃及人的生死观，就像金字塔一般令人捉摸不透。

金字塔、木乃伊、帝王谷……这些如雷贯耳的名字都与死亡有关，都是为法老的生命得以永恒而存在。

穿行于埃及，如同在观看一组组有关生与死的画面：制作木乃伊旨在灵肉结合、寻求永生，建造金字塔是为灵魂指向来世，葬于帝王谷既为避盗墓，也是求不朽……古埃及帝王在生前享尽了荣华富贵，同时穷其一生为自己的来世铺平道路。

一条尼罗河，将卢克索分隔了阴阳两界，一半给了生者，一半给了亡者。乘坐风帆船在尼罗河上观光，举目望向河的东岸，可见街市人流，熙来攘往，在古埃及时期，它是当时的宗教、政治中心，皇宫和神庙拔地而起，卡纳克神庙和卢克索神庙傲立其中；掉转头远眺河的西岸，一片肃杀荒凉，空旷宁静，这里是法老们死后的安息之地，帝王谷和皇后谷的所在。

无论是安放在神庙中的雕塑，刻画于帝王谷里的壁画，还是描绘于纸莎草上的图画，都折射出古埃及人的生死观。主题之一便是人参与了宇宙秩序的建立，出发点就是要使法老们和世俗之物不朽。古埃及人的目标，就是要永远年轻地活下去，法老因之常常被描绘得年轻而优雅。古王国时期，坟墓的装饰图刻画的是墓主生前的主要活动和在生前最快乐的时光。古埃及人对太阳和甲壳虫的崇拜，也昭示他们对于死亡的抗拒，对生命的执着和激情。

在这个尊崇死亡的国度，人们终其一生都在为死亡做准备。

古埃及人也相信，人在跨进死亡的门槛时将会有一场神的审判。在帝王谷，《亡灵谷》上的 741 个神灵形象都出现于壁画中。《告诫莫里卡尔》中写道："当一个人到达（冥河之畔）时，他所做过的事就堆放在他的身旁，而且永远不可更改。"他们相信："阿努毕斯在天平上用代表真理的玛阿特女神的一根羽毛称量死者之心，一旦天平向死者倾斜，等待在一侧的怪兽即会扑上去吞噬死者之心，永世不得超生。"

但史料也告诉我们：由于耽于通往未来世界的幻梦，古埃及的贵族祭司们纷纷献媚于权贵，最终腐化堕落，让古王国的道德大厦坍塌。

古埃及人出于对来世的恐惧，为自己的归宿而煞费苦心，最终他们得偿所愿了吗？还是最终只是沦为供现代人瞻仰和研究的对象？

有一点连聪明绝顶的古埃及人也无法预料，他们这种生死宗教观念，给后世留下了许许多多不朽的人间杰作，让世人可以将其作为指针，拨向人类历史的深处。

我们应该庆幸，这个地球上，曾经有过一个古埃及。

瑞典：一艘阳光下的船

文／李贤文

瑞典诗人托马斯·特兰斯特勒默荣膺 2011 年诺贝尔文学奖时，我才第一次翻阅他的诗歌。他的《尾声》这样描写北国瑞典：

十二月。瑞典是一艘搁浅的解去索具的船

对着薄暮的天空，它的桅杆锋利

而薄暮比白日，持续得还要长久

长夜比死亡更冷

闭上双眼，那艘庞大、冰冷、离群索居的木船始终漂浮在我的脑海。黑暗而压抑的天幕下，它任由冰封的海流推动着。它的粗笨的船头吃力地扎进怪石嶙峋的海湾。它的身后是永远到不了的、不知名的彼岸。

深冬的瑞典，好像这艘遭受抛弃的大船被忘却，因而寂静地废弃在世界的边缘。在这个没有阳光照耀的、短暂的白昼铅色般暗淡的国度，一切似乎就快奄奄一息。

2008-2010 年，我在瑞典最南端的斯戈纳省度过了两个寒冬。记忆里，上午 10 点左右天才放亮，午后 3 时就擦黑了。即使正午，城市里也都到处开着灯，仿佛雪地里即将熄灭的火星。疏懒的沃尔沃大轿车努力放射出柔和的灯光，迟缓地从石铺的古城尽头驶来。忽明忽暗的稀薄光柱在暗蓝色的城市中缓缓移动着。不多时，一切重归寂静。

最初，想到那个垂死的冬天我就绝望。透过紧闭的窗户，铅色的天空下，墨色的阴沉沉的一望无垠的树林，像一潭凝固的湖水，没有一丝生气。世界被洗褪了颜色，把明黄洗得铅灰，把鲜红褪成黑墨，城市暗淡无光，翻滚的海水漆黑一片。

气候塑造人的情绪。朋友们渐渐寡言少语，把自己锁进窄小的屋子里，似乎害怕被夜色吞没。在电灯的光芒里，每盏窗前仍旧点上蜡烛，既为了给这苍白的冬天徒劳无力地添上一星暖色，也挣扎着希望火光微弱的热量能温暖小小的空间。冬夜里的瑞典人，自杀率出奇的高，他们大声喊唱着死亡摇滚，在极寒的绝望里坠落。而我则趁着天还亮着，早早躲进地下自习室，好哄骗自己忘掉漫漫长夜的噩梦。

颠仆于日光之海

漫长的寒冬有四个月之久。刹那间，春天重返大地，世界好像被从冷柜中推了出来，恢复了生机。阳光！到处都是阳光，突然之间，（用北岛的话来说）"好像钟停摆——阳光无限"。阳光，这冬季最稀少的财宝，在四月间忽然慷慨地、无穷尽地放射出来。蓝得有点儿泛紫的天空下，整个世界都给照得通透可爱。

没有经历过苦寒的严冬，就体会不到春天来临时那份感动。旅居阿拉斯加数十年，1996年不幸殉难的生物摄影师星野道夫说：如果没有冬天，就不会这么感谢春天的到访、夏天的极昼，还有极北的秋日美景了吧。如果一整年都开着花，人们就不会这么强烈地思念花草。花朵会在积雪融化的同时一起盛开，那是因为在漫长的冬季里，植物们早已在雪地下做好了准备，蓄势待发。我想，人们的心灵也是在黑暗的冬天里，累积了对花朵的满怀思念。

希望你能理解为什么瑞典人如此爱阳光。阳光造就了两个瑞典民族——夏天的瑞典人和冬天的瑞典人。有阳光的日子里，他们真一分钟都不愿躲在屋子里。他们恨不得像一颗盐粒融化在明媚的光线里。四月回暖，草长莺飞，草坪上处处是享受阳光的少女少男。稀稀寥寥的两个人会躺在日光下小睡，有些会从日出看书到日落，多几个人会玩游戏，聊聊天。明媚阳光下，草坪就是瑞典人的海滩。不少女孩子们只穿着比基尼，甚至裸着整个上身，千姿百态地将每一寸肌肤呈现给太阳。男孩子们高声唱着歌大口喝着啤酒——你简直没法相信这是几个月前蜷缩得刺猬样的瑞典人。

为了迎接终于到来的初夏，全城的年轻人会相约在公园聚会，一起喝个酩酊大醉。这原本是纪念女圣徒圣·沃尔珀哥的节日，在瑞典被叫作"Valborg"。在我留学的隆德城，大学生们提前半个月便开始预备各种酒水。4月的最后一天，人们早早地出发，奔着狂欢而去。阳光无比绚烂。

公园里，数不清的学生把草地堵了个水泄不通、人满为患。每个人都大声地说话，粗犷地喝酒，把冬夜积压的忧郁彻底宣泄，从日出到日中，从日中到日落。

蜜色永昼

4月起至8月底，瑞典的漫长夏季可谓美好至极。明媚的日光、超长的白昼和凉爽的气温，这一切让瑞典成为不可多得的避暑胜地。6月下旬，即使瑞典南部的白昼亦可达17小时之长，瑞典人纷纷前往自家夏屋，享受丝绸般悠闲的美丽夏日。

2009年的7月底，我与两个朋友乘火车去斯戈纳省东南海岸的约斯塔德消夏。慢吞吞的紫色火车在一路平坦的草场间轻松驶过。明亮的太阳似乎永远悬挂在头顶。那是个无忧无虑无边无际的盛夏。面朝一个浅浅的小海湾，深色的波罗的海就在海湾之外。没有沙滩，只有碎石铺就的海岸。潮水拍打岩石，激起一阵又一阵泛着泡沫的浪花。遥远的海的尽头漂浮着一艘雪白的巨轮。我们面朝大海、背对阳光坐上好多个小时。我们海阔天空，什么都聊。脚下的野草强劲地生长着，努力在有限的盛夏华丽地绽放。

傍晚6点，太阳西斜，气温骤降。晚上9点左右，太阳徐徐降落在身后的树林里，将天幕的一角染成不可思议的红色。10点天空方才黑尽。披两件外套，歪在椅子卜看璀璨的星空。瑞典人可不知道，这样的星夜对我来说多么珍贵。从很小的时候起，我就只能靠想象来观察宇宙。如今，缀满闪亮星辰的天幕就在咫尺眼前，仿佛伸手就可摘取。

"好好享受吧！"朋友说，"再过几个小时可就天亮了。"

此刻夜凉如水，海湾静谧一如冰封。再过几个小时，左侧就将泛起微红。月球与明星渐渐隐身在不断褪色的蓝色天幕上。海潮在人无法察觉的空隙偷偷来临，再悄悄离去。

冰岛小记

文／于　坚

　　我想象着冰天雪地，童年时代依稀听到过的神话，海盗、女神什么的。再过十分钟，飞机将降临冰岛。

　　外面是铅灰色的天空，下面是海，飞机几乎贴着海面飞行，出现了几处青紫的长痕，像是大海的皮肤曾经被什么擦伤，那是一些岛。

　　接着，飞机跌了下去。千钧一发，在就要受伤的一瞬，突然伸出坚固的爪子，牢牢地抓住了地面。趁它还没有站稳，看了一下正在尾随过来的岛，一片寒冷的荒原展开在机舱外。暗褐色，就像中国西部。远处停着一些火山，像深灰色的金字塔。大地上，火山喷发的残渣，灰烬遍布。但火山的成绩并非只是一片焦煳，自然界已经见缝插针，卷土重来，矮树林、灌木丛和荒草蓬勃生长，透出苍老的黄色，显示着一个晚秋景致。更远的天底下卧着冰川，像是某种有着冰蓝色脊背的海兽。

冰岛基本保持着原始的状态，就像月球。零零星星的城市、房屋就像是刚刚卸下的集装箱，风一起就要无影无踪。轻灵鲜艳，没有欧洲那种被历史压得喘不过气来的坚固与沉闷。这个岛上没有大理石。举目四望，我觉得自己像宇航员那样，抵达了史前的洪荒。世界不是国家的、民族的，世界没有边界，世界是一种保管。上帝派每个民族分管着一方水土，伊甸园是标准。道法自然，原天地之大美，冰岛人没有糟蹋这个岛，没有用罄它，看不见那种叫作推土机的凶猛动物。他们老老实实地保管着荒凉，亿万年前是怎样的荒凉，现在大部分还是。

有个冰岛男子，脸色铁青，头发金黄，举着个小牌子，上面写了我的名字。他是来接我的。他一开口，就像生锈的水龙头那样，忽然淌出了流利的汉语，我吓了一跳。这个岛上有一个孔子学院，他是院长哥尔。他的汉语使我和冰岛亲近起来，我总觉得来迎接我的将是一头湿漉漉的海豹。

从机场到雷克雅未克城开车要走50分钟，穿过三个城市。出了机场，汽车开始行驶在一幅幅古老的油画之间，像一只获得了灵感的笔徐徐地滑行着。路上几乎没有车辆，偶然来了一辆，像是放大了身体的甲壳虫。道路笔直地切开荒原，只有两车道，黑色的柏油实线，鲜明深刻，像第二次世界大战期间的那种道路。比柏油路更为进步的水泥路正在世界铺开，灰白的道路漫长得令人发昏。冰岛却停在黑暗的柏油路时代，使我精神一振，仿佛我们将驶回历史。

三月的时候，艾雅法拉火山曾经爆发，现在灰已经散去。大地上空气透明，可以看到极远处的动静，空气的茸毛在天边颤动。很少岔路，偶尔出现，到荒原中间就中断了，路尽头是一栋房子，几棵树环绕着它。路边也会出现成片的绿洲，里面站着一些马，老得不像话的马，头发长得遮住了脸。据说，冰岛马是地球上最纯的马种，早在公元930年，冰岛为了避免混种，订立了禁止马匹进口的法规。马只要出了冰岛，就不可以再度回国。

雷克雅未克是一个彩色的城市，白房子、蓝房子、红房子、黄房子……几乎看不见什么高楼，都是平房，散布在海岸上。人口不到30万人，全国近三分之一的人生活在这里，其中一人获得了诺贝尔文学奖，在岛上经常可以看见此人表情威严的照片。看上去他是一位很有使命感的作家，他叫拉克斯内斯。我查了一下他的传记，里面开列着他写过的小说，哦，看看这一串书名就知道冰岛意味着什么：

《天空美景》、《上帝的礼物》、《世界之光》、《在圣山下》、《大自然的儿子》、《独立的人民》……

我一本都没有读过。拉克斯内斯的故居在雷克雅未克郊外的乡村哈多尔·古兹永松。这个乡村只有一栋白色的房子，旁边有一个小游泳池，周围是荒原、灌木、火山遗石、溪流以及一条荒凉的公路。他的房间里可以看见天空、暴风雨和闪电。像《呼啸山庄》里描写的那种荒野。

我跟着一个诗歌代表团来冰岛。欢迎诗人的晚会上，有个丰满的金发女歌手唱民歌，她穿着红裙子，长得像渔夫的吉他手为她伴奏，她摇晃着身体朝空中挥舞着手臂，发出美妙的声音，恍惚之间，觉得他们是站在大海边上，正在向大海告饶。大海啊，饶了我们吧，你的大波浪，你的风暴和闪电，你的寒冷，你的死亡，你的无边无际，啊，饶了我吧。

冰岛人给我的感觉是都很害羞，我们这些不请自来的游客，忽然闯进他们的岛上，而他们正在睡觉。这种害羞感也许在古代就遗传下来。他们惊奇地看着我们这些闯入者，像某种天真的动物。同为西方种族，冰岛人的表情却少见西方人那种不经意流露出来的世界主宰者的坦然，好像很自卑似的。

诗人的来访惊动了冰岛总统，我们接到邀请去总统府与总统先生一叙。总统府在大海边的荒原上，数公里外就可以看到有着红色屋顶的白房子，在蓝宝石般的天空下闪闪发光。总统府只有两栋房子，一栋是两层楼的总统寓所，另一栋是座小教堂。教堂站在总统府前面，总统的权力到此为止。灿烂的阳光穿过落地玻璃窗外的植物涌进来，总统府内部是一个小型的私人博物馆，没有丝毫政治迹象，像一个附庸风雅的中产阶级人士的寓所。墙上挂着风格鲜明的冰岛画家的油画，野兽派的风格。会客厅不大，80平方米吧，铺着色彩温和的地毯。总统先生出来了，穿着浅灰色西装，他是一个容貌和蔼、个子高大的老人。像中国唐朝的皇帝一样，他对来宾大谈诗歌，如数家珍。正像传说中的那样，总统先生对来宾高谈阔论的时候，穿燕尾服的肥胖侍者背着一只手，用另一只手托着盘子走进来，里面盛着香槟酒、小糕点，请来宾享用。哥尔说，总统府他来过两次。他的意思是，随便来好了。总统接见人民，听取人民的意见，这是他的工作，选他当总统就是让他干这个的。

冰岛的食品很贵，许多是从欧洲进口的。就是鱼，也非常贵。一不小心，一顿饭吃了30欧元。只有几片面包和一些鱼干，两片柠檬。

市中心展开在一个丘陵上，最醒目的建筑不是通常的摩天大楼，而是1986年完工的哈哥穆教堂，高73米。表面是用水泥糊成的，在我的经验中，水泥是非常难看的东西，但这个教堂很美，被造型成一座立起米的管风琴，简洁无华，水泥表面被处理得像是粗粝的火山熔岩。死于水泥厂的岩石在宗教中又复活成新的岩石，工匠们内心中那座隐秘的火山使岩石超越了岩石，更高的岩石，岩石之上的岩石。其实不存在丑陋的建筑材料，要看是谁在用。就是大理石、汉白玉，也可以用得丑陋无比。

雷克雅末克城里的主要街道是一条购物的小街，小商店一家挨着一家。每个店都在卖毛衣似的。冰岛的毛衣世界闻名，那都是手工织的。

我摸了摸，很厚，很暖和，和我母亲织的差不多。

市中心的小广场放着长椅。有几个醉汉整日坐在那里，即使北风呼啸也不走。他们守着旁边的一个圆筒状的公厕，那公厕的门要按一些复杂的键才可以打开。

公墓，里面林立着白墓碑，为幽暗的树木环绕，像是一根根骨头，我总觉得那些在大海边逝世的亡灵，骨头很白。

就是在水泥建造的坚固旅馆里，也感觉到岛在轻微波动，隐含着不安，似乎在等待着沉没，等待着那场最终席卷一切的大海潮。

拉克斯内斯的小说叫作《诗人之家》。这确实是一个崇拜诗歌的岛。冰岛国家破产，陷入经济危机，居然有人提倡用诗歌拯救冰岛。那意思并不是说写诗可以填饱肚子，而是说诗歌可以引领人们回到大海，回到生命的原始感受。

冰岛方面请人带我们参观雷克雅未克老城，他们每带我们到一个地点，就朗诵与此地有关的诗或者散文，介绍某诗人曾经在此写诗，他的生平，等等。我们去了四五处，湖边的码头、小广场、有雕塑的花园、最古老的房子、一栋黑色油漆的木板房。朗诵了三次诗，两次小说。朗诵者是一位作家，他音色浑厚，很激动，大声地念出结尾。

天空很蓝，但是不深。最深的地方是天空与地平线之间，那里有一个白炽的深渊。

大海在脚下，在头上，在周围。太阳和星星也涌出海水。

地面留着史前的许多清水、苔藓，令人不敢轻举妄动。

大地上远远传来沉闷的声音，天空里水气飞扬。忽然间，阴郁的高原做梦般地裂开，露出巨缝。一条混浊灰黑的大蟒似的河流从天空中倾泻下来，滚滚跌下断层，像是中了大陷阱的千军万马，人仰马翻、奔流激荡、惊天动地，然后闷锤般落进大峡谷，向着后面的海渊去了。

这是冰岛著名的瀑布——黄金瀑布，宽2500米，高70米，可谓境界雄阔，气势磅礴，黄河上的壶口瀑布也不过如此。

瀑布旁边立了一块碑，是为了纪念西格里德·托马斯多蒂尔女士。据说，在20世纪20年代有家外国投资公司，企图在这里建水电站。这个大瀑布的拥有者、地主托马斯拒绝卖地，但是开发商却绕过他取得了政府的许可。托马斯的女儿西格里德·托马斯多蒂尔挺身保护瀑布，威胁要跳到瀑布中殉身。后来通过法律途径，瀑布被保留下来。1975年，西格里德·托马斯多蒂尔将"私家园林"——这个大瀑布送给冰岛政府作为自然保护区。

冰岛古代最伟大的诗歌是《最高之言》，中文版被翻译成《海岛诗经》。这部诗集在冰岛具有《圣经》的地位。远古冰岛本是崇拜多神的，最高之神是奥丁，最高之言就是他的言论，他说道：

> 荒原上站着一棵冷杉
>
> 没有树叶　也没有森林
>
> 像是世界中央的那位孤家寡人
>
> 这就是人的命运
>
> 最后归于尘土

被缓解稀释和冲淡了的环境

文／梁　衡

　　在德国旅行，我真嫉妒这里的环境。在北京拥挤的自行车、汽车和人的洪流里钻惯了，一在法兰克福降落，就如春天里突然脱了棉袄一样的轻松。宽阔的莱茵河当城静静地流过，草坪、樱花、梧桐，还有古老肃穆的教堂，构成一幅有色无声的图画。我们像回到了遥远的中世纪或者到了一个僻静的小镇。心也静得像掉进了一把玉壶里。

　　在几个大城市间的旅行，是自己开车走的。这种野外的长途跋涉，却总像是在一个人工牧场里，或者谁家的私人园林里散步。公路像飘带一样上下左右起伏地摆动。路边一会儿是缓缓的绿地，一会儿是望不尽的森林。隔不远，高速公路的栏杆上就画着一个可爱的小鹿，那是提醒司机，不要撞着野生动物。这时你会真切地感到你终于回到了大自然，在与自然对话，在自然的怀抱里旅行。我努力瞪大眼睛，想看清楚那绿色起伏的坡地上是牧草还是麦苗，主人说，不用看了，那全是牧场。这样的地在中国早已开成农田，怎么能让它长草呢？可是一路上也没看到一头牛，说明这草地的负担很轻，大约也是过几天来几头牛，有一搭没一搭地啃几口。它只不过顶了一个牧场的名，其实是自由自在的草原，是蓝天下一层吸收阳光水分、释放着氧气的绿色的欢乐的生命，是一块托举着我们的绿毯。

　　当森林在绿毯的远处冒出时，它是一块整齐的蛋糕，或者是一块被孩子们遗忘的积木。初春，树还没有完全发绿，透着深褐色。分明是为了衬托草地的平缓轻软，才生出这庄严和凝重。这种强烈的装饰美真像冥冥中有谁所为，欧洲人多数信教，怕是上帝的安排吧。要是赶上森林紧靠着公路，你可以把头贴到玻璃上去数那一根根的树。树很密，树种很杂，松、柏、杨、柳、枫等交织在一起，而且粗细相间，强弱相扶，柔枝连理，浓荫四蔽。这说明很长时间没有人去动它，碰它，打扰它。它在自由自在地编织着自己的生命之网。你会感到，你也在网中与它交流着生命的信息。从科隆到法兰克福，再到柏林，我们就这样一直在草坪上、在树林间穿梭。

当车子驶进柏林市区时，天啊，我们反而一头扎进森林里，是真正的大森林，车子时而穿过楼房，时而又钻进森林，两边草木森森，我努力想通过树缝去找人、找车或找房子，但是看不到，这林子太深了太广了，和在深山老林里看到的一样，只不过树细了一些，主人说这林子大着呢，过去这里面都可以打猎。我突然想起一种汽车就名"城市猎人"，看来有一点根据。城在林中，林在城中，这怎么可以想象呢? 后来在商店里买到柏林城的鸟瞰图，看到市中心的胜利女神如一根定海神针，而周围则是一片绿色的海洋。

在这到处是绿草绿树的环境中，自然要造些漂亮的房子，要不实在委屈了它。在德国看房子也成了一大享受，欧洲人的房子绝不肯如我们那样四方正。虽则大体风格一致，但各自总还要变出个样子。比如屋顶，有的是尖的，尖得像把锥子，直指天穹，你仰望一眼它就会领你走进神圣的王国。有的是大屋顶，稚气得像一个大头娃娃，屋顶像一块大布几乎要盖住整座房子，你得细心到屋顶下去找窗户、门。较多的是盔形顶，威武结实像一个中世纪的武士。还有一种仿古的草皮屋顶，在蓝天下隐隐透出一种远古的呼唤，据说是所有屋顶中造价最高的。屋顶多用红瓦，微风一吹，绿树梢上就飘起一块块红布。德国人仿佛把盖房当成一种游戏，必得玩出一个味儿来。要是大型建筑，他们就更有耐心去盖，就像

全世界屈指可数的科隆大教堂，千顶簇拥，逶迤起伏，简直就是一座千峰山。从1284年一直盖到1880年才盖好，至今也没有停止过加工养护，我们去时于"山"缝间还挂着许多脚手架。至于一般的私家住房，就像小孩子过家家一样必定要摆弄出个新样子。德国人常常买一块地，邀几个朋友，自己动手盖房子。他们在充分地享受生活。

和树多房美相对应的是人少。车在公路上行驶时两边看不到人，就是在城里也很少看见人。有几次我有意地目测一下人数，放眼街面，数不到几个人。这是如中国的长安街、东西单一样的街道啊。一次在市中心广场停车，要向路边的收费机里喂几个硬币，兜里没有，想找人换，等了半天才从街角转出三个散步的老妇人。一次开车从高高的停车场上下来，到出口处自动栏杆挡着，不喂硬币它不弹起。我踩住刹车，旁边会德语的同志就赶快去找人换钱。这是车库门口，不能总挡人家的路。但是大概有10分钟，任我们怎么着急，就像在一个幽静的山坡下，怎么也唤不出一个人影。那条挡板无言地伸着它的长臂，我抱着方向盘，透过车窗，眼前闪出了当年朱自清写的游欧洲的情景：火车爬到半山，一头牛挡住路，车只好就停下来，等着它慢悠悠地走开。欧洲人竟是这样的舒服啊。就像在牧场上不见牛羊，只见绿绿的草；在城里不见人，只见空空的街。生存的空间是这样大，感到心里很宽，身上很轻。

人越少就服务得越周到。在汉堡，大约六七十米就有一个人行过街路口，我们乘坐的庞然钢铁大物不时谦让地驻足给行人让路。有的路口电杆上画一个手掌印，你要过路时按它一下，红灯就会亮起挡住车流，人过后红灯自灭。虽然车行如海，但人在车海里是这样的从容，如同受到自然恩惠，人受到社会完好的关照。反过来如同对自然的保护，人也十分遵守社会秩序，表现出自觉的纪律性。纪律是社会共同的利益。在国内早听说过，德国人就是半夜过路口，附近无一车一人也要等红灯。这次真是亲身体验。汽车也是这样礼貌，尤其是如执行弯道让直行、辅道让主道之类的规则时，经常谦让得让你发急。而在北京街头汽车常常要挤着自行车，拨着人的屁股抢路走。是环境的从容养成人性的谦让，当他谦让时不是对哪一个人，是对整个生态环境的满意和尊重。

　　总之，在德国无论是在乡间、在城里，都感受到一种被缓解被稀释和被冲淡了的环境。我们为什么愿意到草原、到海边去旅游，就是因为那宽松的环境，那里空间极大，大到可以尽力去望，没有什么东西会阻挡你的视线。你可以尽力去听，没有什么人为的声音会来干扰你的听觉，只有天籁之音。这时你才感到人的存在，人的主宰。人们为什么要寻找山水，就是为了释放那些在市井中被压缩许久的视力、听力和胸中的浊气。所以当一个城市 24 小时都能给我们一汪绿色一片安宁时，这是何等的幸福啊。

怎样旅行最美好

编译／张　蓓

如果你每日因通勤而疲惫不堪，会很容易忘记"在路上"是一种多么美妙愉快的经历。你是否曾经设想过，哪一种旅行方式最美好、最令人满足？

步　行

徒步旅行是一种精神升华。不慌不忙的脚步把事物拉回最天然的感觉。时间变得缓慢如水，脚下的大地无限延伸。地面的细节，那些微小的地形变化，偶遇的杂声和气味，都变得魅力无穷、难以抗拒。

人们对步行和思考之间的奇特关系也做出过评论。脚步的韵律解放了思想，如同躺在妈妈怀里的孩子伴着妈妈的脚步声安然入睡。古人云：致知在"行"，即要用走路解决问题。华兹华斯在走路的过程中创作了许多诗歌，尼采说自己的哲学发现都是在散步时萌生，哲学家、心理学家克尔凯郭尔则写道："我靠走路走出了最精彩的思想。"

身处于一寸光阴一寸金的时代，走路也成了奢侈品。但是，走路是人类最原初的欲望之一（1岁的小孩根本停不下来）。如今，朝圣者仍然靠双脚旅行也就不足为奇了。身体净化了思想，与大地实实在在的接触提醒朝圣者，人类不过是尘土。几年前，中国曾想在西藏绕凯拉什山峰建一条公路，然而，朝圣者开车上山的想法实在太奇怪，最后这个计

划也不了了之。

走进比较穷困的国家就好像踏入那些居住者的轨道。无论脚下是充满生机的土地还是岩石，世界上大多数人依旧是大地的附属物。在小国家徜徉是最愉快的，这些地方土地的变化细小入微，难以察觉。路人踏出的小径和蜿蜒的小道将村庄、田野和水井织成一张网络，一切都处在柏油马路尚未出现的时代。漫步在这样的道路上能愉悦地感受到大地古老的特色。抛开了钢铁飞机和汽车的束缚，这样的体验恐怕才称得上"深度游"。

骑　行

骑自行车不仅是最自由的交通方式，也是最平等的。

如今，在一些贫困国家，数十亿困在村庄里的人尽情享受着自行车带来的自由，他们踩着踏板，在村里村外穿梭，去做生意，去学习，去谈情说爱。

即便在发达国家，骑行者也比其他旅行者享有更多自由。他在排成长队的车流中穿梭自如，而司机却只能干生气。道路被封时，汽车司机只能愤怒地踩下刹车急转弯，而骑行者却能不紧不慢地在警察无奈的注视下骑上人行道，掉转车尾继续前行。去拜访乡下的朋友时，可以把自行车带上火车，到达目的地后，可以继续沿着小道骑行，穿过树林，攀上山峰。回家后，自行车就可以停在楼道里，锁在马路边。

与此同时，自行车还是个优秀的"平等主义者"。火车爱好者可以选择"东方快车"，飞机爱好者可以选择私人飞机，但是，即便最昂贵的自行车也没法让骑车变得优雅迷人。无论骑行者在自行车上花多少钱，他的骑车动作看上去依旧有些可笑——弯身扶着车把，奋力踩着踏板，朝着目标奔去，就像人生一样。

热气球旅行

真正坐上热气球的感受与想象中不同。1783 年 11 月，首次搭乘热气球从巴黎出发的雅克－亚历山大·查尔斯这样描绘气球腾空时的感受，"我全身都沉浸在愉悦中，气球一点点上升，所有尘世烦恼也寂静地坠落……"

当然，不喜欢热气球旅行的人有充分理由。乘坐热气球出发很轻松，到达却是个问题。早在 18 世纪，最早乘坐热气球的旅行者就发现，无论经过多少试验，给气球插上翼、安上桨还是配上螺旋桨，热气球还是不能保证在指定地点降落。

1785 年，法国热气球先驱让－皮埃尔·布兰查德和美国人约翰·乔弗里从多佛出发，计划飞越英吉利海峡，抵达 35 英里之外的法国加莱。可他们最后落在一片不知名的树丛中，而且状况非常狼狈。由于害怕气球承重太多，他们一路上扔掉了所有随身物品，出发时穿着裘皮，到达时只剩下内裤。

关于热气球的真实和虚构互相交织，铸就其经久不衰的魅力。1870–1871 年普鲁士攻陷巴黎期间，67 个载有邮包的热气球得以突出重围，逃离巴黎。这些气球共投递出了 250 万封信，极大鼓舞了沦陷区人民的士气——这是事实。

19 世纪 60 年代，3 个英国人乘坐热气球从桑给巴尔前往塞内加尔，沿途飞过了喷发中的火山，还惨遭秃鹫袭击——这是科幻作家儒勒·凡尔纳在《气球上的五星期》中虚构的情节。

热爱乘热气球旅行的传记作家理查德·霍姆斯说，热气球让他经历了第二次童年。9 岁时看到电影《红气球》，他就幻想自己能变成影片中的小男孩，被五颜六色的气球牵引着，飞越巴黎屋顶，飞往美妙的未知地。这个梦想可能一直存留在他的心中，而他长大之后最享受的热气球时刻也都处在真实和虚幻之间。

扬帆出行

"跟随风帆的悠闲节奏,你才能细细品味目的地的每一处细致美好。如果你真想去一个地方,看清它的样子,从海上去,然后一点点地接近它,是最好的方式。"作家乔纳森·雷班这样认为。

把帆放下,从海上很容易看到浮标。运气好,一片海域内就有好多浮标;运气不好,只能看见一些标记用的柳条。远处的城镇像一块不规则的污点在水雾中若隐若现。涨潮时沿着航道开半速谨慎前行。为了不遗漏任何一个浮标,驾船人必须时不时向后看,确保帆船没有被风推进浅滩。浮标旁的海水显现出长长的波纹,很容易看出海水的力量和走向。只要还在涨潮,龙骨下压一下、船头向上翘都不是大问题。

海平面的那边,城镇的面貌也从新的角度显现出来。模糊的已渐渐清晰:码头上运谷物的货梯、冷却塔、无线电发射塔、带底座的雕像,金色窗棂的白色酒店掩藏了身后的教堂,只露出一个尖顶。简直难以置信,这么快就接近航行的尾声。

路上遇到的困难越多,在脑中留下的印象越深。即便一路都处在惊恐之中,但极度专注、警惕地驶过一片水域,这里便留下你的一块印记:你不再只是一个游客。当你终于牵着绳子上岸,一股难以抑制的成就感满溢胸腔。

滑 雪

滑雪能净化人的心灵。

下面描述的一切发生在挪威奥斯陆的努尔马卡森林。这片森林从城市的边缘展开,一直延伸到几百英里外的内陆山脊。土地被雪严严实实地覆盖,人几乎闻不到草的味道。在极度寒冷的空气中,每一次呼吸都隐隐作痛。然而,这一切让人精神异常振奋,好像身体里每个细胞都被唤醒。

头顶上碧蓝的天空像一幅绵延不断的图画，如梦境一般神秘。远处山下的奥斯陆峡湾在树木的掩映中轻颤。一片寂静中每个声音都显得清晰无比：树杈上一团雪倏忽滑落，冰冻的地面上滑雪板嗞嗞划过。你不在走，也不在滑，而是在跳跃地移动，像巴伐利亚古钟上一个晃动的小人。这种场景让人几乎有种迷路的感觉：地上所有的轨迹如此相似，任何像路的痕迹看上去都不可靠。滑了几小时还是一样的景象，让人怀疑是否走进了时光机。

滑雪是优美和惊险兼具的运动，让人能一瞥世界的神圣和浪漫。滑着滑着，你的思想变得不再连续，意识一片空白。时间似乎过去了几小时、几年，甚至几个世纪，你终于停了下来。此时，天空已经粉红，一轮银色的月亮正在升起。你疲惫得眼冒金星，但心里清楚，明天还要原路返回。

巴士行

如果你想看到意料之外的景色，或者遇上有趣的旅伴，那么没有比巴士更合适的了。

巴士是《经济学人》非洲版编辑奥利弗最推荐的交通工具，他这样写道：要想迅速穿越某个非洲国家的边境，坐巴士吧。海关会卖力地向出租车或者货车"敲竹杠"，因为这两种交通工具都装着有价值的货物。巴士司机可是大救星，他做事雷厉风行，作为经常穿梭于边境的常客，他知道怎样把乘客努力送过去。

奥利弗从加纳的阿克拉前往尼日利亚的拉各斯时，坐在他一左一右的分别是一位语速很快的福音传道者和一位族长的小妾，后面是一个政客、一个洗心革面的小偷和一位年轻寡妇。而那趟车的司机还是伏都教的神职人员，大家互相交流对各自信仰的看法，让他比坐在任何其他交通工具上都兴奋。

在艰苦动乱的地区，巴士可以是避难所。肯尼亚北部动荡不安，但是当身边坐着一群一贫如洗的人，你也不再担心会被强盗拦路打劫。

在坦桑尼亚，奥利弗曾经乘巴士从达累斯萨拉姆到达与赞比亚接壤的地方，在一天之内旅行了 1000 公里。他说，这番经历让他想起非洲的一句谚语："欲快行，独自行；欲远行，结伴行。"

挪威慢电视：在快世界中寻找慢的理由

文／张君荣

柴火很慢地在壁炉里烧着，火苗只是轻微地晃动，柴火因干湿不均匀，燃烧有时突然响得像鞭炮，甚至如阵阵响雷。所有过程，固定的长镜头没有任何切换。2013年2月，NRK（挪威广播公司）二台在黄金时段连续12小时直播一堆柴火从点燃到熄灭的全过程，前4小时，直播中还有专家讲解和配乐，后8小时全无——除了一堆火在烧。

只是每隔十来分钟，摄像师英格丽·海特来沃尔就会在特定的位置添一支特定大小的木柴。

这个"无聊"的烧柴火的直播，从晚上8点一直到第二天早上8点柴火熄灭时停止，吸引了约100万挪威观众观看，在总人口500万的挪威，节目收视率高达20%，而挪威的大多数电视节目，都不会超过10%。

"烧柴火"的真人秀

"很荣幸，我成为那天晚上点燃柴火的人。"半年后，挪威作家拉尔斯·梅汀回忆道，仿佛2013年2月16日0时，这个北欧男子在一户农舍的壁炉里点燃的，不是一堆木柴，而是奥林匹克圣火。

节目制片人卢纳·穆克勒布斯特介绍，这个名为《挪威柴火之夜》的电视栏目，是受到梅汀所著的畅销书《实木》的启发。

《实木》的出版激发了挪威人对木柴、火炉以及堆砌木柴的兴趣。梅汀认为，这主要是得益于挪威人对木材的热爱。由于靠近北极，挪威大半年时间都需要人工取暖。而树木，则是取暖的最佳资源。

经过两个月的准备，节目在 2013 年 2 月 15 日（周五）晚 8 点黄金时间播出。前 4 个小时，主持人开场后，梅汀等嘉宾开始一边解释，一边演示如何砍柴、劈柴、堆砌柴火。这个过程中，音乐家拉着木制的提琴伴奏。整个过程，包括摄像、伐木助理等技术人员，大约 20 人。

从零点开始，只剩下两名摄像师，梅汀点燃壁炉里的木头后，镜头便锁定了壁炉，一直到早上 8 点。

"大多数观众会发现，不知不觉中，他们已经看了两个小时、三个小时……"节目制片人卢纳·穆克勒布斯特说。不少挪威人到早上 8 点钟才发现，自己已经看了一宿柴火烧。

除网络留言未做统计外，节目直播过程中共收到 60 条短信。有一半认为，木柴的树皮部分要朝上放，火烧得才旺，另一半则认为朝下才对。"树皮把挪威给分裂了。"梅汀开玩笑说。

全民嘉年华

业界将《挪威柴火之夜》这样的节目形态称作"慢电视"。穆克勒布斯特解释："'慢电视'，是以事件发展的本来速度，完整报道一件普通事件。名称既指播出时间很长，也表明报道的事件节奏本来就很慢。"

虽然"慢电视"起源于瑞典媒体，但其真正的发展、成名还是在NRK。

播出于 2009 年的《卑尔根铁路：分分秒秒》，是挪威"慢电视"节目的开创作品。节目拍摄一列火车从首都奥斯陆，到西南部城市卑尔根，7 小时旅程的"分分秒秒"。

节目组在火车外部装上了摄像头，节目中间偶尔穿插一小段采访、档案解说，介绍铁路历史和沿线风光。而在穿越长隧道的时候，工作人员把镜头故意切到车身部位，使屏幕全黑，只能听到解说员慢悠悠的解说声。

令人意外的是，竟有120万挪威观众收看了这个节目。

意外的高收视率，推动NRK又策划了《海达路德巡航之旅》，一艘名为"北挪威"号的客船沿着挪威海岸线航行了5天5夜，全程直播无剪切，创造了电视直播的吉尼斯世界纪录。

人们都像参加派对一样，成群结队前来欢迎这艘船。有些年轻人为了让自己出现在电视里，划着橡皮艇，唱着歌，远远迎来，再远远送上一程。

据报道，在《海达路德巡航之旅》直播过程中，不仅王后索尼娅参与了"欢迎那艘船"，许多沿途的小镇还鼓动居民出去迎接。船到之处，处处嘉年华。

挪威慢生活

挪威女孩薇薇安·怀特在网上留言："干得好，NRK！你们开辟了新途径，让我们可以成为'单人沙发上的旅行者'。"

但反对者认为，一堆柴火在壁炉里通宵烧8个小时，简直是"无聊"。挪威媒体批评家戴维·乔纳森认为，观众收看这种无聊的节目，就像赛车迷对赛车节目一样"病态着迷"，"就等着出现什么意外"。可他自己也忍不住不知不觉看了几个小时。

但挪威人并不常看"慢电视"。在挪威，多数时间，挪威的电视形态和欧洲各国没什么不同，像流行全球的"荷兰好声音"、"美国达人秀"也在挪威受到很多年轻人欢迎。

"在快节奏社会中，慢节奏显得很完美。你总会需要别的东西。"
穆克勒布斯特笑着说。

　　如今，穆克勒布斯特和他的团队又在策划一个《通宵织毛衣》的节目，
"收看《挪威柴火之夜》的男性稍微多一点，这次将是一个女性视角的
回应。节目几个小时都将围绕针织主题，畅聊针织、针织表演、讲授针
织课程。"节目主管斯贝西说。

　　美国《时代》杂志这样评价挪威"慢电视"："挪威人有某种非
常挪威式的逻辑，石油已经让挪威成为最富有的国家之一，人们却如
此矛盾地对待这些财富。这些节目把挪威人带回简陋的时代：人们享
受着斯巴达式的生火取暖的乐趣，心满意足地为迎接北欧严冬编织出
厚实的衣物。"

印度洒红节，越色越快乐

文/楚　鹏

千年的疯狂节日

洒红节是印度最著名的古老节日之一，人们一般把这个节日叫作洒红节、霍利节或胡里节。洒红节通常在每年公历二三月举行，通常以满月过后的第一天开始计算，预示着春季的到来（春天从第二天开始）。因此，在满月时开始的洒红节逐渐成为人们欢庆春季开始的节日，所以洒红节又被称为印度的新年。

每个节日都有一段动人的传奇故事，洒红节也不例外。相传古代有个名叫希兰亚格西普的魔王，要臣民奉他为神明，可他的小儿子普拉哈拉德带头执意不从，依然坚持对大神毗湿奴的信仰。父亲因此对儿子怀恨在心，对他进行种种残酷折磨，甚至让不怕火的霍利卡抱着普拉哈拉德跳进火堆企图烧死他。结果霍利卡被大火烧为灰烬，普拉哈拉德却因为有毗湿奴的保护而安然无恙。从此在洒红节前夕人们总要点燃篝火，把用稻草和纸张扎成的霍利卡像抛入火堆中烧毁，象征邪恶的毁灭和真理的胜利。这个节日也就因此称为"霍利"节。

另一种说法则是，印度古代文化把春天比作爱欲之神的伴侣。每年春季爱神降临，人们纷纷外出踏青，异性之间萌动爱慕之情，便以开玩笑的方式相互接近。演变到现代，人们便披红戴绿，打情骂俏，相互捉弄，彼此开玩笑。特别是对年轻人而言，这个节日还是他们追求意中人的良机，他们可以在喜庆的节日氛围里乘机向心上人表达平日不敢流露的情感，俘获芳心。

色彩与快乐的缠绵

印度一年中的各种节日多如牛毛，春天的洒红节是最重要的传统节日之一。洒红节类似于西方的狂欢节，其本质就是让全民尽情地释放快乐，可以说是印度最充满激情和最具生命力的节日。

洒红节前夕，在斋普尔会举行盛大的大象节，以此作为洒红节前夜的预热。

从洒红节清晨开始，男女老少就纷纷提着事先装了各种颜色的彩粉和彩水的袋子走出家门欢度节日。街上店铺都关门闭户，放假休息。人们见面，不管认识与否，不分年龄性别，也没有贵贱之分和种姓之别，都可以彼此泼红洒绿、互画花脸、互掷水球，以示吉祥。洒红节还是孩子童趣和天性尽情发挥的最好时机。孩子们相互涂抹是免不了的，他们也会对平时尊敬有加的老人突然泼洒深红或菊黄色的颜料，然后兴奋地手舞足蹈。颜料被洒向半空，街道上成了色彩的海洋。在涂抹颜料和泼洒彩色水的过程中，大家都努力把欢乐送给别人，让幸福浇灌全身。人们从大街小巷走过时，必须提防高楼上有人将整盆五颜六色的水倒下来，把你淋成彩色的落汤鸡。碰巧的话，你还有可能被楼上扔下来的鸡蛋砸在身上，一路滴答着黄汤。在如此汹涌的色彩浪潮中，每个行人脸上都画上了"彩妆"，大家的衣服也都变得色彩斑斓。印度人在这一天捉弄别人时总有一个很好的理由——"请别生气，这是洒红节"。

安歇灵魂愉悦众生

印度持续高温天气达半年之久，人们长期在盛夏酷热中煎熬喘息，如果不调整心情、放慢节奏，以此休养生息，是无法持续工作的，所以印度人生活节奏缓慢、节日繁多。此外，印度教信徒认为他们来到这个世界上不仅仅是为了糊口谋生，也不希望成为物质的奴隶。他们很早就知道，在这个世俗和艰难的世界上，除了要放松肉体、满足感官外，也需要安歇灵魂，愉悦精神。先祖们很早就理解人们在劳作之余，需要这样一个节日来放松甚至放纵一下，通过恶作剧般的嬉闹来解除压力，舒缓情绪，展露本真，回归自我。

这个节日也起着缓和社会矛盾的作用。印度一直是一个等级制度森严、种族和宗教极其复杂的社会。虽然早在独立后印度政府就从法律上废除了种姓制度，但几千年沉淀下来的陋习不可能在数十年内从人们的脑海中清除干净，种姓之间和宗教之间的矛盾至今依然盘根错节，时隐时现。但在洒红节期间，人们无种姓之分，无男女之别，一切自然的和社会的差别，似乎都在这斑斓的色彩下消失了。这个节日尤其给了底层人一个与其他人平等相处的时刻，一个昂首欢笑的机会。

兔子博物馆：世界上最幸福的地方

文／柳　丝

　　在洛杉矶百年老城帕萨迪纳安静的小巷里，有一幢白墙红瓦的木制小屋。房前屋后，一圈大大小小的铁丝弯成的兔子围坐在矮矮的红砖墙上。树木修建成的一只巨型绿色兔子，立在门前的草坪上，冲着来往的路人作揖行礼。看见它，你就来到了兔子博物馆——这里被誉为"世界上最奇特的博物馆"。

　　　　　　因为爱情，每天互送给对方一只兔子

　　博物馆内共有近3万只不同的兔子，是全世界收藏兔子最多的地方。毛绒玩具、陶瓷摆设，不同质地、各色款式，从首饰到餐具，从巧克力到红酒，屋内的所有东西几乎都与兔子相关。

　　这是一幢满是兔子的甜蜜小屋。"我们把自己的家变成了博物馆——兔子博物馆。这是一个活着的博物馆，人们来参观的时候，会发现我们就住在这里。"兔子博物馆馆长坎达丝·弗瑞茨说。

　　这是一个关于兔子的爱情故事。"我丈夫和我互相叫对方亲爱的小兔，我们每天都会送对方一只兔子，作为爱的表现。"坎达丝说。

　　一切发生在坎达丝和斯蒂夫·鲁班斯基还是一对情侣的时候。1993年的情人节，斯蒂夫送给坎达丝一只毛绒小兔，小兔身上贴着一行字："我如此爱你"。坎达丝非常喜欢。

　　坎达丝和斯蒂夫把互相送兔子当成习惯，是在斯蒂夫送给坎达丝第一只兔子之后的 6 个月。斯蒂夫等不到过下一个节日就想再送一只毛绒兔子。于是，他又送了一只兔子给坎达丝。"之后，他把送兔子变成日常一事。我们现在还是会每天都送对方兔子。"坎达丝说。

从此，这对情侣便对兔子情有独钟，开始搜集各式各样的"兔子"。每次出门旅游，或是逛商场，只要看见不同的兔子，坎达丝夫妇就会买回来收藏，他们把这个过程叫作"狩猎兔子"。于是，博物馆就因他们的这个怪癖而成长起来。

世界上拥有玩具兔子最多的人

1994年，坎达丝嫁给了斯蒂夫。婚宴上，斯蒂夫穿了一身俏皮的兔子装，装了两颗兔子大龅牙，还在宴会上模仿兔子跳来跳去。他们的结婚蛋糕也是用胡萝卜做的——俨然一对兔子夫妻。

1998年，坎达丝发现她和斯蒂夫共同拥有的兔子已经多到淹没了整座房子。于是，他俩一起把自己在帕萨迪纳的房子改造成世界上第一座"兔子博物馆"。他们还起了一个别称，称这里是"世界上最幸福的地方"。

1999年，夫妇俩以8473只玩具兔子申请了吉尼斯世界纪录，成为世界上拥有玩具兔子最多的人。到目前为止，兔子博物馆里的兔子数量已经达到了29445只，这个数字还在不断地增长。

博物馆里的每一处空地都摆上了"奇装异服"的各式兔子：圣母玛利亚兔子、耶稣兔子、兔子灯、旋转木马兔子、柳条兔子、兔子罗杰、兔八哥……一进门的电视里，由坎达丝配音的一只卡通兔子每天热情地招呼着世界各地的游客。

坎达丝夫妇不仅收藏兔子，他们的生活也处处离不开兔子。兔子形状的扫帚、兔子形状的凡士林罐子、"兔八哥"碗、"愚蠢兔"谷物盒，甚至从墙纸、风铃、水龙头、电话直到床单，无一不是和兔子有关。

坎达丝和斯蒂夫还养了很多兔子。有两只高龄长寿兔名字是蒙特利和英奇，分别是9岁和6岁。

重新生长的兔子

兔子博物馆可以免费参观。平时参观兔子博物馆需要提前预约，但是在节日，博物馆会举行开放日活动，参观者们无须预约即可前往一探究竟。坎达丝欢迎每个来参观的人捐出 5 美元，为他们活的小兔子买点蔬菜。

来参观的游客不仅可以看到来自世界各地的兔子玩具，还可以与活的兔子玩耍，给它们喂食。在房子前面的车道上，画满了兔子粉笔画，全是游客们的杰作。

如有小孩子来，坎达丝还会让孩子们在餐桌上玩一幅拼图，那是她第一只宠物兔的照片。在所有的藏品中，她最喜欢的是斯蒂夫送她的一只会唱歌的电动兔子，歌曲是斯蒂夫自弹自唱的："我喜欢吃胡萝卜，所以我不会说谎。"

坎达丝珍爱藏品，定下了严格的游客参观守则，如不能带包和外套进入展厅，不能触摸展品等。还有无处不在的警示牌，上面写着："每间展厅都装有隐藏摄像头。"

然而，免不了还是有"牺牲"的兔子。在屋后院子的一个角落里，有一个"破碎花园"。这里是一个破损藏品"墓地"，断成几截的瓷兔子、打破的玻璃兔子被堆在墙边。墙上贴的海报写着："我们不会扔掉破碎的'兔子'，而是把它们种在这里重新生长。"

兔子博物馆的吉祥物小甜甜曾是生活在馆内的一只小白兔，它去世之后，坎达丝和斯蒂夫找人把它制成了标本，收藏在馆内。

就是这样一个兔子博物馆，有生、有死、有圆、有缺、有爱、有乐。曾经，一个游客参观了一圈以后，认真地说："我想埋葬在这里。"

坎达丝说，或许可以为那些逝去的人的骨灰盒提供一个摆放的墓园，作为兔子博物馆永久的捐赠品。"即使我和斯蒂夫去世，也不会把博物馆卖了。我希望能有一个办法，让它完整地和我们一直在一起。"

银塔传奇

文/唐 霁

如果你告诉法国人，自己曾在巴黎的银塔餐厅用过餐，他们会以一种艳羡的目光看着你，然后会问："你吃的鸭子是几号？"

巴黎的银塔餐厅，以独家秘制的"血鸭"、昂贵的窖藏葡萄酒和绝佳的地理位置而闻名天下。在银塔品尝血鸭是许多法国人至高无上的美食梦想。

永久保留的"三皇餐桌"

银塔餐厅共有六层楼，外观为法国新古典主义建筑风格，餐厅内的装饰保持着 18 世纪的风格，富丽堂皇。门口的侍者打开大门，餐厅总裁安德烈·泰拉伊在大厅迎接——这是餐厅最高的礼遇。

进入大厅，首先映入眼帘的是一个特殊的餐桌——"三皇餐桌"。餐桌上摆放着特供皇家使用的餐具，银质刀叉、器皿和水晶杯，尽管历经漫长的岁月，但仍然熠熠闪光。1867年巴黎世博会期间，沙皇亚历山大二世、普鲁士国王威廉一世和他的首相俾斯麦三人相约在银塔的这张餐桌上，共同享用血鸭大餐。这个餐桌和餐桌上的器皿被餐厅永久保存。

在通往电梯走廊的墙壁上，挂满了各国总统、皇室成员、明星和球星的照片和签名，包括美国总统罗斯福、肯尼迪、克林顿和老布什等。

乘电梯进入银塔餐厅的最高层，是餐厅的观景台。透过巨大的落地玻璃，眼前的塞纳河恢宏壮丽，近在咫尺，西岱岛上的巴黎圣母院优雅而沉静，塞纳河两岸的人流和车流穿梭不息。

纷至沓来的历史名人

1582年，皇家厨师鲁尔多在塞纳河畔面对巴黎圣母院的位置，开设了一家高级餐厅，建筑采用文艺复兴时期的风格，建筑表面由于含有云母，因而在阳光下发出银色的光芒，故取名为银塔餐厅。

法国国王亨利三世有一天狩猎归来，来到这家餐厅，品尝了其特色美食后，立刻为之着迷，他此后多次在这里招待朝臣们。银塔餐厅立刻名声大噪，王公贵族们都以到银塔用餐为荣耀。

此后，银塔成为法国历代君主争相光顾之地，而且演绎出美食界的很多佳话。当时，叉子刚刚开始在意大利流行，在法国还是稀罕物。亨利四世在银塔就餐时，第一次使用叉子作为吃饭的工具，并下令在全国推广。

17世纪，路易十四和他的王臣们经常从凡尔赛宫赶到巴黎来银塔品尝美食。法国一代名相、红衣主教黎塞留也经常到银塔进餐。根据餐厅的记载，黎塞留曾为了宴请40位宾客，让银塔餐厅将一头整牛用30种方法烧制，于是诞生了今天的法国美食"黎塞留牛肉"。

法兰西第一帝国时期，拿破仑的皇家厨师勒科克重新翻建了银塔，他保留了银塔的传统菜肴。银塔餐厅再次成为作家、艺术家和社会名流的聚会场所，巴尔扎克、缪塞和乔治·桑等人都曾光顾过这里。

19 世纪，银塔餐厅历史上的一个重要人物出现了：弗雷德里克·德莱尔。作为银塔的主人，1890 年，他在传统烹饪方法的基础上，创造出一套独特的血鸭烹调方法和食用仪式，从此银塔血鸭天下闻名，而制作的方法一直沿用至今。

最著名的血鸭与藏酒

在银塔，厨师都是当着客人的面烹调血鸭的。只见厨师先将鸭子烤至半熟，然后切下鸭胸肉和鸭腿，剥下鸭皮。鸭的骨头和内脏则放入一只银质器皿中进行压榨，并将榨出的鸭血与鹅肝汁、白兰地、波特酒、柠檬汁和香料等煮成鸭血汁。厨师将鸭胸肉、鸭腿和鸭皮用鸭血汁浸泡后，客人即可品尝。

鸭肉入口非常滑嫩，鸭血汁也完全没有腥味，浓香可口。在品尝了血鸭后，侍者递来一张卡片，卡片正面是弗雷德里克·德莱尔制作血鸭的油画，背面印有一个编号：1088268，代表了这是第 1088268 只鸭子。每位在银塔品尝血鸭的客人都会得到这样的一张纪念卡片，卡片上的鸭子编号成为客人永久的纪念。而这一传统，也一直被延续了下来。

在银塔的酒窖里，共存有 42 万瓶、1.5 万种珍贵的葡萄酒，分别来自波尔多、阿尔萨斯等著名葡萄酒产区。名贵的葡萄酒在银塔餐厅特殊的酒窖平均能够存放 14 年。这里出售的名酒包括勃艮第产区最贵的罗曼尼·康帝园的红酒，一瓶售价在 1.5 万到 2 万欧元之间。

灵魂人物的改造

现在人们看到的银塔，已经是 20 世纪初由现任总裁安德烈的祖父改造过的样子。碰巧的是，他的祖父也叫安德烈。

1910 年，老安德烈从弗雷德里克·德莱尔手中买下银塔餐厅，将餐厅内部进行了现代化的装修，而外观仍然保留了古典主义建筑风格。他聘请了前埃及国王的厨师为主厨，使银塔餐厅再次成为世界名流会聚的美食圣地。

这段时期里，银塔餐厅的常客包括：作家马塞尔·普鲁斯特、超现实主义画家达利、前美国第一夫人杰奎琳·肯尼迪等人。

1933 年，银塔餐厅被著名的"米其林餐厅指南"评为最高级别"米其林三星餐厅"。1936 年，银塔餐厅增盖了第六层，巨大的落地玻璃组成的观景窗可以把巴黎圣母院所在的西岱岛和塞纳河尽收眼底。

1947 年，老安德烈的儿子克洛德·泰拉伊接手银塔。一生拥有艺术梦想的克洛德经过自己的努力，把银塔餐厅变成自己永久的舞台。他对银塔招待工作进行了创新，使之成为一门艺术。这个时期，银塔接待了很多国家的领导人、政治家、明星、作家、艺术家，其中包括英国女王伊丽莎白二世、美国总统约翰·肯尼迪、日本昭和天皇等人。

安德烈说，他的父亲克洛德是银塔的另一个灵魂人物，他不仅开创了银塔餐厅的新历史，而且留下了名言："愉悦是天下最严肃的事情。"这句话的意思是，餐厅对待食物的严肃态度，才能换来顾客品尝食物时的愉悦感。安德烈说，"银塔"餐厅 60 名员工，其中包括 20 名厨师，每天辛苦的努力和细致的工作，就是为了换来顾客在这里的每 分每秒的快乐。

银塔餐厅所承载的，不仅是一个餐厅 400 年的历史，更是塞纳河乃至巴黎这个城市的发展历史。正如银塔餐厅的介绍词中所说：每一栋楼都有它的传说，银塔餐厅也自有它的故事。历史、传统、荣誉，最终成为一种信仰。虽然时光荏苒，时过境迁，但是银塔，仍然飘香。

设计大国的性格

文/鲁 江

德国：极简稳重的功能主义

德国的包豪斯设计学院于 1919 年成立于德国的魏玛，是世界上第一所完全为发展设计教育而建立的学院，1933 年学院被纳粹政府强行关闭。包豪斯虽然短命，却是每个有意了解德国设计的人都会碰到的名词。从这里开始，大众设计和工业设计成为设计的真正目的。

包豪斯的衣钵被成立于 1953 年的德国乌尔姆设计学院继承并发展，乌尔姆进一步提出了理性设计的原则，使设计这个原本感性的东西变得标准化起来；而标准的一大度量，就是德国设计的精髓及准则：功能主义。"德国设计"虽然没有法国的奢华浪漫，没有北欧的温馨鲜艳，没有英国的贵族气，却让人一眼就能认出来，它是功能性的、实用的。

德国设计还有一个标志就是色彩和装饰——以黑灰作为主要色彩；装饰，就是没有装饰。"Less is more（少即是多）"就源于德国设计。功能主义到了极致就是极简主义。

也正因如此，秉承了功能主义设计风格的德国车，普遍显得简洁、硬朗而中规中矩，造就了德国汽车沉稳低调和相对保守的外形，也使得德国车往往在技术和工艺上广为人称道。

除了汽车，很多品牌的设计和形象也都深受功能主义影响，比如电子电器生产巨头西门子，它的产品一直以现代和功能性的形式出现，这也使得西门子成为现代设计的经典。

到了 20 世纪 90 年代，德国的设计师们意识到由于技术差异的减小，产品战略的重点应该向设计方向转移。许多设计机构开始积极研究、分析用户的喜好和需求，不过功能主义始终是价值观所在。康斯坦丁·格里克是在家居物品设计领域最成功的设计师之一，他常使用最简洁的形式语言来设计产品，其产品具有显著的革新性和通用性。这也是大众汽车的设计原则："为所有人设计，不能让一半人喜欢，另一半人不喜欢。"

北欧：人体的精密程度

人体工程学原则是德国设计的宗旨之一，但是在北欧设计中发挥到了极致。就像提到德国工业就会想到汽车一样，北欧工业设计的代名词是家居。北欧人强调简单与舒适，比如设计一把椅子，除了造型更注重从人体结构出发，更要讲究它的曲线如何与人体接触时完美地吻合在一起，使其与人体协调，倍感舒适。

"人体工程学"是个极其精密复杂的学科，要形容它只有一个词——琐碎。研究人体工程学的人首先要研究人体结构，对常见体征的研究精确到厘米；分类也十分精细，男女老少、高矮胖瘦都要分别照顾到。除了这些可以量化的特点，还要研究人类的常见行为、各个人种的文化特色和各个地域的生活习惯。

以比较简单的工作用座椅为例。设计一把符合人体工程学用的工作椅至少要考虑 6 个方面：座高、座深、座宽，座面曲度、座面倾斜度和靠背。

座高是指座面前缘至地面的垂直距离，这是影响坐姿舒适程度的重要因素之一，对腰椎的影响最大。通过研究发现，没有靠背的椅子座高为 400mm 时，腰椎的活动度最高、疲劳感最强，稍高或稍低都能减轻腰部疲劳。这就是为什么在生活中人们喜欢坐着矮凳劳动，在酒吧里则坐高凳玩闹。

座深是指座面前沿至后沿的距离，劳累了一天，很多人回到家都会坐进沙发深处看看电视。事实上，座面过深，会使膝窝处产生麻木的反应；尤其对于工作椅来说，座深最好浅一些，一般380-420mm之间比较适宜。

光是看这些精确到毫米的数据，就已经让人乏味疲倦了，更何况还要考虑到压力和身体机能。所以设计是一门艺术，更是一门科学。

北欧设计师对人体工程学迷恋到什么程度，看看其代表品牌宜家就知道了——这个家居品牌居然有一款人体工程学枕头套，没错，不是枕头，是套，其特点是"可吸收和排出水分，令您整夜保持干爽"。

北欧风格的主色调是白色、米色、浅木色等。但由于地处北极圈附近，气候非常寒冷，有些地方还会出现极夜。因此，温暖鲜艳的纯色在北欧家居中也不少见。寒冷和长夜让北欧人在室内活动的机会更多，北欧设计擅长在家居上下功夫也就不奇怪了。

日本：人工雕琢的"自然崇拜"

日本设计崇尚自然、古朴，注重"简素之美"。日本的很多建筑，简朴得连油漆也不刷；日本人认为木材是有生命的，如果人为地涂上化工油漆，反而会影响其寿命，也破坏了物体的简素之美。

日本的简单与德国的极简或北欧的简约是不同的。相反，日本人喜欢精雕细琢，他们的简单体现在材料上——尽量用原料本身的特质满足功能需求。比如同样是保鲜盒，韩国著名的保鲜盒品牌是在塑料和玻璃的加工上做文章，日本却偏偏用木头。日本秋田县大馆市以制作便当盒和寿司盒闻名，这些盒子都是用杉木制成的。因为杉木能吸水，而且有利于保持食物不易腐烂，就像过去的中国喜欢用檀木箱子保存衣服是一样的道理。日本家具设计师岩仓荣利设计的一张桌子可以卖到200万日元（约13.5万人民币），仅外形并无特异之处，但桌面是用树龄达500年的山毛榉树干完整的断面剖成的。在岩仓看来："这张桌子的纹理呈现了树的内心，这样的家具经得起时间的考验，可以代代相传，这就是最奢侈的。不需要人做更多的工作，大自然已经足够丰富了，我们只需要体会。"

日本著名建筑设计师隈研吾在设计石头博物馆时，更是自然崇拜到了极致。这个博物馆只用一种石材，室内采光也只用最简单的手法——用砖砌出一排排的孔洞，让自然光从这些孔洞进入室内。

德国的功能主义是因为将功能强调到了极致才简单，而日本设计则是为了将简素发挥到极致，反而彰显了功能。

欧洲名人最多的小城

文／盖昭华

  这是一座外表看上去非常平淡无奇的欧洲小镇，它的房屋和街道与欧洲其他地方的没有什么不同，唯一的区别恐怕是几乎每一栋房屋上都挂着一块或几块牌子。如果你停下脚步，静下心来读一下那些牌子上的名字，将会大吃一惊，因为竟然有这么多耳熟能详的名人曾居住在这座小镇中。其中包括40多位诺贝尔奖获得者，以歌德、格林兄弟为代表的大文豪们，还有以马克斯·韦伯为代表的社会学家。

  这个神奇的小镇就是位于德国下萨克森州的哥廷根。在这个12.3万人的城市里，每四个人中就有一个大学生，像英国的牛津和剑桥一样，是学术、科学及文化的中心。在哥廷根的一处草地内，坐落着19世纪最著名的物理学家威廉·韦伯和数学家高斯的雕塑。在哥廷根，韦伯与高斯曾结下了深厚的友谊，并合作研究地磁学和电磁学，共事多年。他们在哥廷根市上空搭建了两条铜线，构建了第一台电磁电报机，在1833年的复活节实现了物理研究所到天文台之间距离约1.5千米的电报通信。

  距离这座雕塑五分钟的路程，则是国学大师季羡林当年在哥廷根求学时期的住所。1935年到1945年，季羡林在哥廷根待了十年，完成了从学生到大师的转变。季羡林的故居现在并没有挂牌，可季羡林先生去世后还是有不少中国人前来探访，搞得那家楼上的住户丈二和尚摸不着头脑。1923年到1924年，朱德在哥廷根大学学习社会科学。他的故居是一栋两层楼房，楼墙上挂着"朱德元帅，中国 1923–1924"的牌子。地下室如今改成按摩院了，有人对此很生气，其实完全没必要。在德国，人们对知名人物的态度和我们是不同的。

哥廷根城里，挂名人牌子的楼房比比皆是。小镇的房子几乎都被那些过往的名人租遍了，从内城到外城。不止科学家、大文豪，汉诺威国王乔治五世竟也在哥廷根普通的民居里住过几天。显然小镇居民不能把这些名人房子开发成博物馆，否则现代人就没地方住了。而按德国人的风俗，每换一茬租客就要重新粉刷内墙并换家具，当年这些名人住的时候，多半还没有那么出名，所以随着房客的更换，他们使用的东西多半也就扔掉了。

格林兄弟的故居现在成了理发店。高斯的故居现在是一家酒馆。歌德曾住过的房子，现在就是一个普通宿舍。大家别忘了，歌德是德国的大文豪，这在中国是难以想象的。梁思成和林徽因的故居拆迁闹得沸沸扬扬，要是鲁迅故居被改造成其他用途，很难想象会引起怎样的风波。

弗里德里希·维勒，学化学的应该都知道，他用人工合成了尿素，打破了有机化合物的"生命力"学说。其实哥廷根在 19 世纪出了一批这样杰出的化学家和物理学家，但在他们的时代还没有诺贝尔奖，否则哥廷根就不止 40 多位诺贝尔奖获得者了。

在哥廷根，如果此人足够出名，除了他曾居住的房屋挂牌外，这栋房屋所在的街道也以他的名字命名。比如，开普勒大街，以弗里德里希·维勒命名的广场等。

大卫·希尔伯特是 19 世纪和 20 世纪初世界上最具影响力的数学家之一，他于 1943 年卒于哥廷根。他的居所离季羡林故居仅一箭之地，当时季羡林就在哥廷根求学，只不过当时他还是个年轻小伙子，可大卫·希尔伯特已经是个著名人物了。

能在哥廷根读书和生活无疑是幸运的，至少能租一套自己仰慕的大师曾住过的房子，沾点灵气。这个小镇没有特别漂亮的风景，但想瞻仰大师、沾点灵气的话，值得一去。

那些美国名校的"诨号"

文／杨向若

那些爬满常春藤的地方

常被提及的"常春藤联盟",其实并不是美国"最牛大学联盟",而是由美国的 8 所大学于 1954 年组成的体育赛事联盟。因为它们都是美国名校,同时也是美国历史悠久的大学,所以才在今天成为美国著名学府的最尊贵的标签。

"常春藤"中最知名的哈佛大学被称为"波士顿市郊总统、政客预科班"。历史上,哈佛大学的毕业生中共有 8 位曾当选为美国总统,其中包括现任总统巴拉克·奥巴马。

虽说哈佛有最多美国总统校友,但是中肯地说,大多数政商界精英都念了不止一个学校,很难说哪家学校是其正牌摇篮。例如,奥巴马就是先念了哥伦比亚大学然后再念的哈佛。

作为一所建立于 1636 年的世界著名学府,拥有众多政商精英只是其光辉历史的冰山一角。名人一代代层出不穷,背后的推动力也许就藏在哈佛那枚深红的校徽上:真理。

普林斯顿被称为"天主教大学",也许是因为校园内那座颇有哥特式风格的教堂过于震撼,很多人误以为普林斯顿是一所天主教大学,其实不然。普林斯顿虽在创校前期跟基督教长老会有密切的联系,但是学校从来没有任何宗教信仰，对学生也没有宗教要求。而这座建于1928年的全世界第三大的大学教堂也是没有派系的，供全校的所有信仰团体使用。

普林斯顿大学同时也是美国大学里的"高富帅"。"高"，指的是学术高、名气高，还有那座高大的教堂。"富"，在该校就读过的美国第一夫人米歇尔·奥巴马曾说："我记得当时被那些开着宝马的同学惊到了，我以前连开宝马的大人都不认识。""帅"，是因为大学坐落在花园般的新泽西州普林斯顿小镇，校园古老的建筑多为沉稳的大理石色，秋天时放眼望去满地金黄的落叶，充满了低调奢华的感觉。

位于纽约的哥伦比亚大学被戏称为"绯闻女孩影视基地"，原因就在于偶像剧《绯闻女孩》很多场景都在这里拍摄。尤其是第三季中，男主角之一内特就读的就是哥大，女主角之一布莱尔上的是纽约大学，但去哥大参观后，便"羡慕嫉妒恨"，千方百计要转去哥大。到了第四季，有3位男女主角都落户了哥大。

沙滩辣妹和IT男，谁更性感

Party School（派对学校）是美式英语，意指那些作风开放的大学。《花花公子》评出的"2012年十大派对学校"里，南加州大学位列第二名，第一名是由杰弗逊总统创办的"外表纯洁、内心狂野"的弗吉尼亚大学。

南加大有各种"兄弟会"和层出不穷的学生社交团体，课外生活多姿多彩，拥有全美最优秀的橄榄球校队和号称全美最辣的橄榄球啦啦队，再加上身处洛杉矶这个有海滩、有夜店、有俊男美女的城市，学生生活即使不至于"放荡"，也肯定很"不羁"。

相比之下，麻省理工学院的诨号则是"理工科疯子天才奥斯维辛集中营"。

如果把麻省理工学院的 IT 男与老牌派对学校南加州大学放在一起，比比哪个学校的学生更性感，是不是很难让人理解？可是，热门美剧《生活大爆炸》的海报上就有这么一句话，"Smart is the new sexy"（聪明是最潮的性感），加上之前《社交网络》里塑造的 Facebook 创始人马克·扎克伯格，谁能否认 IT 男也有性感魅力呢？

麻省理工对于学术的严谨数一数二，主要体现在他们从来不授予荣誉学位，也没有体育生奖学金这回事。就凭这股认真劲儿，麻省理工（包括毕业生和教职员工）出了 78 个诺贝尔奖获得者。

除了科研，麻省在创业实干方面也很辉煌。2009 年的一份调查显示，假如把该校毕业生所创办公司的产值算成是一个独立国家的产值，那将是一个在全世界排名第 17 的经济体。此外，麻省理工还拥有全世界最大的科幻小说开放式书架。

"阳春白雪"与"下里巴人"

乔治城大学，被认为是"首都贵族子弟社交学校"以及"国务院外交官第一养成所"。

它坐落在美国首都华盛顿的一块高地，校园小巧精致，雄伟的主教学楼是国家历史地标。乔治城大学的学生云集了美国乃至世界政要的孩子，其全美数一数二的国际关系学院则聚集了野心勃勃要站上世界政治舞台的青年才俊们，美国前总统克林顿及众多美国驻外大使都毕业于此。

如果说乔治城大学是名校中的"阳春白雪"，那么伊利诺伊大学香槟分校就是名校中的"下里巴人"，被称为"印度人与中国人学位印刷厂"。香槟分校位于美国中部大平原的伊利诺伊州，有着声誉良好的电子工程系和会计系，获得了两个发展中国家学生的青睐：印度学生奔往前者而中国学生奔往后者。虽有大量亚洲学生涌入，校园所在的小镇还是保持了自己淳朴自然的美式风格：该校一个学生中心特意建在地下，以让位于校中心一块具有历史意义的玉米试验田，不挡住洒向这块田地的阳光。

千万不要以为以理工科见长的香槟分校缺少文化气息，该校有全美藏书量第三大的图书馆，仅次于哈佛和耶鲁。

世界人民的早餐

文／张佳玮

    调侃英国饮食，在欧洲是桩安全娱乐：法国、意大利、西班牙人天天以此开涮，连英国人都常自嘲。但万事都非尽负面，英国人到底还有英式早餐撑场。法国人常爱说：都是他们自己不重视早餐——法语没有"早餐"一词，代之以"迷你午餐"——才让英国人捡了便宜，又常笑说去了英国，三餐都吃早饭就对了。话虽刻薄，终究贬里透褒，给了英式早餐一分面子。

    标准英式早餐如果摆全套，可以环绕一桌：熏肉和煎肉肠，那是撒克逊人传统；煎蛋和炸蘑菇，有些南欧风；炸番茄和咖啡是大航海时代之后才兴起的；茶来自东方；炸面包片如果用心，得选烤过两天的面包再用黄油煎，以保证酥脆焦黄。有种说法是，英式早餐在苏格兰那里，最初被唤作早餐茶——众所周知，英国人喝下午茶极隆重，胜于正餐；喝早餐茶也阔气摆排场，一不小心，喧宾夺主，成就了伟大的英式早餐。如今广东香港，上年纪的依然爱早上去茶楼一坐，连吃带喝，一两个小时弹指而过，其实与此也差不多。

    法国与西班牙人吃早餐简略些，大体是面包、橙汁、咖啡，葡萄牙人若奢华些，会来个加鳕鱼柳的煎蛋。当然他们振振有词：法国人重视晚饭，西班牙人一整天甜食不离嘴，而且一顿晚饭能从晚八点吃到凌晨。

    欧陆早餐也不是这几家独大。

土耳其人的饮食，学了许多希腊作风，又融合了亚洲风俗，摆桌很是华丽：新鲜奶酪和陈年奶酪截然分开，黑橄榄和绿橄榄是古希腊史诗里就提及的经典。黄油蜂蜜火腿煎蛋再来点西红柿切片，外加各类面包——这是春夏吃食。如果天气寒冷，土耳其人游牧民族嗜肉作风就会被催醒：煎蛋香肠锅，甚至著名的 Pacha 都能当早饭——所谓 Pacha，就是羊头汤里煮各类面包和豆类，浑厚浓壮一大锅。大冬天，吃羊头嚼香肠喝浓汤，大清早就吃了一肚子金戈铁马。

同样是东欧，波兰人早饭和土耳其人的豪壮类似：各类腌肠火腿，配各类干酪，乍看有些瑞士风；家制糕饼用来下浓咖啡。然后是两样招牌套路：一是圣女果，二是煮蛋切开加红辣椒配芥末——这二物都殷红夺目，摆桌上让人来不及看别的了。

德国人吃早饭不算华丽，颇有些英国早餐简略版的意思：熏肉、各类香肠和咖啡为主。但德国人别有些坚持：首先，他们会愿意来些玉米片之类的谷物，然后，他们对果汁的新鲜度格外挑剔，仿佛早上喝不到好果汁，就像车子没油似的；最后，他们可以在两人早餐桌上，排开十来瓶果酱和酸奶。当然，德国人还觉得，他们有独一无二的德国面包卷，但法国人会抱怨说，德国人所谓的德国卷其实是法国卷——明明是跟法国人学的啊！

印度南方的早饭大道至简：米饼配两种辣酱——通常一红一绿，红的辣，绿的是蔬菜腌酱——就算一顿了。如果不饱，再来个脆煎饼也过得去了。中部印度有些邦，爱做蔬菜煎饼，妙在香料和蔬菜常混在一起，烘得半熟，爱吃的可以爱得死去活来，恨的人会觉得根本就是野蛮人所食。印度另有种早饭，音译作"阿鲁颇哈"，正统做法是香料腌过的米饭配土豆、酸奶和咖喱炒，很像中国人吃的咖喱炒饭，但味道又华丽得多。

日本人对早饭最为宽泛，可以吃最西式的早饭，可以吃改良过的咖喱——日本式咖喱比印度咖喱要甜许多。所谓老式日本早饭，一般只有老饭馆当作仪式呈奉：一份温泉蛋、一条烤鱼、一份鱼糕、一份味噌豆腐汤、一碗米饭、一份纳豆。盐腌鱼、酱菜或梅子汁腌姜也可以随时增补。如果家常些，可能就是一碗米饭、一份味噌汤、一份纳豆。纳豆这玩意儿类似于印度蔬菜煎饼和中国香菜：喜欢的人无日或忘，讨厌的人觉得吃了会丧失生活的勇气。但如果一家人肯在早饭时请你米饭、味噌汤和家制纳豆，那就说明：这个日本家庭是真把你当自家人了。

清酒的文艺之路

文/库　索

什么酒的气味最清新？什么酒的感觉最文艺？最好它还不会把你一下放倒，但打从见到起就能让你酒不醉人人自醉。

答案当然是日本清酒。

光听名字，清酒就远远胜出一切威士忌、干邑、葡萄酒。清新、清高、清明节……凡带上个"清"字，再俗气的都能瞬间升华到文艺的境界。想想那些赏樱花啜饮清酒的场面，自是比赏菊花豪饮高粱的场面清新雅致得多。

清酒的文艺范儿还与那些围绕着它的人有关。日本的作家个个爱喝酒，电影里，身着和服的艺伎为男主角奉上一杯清酒，配着清淡的日式料理，即便是浮世绘的场面也文艺起来。

也正因此，喝清酒本身更像是一种文艺的生活方式，而清酒的种种文艺之路，皆从名字开始。

在日本本州岛福井县的越之矶酒造，就有这么一款秒杀无数文艺青年的大吟酿，名为"一期一会"，意指：借由"一生难得一会"的心境酿造出来的酒。"一期"是人的一生，"一会"指仅有一次的相会——酿酒师认为酿得一支好酒是可遇不可求的偶然，而嗜酒者因此更诚惶诚恐：既然再会无期，究竟什么样的人，才有缘共饮这支酒？

这并非凭空想出的名字，"一期一会"这个词，本是茶道术语，表示"一生中唯一一次的茶聚"。将茶道理念渗透进饮酒哲学中，多了几分及时行乐的意味，这种"跨界"模式的取名，是日本人营造清酒氛围的一种，大多数时候，你喝的不是酒，是一种意境。

对于中国人来说，最耳熟能详的清酒名当属那几个："松竹梅"、"菊正宗"、"月桂冠"、"久保田"、"鹤岛茂"、"白鹿"……从这些名字可以看出，日本人最中意将自然万物和飞鸟走兽融入酒名之中。1925 年成立的宝酒造株式会社，将招牌酒取名为"松竹梅"，不仅是因为这三种植物是日本庭院中的常客，更因为"岁寒三友"充满了寓意——松的持久力，竹的成长力，梅的生命力——恰到好处地呼应了酒的灵性。而 1659 年创业的菊正宗酒造株式会社，则将着眼点放在"菊花在繁花丛中显自然淳朴，到处可见"，希望打造出一个"不求高贵但求人人喜爱"的酒牌。

根据《铭酒事典》的记载，日本清酒的牌名高达 400 多种，且很多是为了配合赏雪、望樱、观月，颇有几分浪漫色彩。

日本最古老的清酒"白雪"，始于 1600 年，据传是老板运酒至江户途中时，抬头仰望富士山，被富士山的气势所感动，因而命名为"白雪"。此后，与雪有关的清酒名高达几十种："雪椿"、"雪中花"、"雪国之酒"、"雪之白神"、"雪之茅舍"。

樱花也是清酒中常见的存在。神户县有"樱正宗"，青森县有"吉野樱"，山形县有"出羽樱"，琦玉县有"九重樱"，宫城县有"爱宕之樱"……日本人还喜欢限时供应一种"花见酒"——即在冬天酿造，到了春天赏樱时节推出的新酒。静冈县的土井酒造应景推出的"樱花开运"，简介里十分煽情地写着生产该酒的契机："在土井酒造的工厂，玄关处就种着樱花树，每年春天都会开出灿烂的花朵。"酒厂邀请了墨彩画家向原常美，在标签上手绘出工厂里樱花开放的场景，还专门将酒瓶打造成桃红色，"闭上眼睛，晴朗天气中樱花盛开的场景浮现在眼前。开运的樱花会带来好消息，今年也请愉快地度过吧"。

有一些酒造老板本人就很文艺，比如和歌山县的田端酒造，他们有一种酒叫"罗生门"，又另有一种名为"七人之侍"，多少有些黑泽明影迷会的意思；有一些酒很微妙地被拟人化了，比如熊本县的"美少年"，岩手县的"南部美人"，岛根县的"东洋美人"，大抵是为了迎合"食色性也"的意境；如果你认为"梦工房"、"梦幻物语"已经算是文艺至死，那么，其实还有一款清酒叫作"骨まで爱して"——通俗地直译过来，就是：爱你爱到骨头里。

也许判断酒名的好坏，该看它是不是会引起酒鬼的共鸣。广岛县的贺茂鹤酒造株式会社有一款——"一滴入魂"，人称"光是看到名字，就先醉了"。静冈县的青岛酒造有一款"喜久醉"，岩手县的醉仙酒造当家招牌叫"醉仙"，也都有些一醉方休的意思。

对了，还有一款清酒，言简意赅，就叫：鬼。

日本人怎样做垃圾分类

文／林　萍

　　到过日本的人几乎都会对一些生活小细节留下深刻的印象。骑自行车的警察，笑容满面的服务员，耐心敬业且对你鞠躬的公务员，规范秩序的交通，没有折痕的纸币，拧开水龙头就能喝的水，清新的空气，干净的厕所、河流与街道。

　　如果说，有什么是我在日本生活中还未能完全适应的，除了吃生鱼片与芥末外，就是日本的全民"忍术"——垃圾分类了。

　　垃圾不但要严格地分类，还要按规定的时间才能拿到规定的地方扔。如果分类错了，不被回收，或者错过扔的时间了，那就只能拿回家臭上几天，等下次才能扔了。

平日里，几乎看不到随地乱扔垃圾的日本人。他们通常是把垃圾放进包里带回家再分类处理掉。东京还勉强可在便利店或车站找到分类垃圾桶，标识得清清楚楚的，哪类垃圾该放进哪个桶。小城市就基本只能老老实实地带回家，认真分类处理好，在规定的日期摆到门口，扣得严严实实的等待回收。翻开日本女孩子随身挎的名牌包，会惊讶地发现，里面除了化妆品之外，还有购物小票、空瓶子等垃圾。

每个遛狗人都有必备四件套

日本实行的是地方自治制度，每个地方都有自己的规定。所以每次搬家，不动产公司与房东都会第一时间给我垃圾分类表。我一般是贴在大厅里最显眼的地方，扔垃圾时得按上面的要求仔细分类。有的地方比较宽松，只要分七八类。令人发指的地方则要分二十多类。我现在住的中野区，大方面可分为：可燃垃圾，星期一、四早上 8 点前扔；不可燃垃圾，星期六早上 8 点前扔；报刊书籍纸箱、瓶瓶罐罐类星期四早上 8 点半前扔；陶器金属玻璃类的，第一、三周的星期二早上 8 点前扔。小方面的就不介绍了，光塑料瓶就要分瓶身、瓶盖、塑料包装 3 个部分，要洗干净了才能扔。煤气罐、体温计、血压计、打碎的玻璃陶器等制品要包装好，贴上标签。另外，大型家具、家电等扔之前要先打电话预约，还得花钱去便利店买专门的贴纸贴上，随意丢弃是违法的。

中野区的垃圾分类表，有中日韩三种语言。刚搬来中野区时，有次我把第二周的星期二给记成第一周了，第二天房东就提着垃圾到我家里，仔细地给我讲解垃圾分类的方法与时间，超级丢人。日本几乎没有职业歧视，会被邻居看不起的是没有处理好垃圾分类的人。

印象最深的是，有次在路上看见一个小女孩蹲在地上哭，旁边还有条大型的狗狗。询问了后才知道原来是大狗拉稀，女孩随身带的纸、水不够清洁地面，急得大哭。我把随身带的一瓶水、一包纸给了她，小女孩不停鞠躬感谢，我却觉得很奇怪。后来刻意留心，注意到每个遛狗人都有必备的四件套：纸、水、长夹、塑料袋。遛狗在日语中叫"犬散步"，这个词特贴切，狗狗确实是优哉游哉地散步的，而主人，要处理好它们的身后事——把狗狗的便便捡拾带回家，还要把地面清理干净。

事实上，日本也是在 20 世纪 70 年代才开始实施垃圾分类的，最初只简单地分为两类，之后才逐步细分与完善起来。到如今，垃圾分类的意识与方法早已完全融入了日本人的生活，成为生活的一部分。

日本人通常随身携带手帕

那么，日本人为什么能这么快就适应并习惯了垃圾分类呢？

首先，这与他们从小到大的教育有关。在刚上幼儿园时，爸爸妈妈就会教他们食物不要剩下，每天勤洗澡，更换不同的衣服，在家门口必须脱鞋，垃圾自产自销，精细的垃圾分类方法等，从小就养成了爱干净与保持良好卫生的好习惯。而学校会教他们人与环境的关系，甚至有的学校会组织学生去垃圾焚烧厂参观，让他们了解，不同的分类会影响到垃圾焚烧转化率与资源回收再利用率。日本的动漫也不遗余力地宣扬环保，比如破坏环境的人是大坏蛋等。

其次，与日本的耻文化有关。"迷惑"在日语中是麻烦的意思，不给人带来"迷惑"是日本特殊的文化。不要给别人带来麻烦几乎是所有日本人的座右铭，是他们从小到大在教育与环境中养成的习惯。海啸后日本的电视上曾出现过一位默默流泪不哭出声音的母亲，因为"她只失去一个孩子，而失去两三个孩子的家庭大有人在，如果失声痛哭的话，会让其他失去亲人的父母更加悲痛"。在日本的车站，会经常看到禁止自杀的牌子：请不要给大家带来"迷惑"。这样的防自杀标语有点令人无语，但确实是针对日本人最好的方法。都要去死了还不要给人带来麻烦，何况是乱扔垃圾？而且，如果因垃圾没分好类不被回收，被邻居鄙视的话，日本人会觉得更加耻辱。

　　再次，环境的影响。这点我深有体会，在日本，大家都不乱扔垃圾，我也总是规规矩矩地把垃圾放进包里带回家认真处理好，连打喷嚏都必定下意识地捂住嘴巴。但回到国内没几天，我就开始随大流了，一包一块钱的面巾纸，随擦随丢，垃圾根本不用分类。

　　说到环境，不得不提日本的一道亮丽风景线：手帕。在日本，几乎看不到随地吐痰的人。日本人通常随身携带着手帕，而且还不止一块。天热时用来擦汗，感冒咳嗽了也可用来擦鼻涕或痰，实乃居家旅行之必备。而且日本的手帕做得非常精美，销量特别好，是最受人喜爱的礼物之一。"阿女默无声，手巾掩口啼"，每看到日本人用手帕，我就会想起这句诗，脑海中浮现出国内古装剧里看到的古代繁华热闹的街道与才子佳人的场景。用面巾纸的，基本可判定为初来日本不久的外国人。

　　最后，与日本政府的大力宣传环保密不可分，日本灵活的地方自治制度也使政策与规定更容易实施与执行。

　　日本国土狭小，人口众多，资源严重匮乏，他们认为：通过垃圾的分类、回收，可以在环境保护和资源的循环再利用上创造巨大的价值。他们也确实做到了，现在，日本的垃圾处理技术是全世界最先进的。

"魔鬼城"卡帕多西亚

文/陈　颖

　　作为电影《星球大战》的取景地，土耳其传说中的"魔鬼城"卡帕多西亚早已名声在外。可当我们从土耳其首都安卡拉出发，一路向东南寻访到这里后，依然为亲眼所见的魔幻世界而震惊。

　　一望无际的荒原上，随处可见沟壑纵横、奇石林立。这里的岩石好像即刻复活的精灵，在天地间摆弄出千奇百怪的造型，有的尖如岩锥，有的壮如城堡，有的高耸陡峭，有的低陷平缓……

　　这个"地球上最像月亮的地方"，位于古老的安纳托利亚高原腹地，古波斯语意为"美丽的马乡"，因波斯帝国时期这里曾向波斯人进贡骏马而得名。

　　随行的导游、土耳其大学生妮可说，卡帕多西亚是风、水和火三位魔术师的杰作：几百万年前，这里经历了多次的火山喷发，散落的火山灰沉积下来，改变了周围的地形，再经过千百年风雨的洗礼和雕琢，终于锻造出鬼斧神工的地质奇观。

　　卡帕多西亚看似蛮荒之地，其实不乏别有洞天的世外桃源。格雷梅，就是其中一个有魔力的地方。这个被"仙人烟囱"和蜂巢崖所环抱的村庄，有着山谷、田园和"洞屋"组成的奇妙风景。

　　由于这一带遍布火山灰堆积而成的凝灰岩，质地较软，便于开掘，自古以来便成了穴居者的洞天福地。据说土耳其先民赫梯民族是第一个吃螃蟹的人，最早在此凿洞而居。大概公元4世纪开始，卡帕多西亚迎来大规模挖掘洞穴时代。

我们前往格雷梅露天博物馆，出现在眼前的是一大片连绵起伏的荒谷，悬崖绝壁上密密麻麻都是岩洞。

格雷梅露天博物馆是拜占庭时期的一个石穴教堂群落。和中国敦煌莫高窟相似，这个石窟教堂群落也隐藏在荒僻的山谷里。由于同样干旱少雨，大多数洞窟至今留存着鲜活的壁画。

我们沿着小路往山上走，跟随妮可，一个接一个开启教堂的洞门：眼前先是一片漆黑，随后好像一部老电影上演——导游手上的手电筒好比是放映机，在岩壁上映照出生动的影像。这些洞穴的平面清一色呈十字形，有着优雅的廊柱和令人仰望的穹顶。四面铺开的壁画，无一例外讲述着古老的宗教故事。据说类似的岩窟教堂有600多个，分布在卡帕多西亚4000平方公里的土地上。

同时，还有更惊人的秘密掩埋在地下，这就是被称为"古代世界九大奇迹"之一的地下城。

自从1965年开放第一座地下城以来，现有37座地下城在卡帕多西亚浮出水面。它们像蚂蚁的巢穴一样在地下延伸，有的甚至掘地18层，纵深入地下近百米，被中国游客戏称为人间"十八层地狱"。

其中，德林库尤地下城的规模大得出奇。据说，地上范围达2500平方米，地下则分布着1200间洞窟房，可供上万人躲藏。

这座地下城只有8层对游客开放。墙面熏得发黑的洞窟，以前是厨房；曾经挂过吊床的房间，是卧室；正中有两排石凳的地方，是教会学校；呈十字形并设有圣坛的场所，是礼拜堂……生活社区该有的，这里都应有尽有。通风系统是地下城最高明的设计，有大大小小的通风井52个，其中最深的贯穿地下86米。

这样规模宏大的地下城是怎么诞生的？原住民是谁？这些至今仍是

地下城难解的千年之谜。虽然古希腊历史学家色诺芬在他的著作《远征记》中留下过关于地下城的宝贵线索，但并没能为后人揭开真相。现在普遍的说法是，最初这里开挖的只是储藏食物的地窖，后来因形势所迫，才逐渐发展成为"无孔不入"的地下城。

事实上，人们不得不像土拨鼠一样潜入地下生活，全是战争和宗教冲突惹的祸。

抖落土耳其厚重的历史风尘就会发现，这块土地上有过太多的战乱与宗教纷争：新生的基督教被罗马人视为异端，早期基督徒为躲避迫害不得不奔向偏远荒凉的卡帕多西亚；公元 8 至 9 世纪，基督教内部又爆发了禁用圣像和镇压偶像崇拜的运动，新一轮宗教风波使卡帕多西亚再次成为受害教士的避风港；在这前后，还有信奉伊斯兰教的阿拉伯人频频进犯……

随着 15 世纪奥斯曼帝国的建立，卡帕多西亚的历史又掀开新的一页。由于当地居民纷纷改信伊斯兰教，而坚信基督教的希腊人又纷纷撤离，基督教在卡帕多西亚的影响日渐式微。相应地，岩窟教堂和地下城也逐渐淡出历史舞台。

直到 17 世纪，法国国王路易十四的密使路过这里，才偶然发现了地下城的秘密。1907 年，法国神甫纪尧姆·德热法尼翁在岩窟教堂发现大量宗教壁画，在西方宗教界和学术界引发了卡帕多西亚研究热。

如今，作为土耳其最具旅游价值的名胜之一，卡帕多西亚又掀起新一拨旅游热。今天的卡帕多西亚人的生活已经与过去迥异：他们大多搬进了现代住宅，却把传统穴屋巧妙地改造成了特色旅馆；他们皈依了伊斯兰信仰，却也完好保存着基督教的遗迹；他们继续传承制陶、酿酒的土耳其传统工艺，也热衷于开发旅游新兴产业……

在这里，你不必提防小摊小贩短斤少两，也不必担心信仰不同犯了大忌。土耳其人在世界游客中已经有了淳朴善良、开明通达的口碑。

如果说卡帕多西亚是土耳其的魔鬼城，我想，放下了心中的魔鬼，魔鬼城也可以变成天堂。

英国的灵魂在乡村

文/张　伟

　　在世人瞩目的伦敦奥运会开幕式上，出现了一幅青山绿水好风光的"田园农家乐"画面，向全世界大篇幅演绎"绿色和愉悦"。

　　林语堂曾言："世界大同的理想生活，就是住在英国的乡村，屋子里安装着美国的水电煤气等管子，有个中国厨师，娶个日本太太……"这可能是中国人对英国乡村比较早的总结。英国乡村优美的自然环境的确迎合了中国文人传统上对于世外桃源的憧憬，但中国人看英国乡村，可能注重的也只是田园风光，而忽略了背后更深层的意义。这一点，美国作家华盛顿·欧文分析得更透，他在《英国乡村》一文中说："在某些国家，都市便是这个国家的繁华富庶所在，是那里文采风流典章人物的荟萃之地，而乡村则属于较为粗陋的地方。在英国，情形则刚好相反，大都会只是上流社会的临时聚集之所或定期会晤之地……乡间却是英国人的天然感情得以真正发挥的广阔天地。在这里，他心甘情愿从城市的一切拘谨和客套之中摆脱出来，一反其平日沉默的习惯，而变得欢欣舒畅。"

有人说，英国的灵魂在乡村。多少年来，英国人一直坚持认为，他们不属于自己实际居住的城市，而是属于自己并不居住的乡村。在英国人的脑子里，英国的灵魂只有在乡村才能找到归宿。如果在英国的乡间游历，便会发现许多保持着淳朴乡村景色的小镇遍布各地。或者这么说，除了一些重要的工业中心、大都市之外，整个英国至今还保持着一派田园风光，一如百年前众多诗人画家所吟咏描画的模样。

"绿草如茵的平原，枝繁叶茂的参天大树，蜿蜒流淌的清泉，古拙威严的城堡、雕像，时隐时现的丛林绿篱，用花草精心装饰的乡间小屋……阴霾的清晨，达西先生走出自己美丽的庄园，跨过起伏的山丘，在清晨的薄雾中走向伊丽莎白的家，对她说：我爱你！"这是英国小说家简·奥斯丁《傲慢与偏见》里的故事情节。不要以为英国的乡村只是文人笔下夸大的想象，其实乡村距离伦敦并不远，而奥运会的公路自行车等比赛，本身就是在伦敦的乡间举行。

无数英国人都憧憬这样的生活：礼拜日早晨，田野静谧，教堂响起庄严的钟声。农夫们装扮一新，面色红润，心怀喜悦，平静地穿过青葱小路走向教堂。目睹此景总令人高兴，但更让人高兴的是，傍晚见他们聚集在小屋门口，愉快有加，虽然亲手装点的舒适环境极尽简朴。正是此种亲切朴实的情感，此种置身乡村美景所深怀的宁静肃然之心，使得英国人性格中最牢固的美德和最纯洁的欢乐由此而生。事实上，英国人对于乡村天生情深意浓。他们对自然之美颇能感悟，对乡村的乐趣与劳作喜爱非凡。

在 19 世纪的帝国时代，那些远征殖民地的英国人思念故乡时，都把英国想象成宁静而带有浪漫色彩的乡村。"一战"时，战场上的士兵们收到印有英国乡村的明信片，所受到的安慰和鼓励远大于无数次的高唱国歌。

"一战"彻底改变了欧洲传统的经济与农业模式，汽车及其他便利代步工具的发明和普及使得城市不断涌现。人口的不断增长使城市变得拥挤，并不断蚕食乡村，给乡村带来密布的公路网、无数加油站、污染和噪声，最终造成乡村景色的剧烈变化。而在英国也如此，对于那些不得不住在城市里的英国人而言，"拥有自己的一小块世外桃源"是他们人生的终极目标。穷人变成富人后，首先想到的是买一座庄园。即使在英国的很多大城市里，城市也是乡村化的城市。走在街道上，几乎看不到招摇的现代建筑，几百年以前的古堡或教堂几度维修之后，仍能看到旧时的模样。路两旁独门独栋的别墅样式十分古老，门前花园里鲜花长开不败，空气里飘散着泥土和植物的芳香。

乡村，已成为英国人的灵魂和血脉。英国人觉得，英格兰的乡村，以某种方式表现了这个国家所有的高贵和永恒。英国人更喜欢乡村及其文明的享受而非工业城市和全部产品，并把乡村看作英国留给现代生活的遗产。

时至今日，英国王储查尔斯也十分热衷于保护英国乡村的传统。他身体力行，在多塞特郡庞德布瑞镇和格洛斯特郡海格洛夫村，20 多年来始终如一地致力于从事推广有机农业、保护乡村风貌的实验。

显然，不列颠人早已从人文社会意义上，意识到了城市的浮躁与喧嚣，以及乡村的安宁与稳定。如今，充满了田野气息的乡村风光依旧遍布英国各地，这在一个最早进行工业革命又曾饱受环境污染之苦的国度，实在是一个惊人的奇迹。

蒙特利尔的恬淡时光

文／孙琳琳

第一眼是异乡，第二眼是故乡

加拿大这块土地，兼有格伦·古尔德、诺尔曼·白求恩、莱昂纳多·科恩、玛格丽特·阿特伍德与贾斯汀·比伯，也让《美国大城市的死与生》的作者简·雅各布斯甘愿放弃美国国籍。谈起加拿大印象，常有没去过的人说它是个大乡村，最不缺自然风光。但在大片的湖光山色之间，白求恩生活过8年的蒙特利尔是天生的都市。

作家们笔下的蒙特利尔机器轰鸣，总是伴随着贫穷、痛苦和冲突，这也是每一座大城市避免不了的成长的烦恼。但是以法语作为第一语言的蒙特利尔总是与北美各地保持着微妙的不同——人们只工作到下午4点，在那些无须为寒冷与取暖担忧的日子，邻居们下班后都手持酒杯坐在法式风格的阳台上休闲。

有人将蒙特利尔比作北美的巴黎：都讲法语，都建设了发达的地下城，都拥有古色古香的建筑与浪漫的生活方式。从语言、宗教和60%的法裔移民可看出此地与欧洲的血缘关系。自1642年第一批法国人到埠，蒙特利尔曾经是新法兰西首府、皮毛交易中心、交通枢纽、美洲大陆的酒源和罪恶之城。法裔与英裔在这里展开旷日持久的争夺，到今天，英裔掌握着经济，而法裔则掌握着这个城市的生活方式——热情、随性、今朝有酒今朝醉。

第一眼是异乡，花一个上午在农贸市场，吃焙果当早餐，再买上一些蓝莓、玉米和蜂糖，蒙特利尔就会让你有回到故乡之感了。

喷气船、地下城与太阳马戏团

出生在蒙特利尔的民谣歌手鲁福斯·韦恩莱特拥有典型的蒙特利尔性格，"人生总是茫然昏睡的时候居多，我只是在想方设法抓住那一丝一瞬迷雾中的火花，让它们耀眼燃烧，直到你们不得不醒来"。

这也许可以解释为什么此地的居民总是那么欢快地笑。在圣劳伦斯乘喷气船冲浪全身湿透之后，经营游船生意 20 多年的老板会殷勤地为每位游客递上一杯热巧克力。

蒙特利尔最为专业而又活色生香的是成立于 1984 年的本地创业精英太阳马戏团。它可能是唯一叫马戏团又没有动物的团体，靠独特创意和炫目的视觉体验打天下。他们遍布 40 多个国家的表演团队由来自全球的 1000 多名演员组成，每一位都身怀绝技。他们试图表现的是一座人间乐园，充满爱与欢乐。

天气好的时候，遍布蒙特利尔的自行车道和 BIXI 租车系统使它成为全球最适合骑行的城市之一。而一旦冬季降临，降雪常达 2.5 米深，使蒙特利尔比莫斯科更像一个雪国。地面寸步难行，整个城市的活动都转入全长 32 公里的地下城。这里有上千家商铺、数百家饭馆，还有银行、剧院、旅行社、画廊、植物园以及可以停放上万辆车的停车场，就算是地道的蒙特利尔人也会在其中迷路。

葡萄酒生活

蒙特利尔拥有超过 450 座教堂，数量甚至在罗马之上，其中最辉煌的当属席琳·迪翁举办过婚礼的圣母堂。

去过加拿大的其他城市，就会对蒙特利尔人的热情和浪漫有特别强烈的体会。每有漂亮女人路过，站在路边抽烟的小伙子们总会起哄似的大声打招呼。不过，若有谁真向他们走过去，他们倒会愣住。晚餐6点就开始了，经常持续到夜里10点，好餐馆夜夜客满，女招待交班却很频繁，因为她们要留多一点夜晚的时间给自己享用。

各种葡萄酒、各种调味的马天尼，在蒙特利尔最受欢迎。有人戏言形容蒙特利尔人爱酒的程度：在岛城蒙特利尔，就算断绝了水源，人们也不惊慌，只要窖里还有足够的葡萄酒。

Domaine des Cotes d' Ardoise 酒庄的果园也是一个雕塑公园，附近的居民有空时大多泡在这里，夫妻俩推着硕大的婴儿车散步进来，细细挑一瓶酒，再坐在阳光下懒懒地聊天或走神。下午4点钟，天气开始变冷，远山呈现出一种朦胧的紫色，人们纷纷起身离开酒庄，沿着公路摇摇摆摆地回家去了。分离并不需要忧伤，因为明天又是这样的一天。

徒步墨脱：旅途的意义是"在路上"

口述／安妮宝贝

种 子

我是 2004 年去的墨脱。我第一次看到关于墨脱的介绍应该是 2001年左右。那是一本地理杂志上的文章，文章介绍说这个地方是全中国唯一一个没有通公路、只能靠步行到达的地方。8 世纪时，墨脱名为"白玛岗"，白玛在藏语中的意思是"莲花"，据说墨脱地形酷似层层叠叠打开的莲花，且当地亦产莲花，是藏传佛教的一个圣地。

墨脱在我心里种下一粒种子，一直留在那里，每过一段时间就会想起来。到了 2004 年 9 月，我写完《清醒纪》，觉得应该要有这么一个旅行，于是就出发了。

那时候去墨脱还没有像今天这么"热"。墨脱县在雅鲁藏布江的下游，雅鲁藏布江自西向东蜿蜒千里，在此处却掉头向南，形成马蹄形大拐弯的奇景，纵贯墨脱全境。所以一路上，峭壁、峡谷、深渊、险山密布，路况艰险，地形复杂，而且气候潮湿，地震、塌方、泥石流不断。

我是一个人先从北京飞到成都，再转到拉萨，然后找到了两个同伴一起去墨脱。对一路上的危险重重，我做好了心理准备，但没有刻意购买装备——冲锋衣、户外鞋什么的，我完全没有，就在拉萨的店里买了一个防潮垫、一个睡袋，这两样东西都很有用。我没有买户外鞋，就买了两双薄底的、布面的军胶鞋，事实证明这是个极大的失误。进山以后，整天鞋子都浸在水里，脚就没有干过，衣服也全部湿透了，每天到达驻地，都要生一堆火，把衣服和鞋子一件件烤干。因为路上的住宿特别恶劣，住的地方没有热水也没有任何其他设施，就是一个木棚，也没有干净的被子床单，所以睡袋就非常有用。

出　发

第一站是林芝的八一镇。从拉萨到八一镇有 420 多公里，坐车要将近 8 个小时。在八一镇住了一夜，第二天一早出发前往派乡。派乡是通向墨脱的中转站，要进墨脱的背夫、马帮都会在此地歇脚、整顿，然后准备翻越位于海拔 4220 米的多雄拉雪山，这是徒步墨脱的起点。整个徒步的行程需要 4 天，既不能多也不能少，每天必须按计划走到固定的地方，才可以休息和住宿。

第一天行程是翻越多雄拉，到达拉格。翻越雪山一般要在早上，午后如果气温升高，积雪融化，有可能引起雪崩。一路沿着山路盘旋而上，随着海拔高度的变化，可以看到丰富多样的植被生态。从高大的树木到矮小的灌木丛，到单薄的地衣，再到寸草不生的白雪冰层，景观不断变化。

与我们同行的还有背夫和马帮，是专门雇来帮助背大件行李的。他们走得特别快，给我们指明道路后，很快就消失踪迹了。他们一般中午就到了，会在驻地等我们，而我们常常要下午四五点才能走到。

翻越了多雄拉，地势明显下降，开始在森林中行走。拉格是这一天的歇脚地，这里只有在山脚旁边搭起来的简易木棚，为过往行人提供简单的住宿和食物。

第二天的行程是从拉格到汗密。这里要穿过著名的"蚂蟥区"，所有徒步者都无法避免。蚂蟥全都生长在灌木林里，而我们必须从灌木林里穿过去。我当时穿了一件雨衣，拿围巾把头裹住，但是没有用，蚂蟥会掉下来，吸附在头皮上、背上，扎得很紧。蚂蟥头部有吸盘，且在吸血过程中有麻醉作用，一旦附着在人体上，难以感觉到，且难以揪下来，只有用烟头烫或者用鞋底拍才能使其掉落。不仅如此，蚂蟥还会在人的伤口上分泌一种抗血液凝固剂，使伤口不能凝血，血流不止。穿越的时候，我并没有感觉蚂蟥掉在身上，等到了驻地脱掉雨衣后才发现，脑袋上、手臂上都是血。

当天傍晚在汗密休息时，我们遇到了从相反方向走来的背夫，向他们打听路况，得到的消息令人担忧：由于连续暴雨，前面路上有很大的塌方，非常危险。但我们也没有其他选择：继续滞留此地，暴雨会让情况变得越来越糟糕；而且已经走了一半的路程，往回走也不是容易的事情。所以最后决定按原计划继续前进。

从汗密到背崩，34公里的路程，这是第三天的计划。走到中途就发现越来越危险，大大小小的塌方不断。前面的小路已经随着山体局部崩塌而消失。激流从山顶冲落下来，直往山崖下的雅鲁藏布江奔腾而去，地势极为陡直。而在这样的塌方区，供行走的是那种非常窄、大概就一人宽的小路，路的边上就是悬崖，脚下一滑就可能跌入江中，没人能救你。而山上还有石头不断滚落，一旦被砸中，也没有生还的机会。

这条路持续很长，对人的心理考验非常大。但是你不能停下来，到了这个境地就只能一直往前走。整片山崖都是滑的，你要从中间穿过去，底下是大江水，石头不停从山上滚落，背夫都走得飞快的，因为他们是长期生活在这里的人。在那种情况下人好像是有潜力的，你会发挥得比较好，因为那时候你没有可犹豫的，必须要通过。所以会比较专注，当你极度专注的时候会把什么都忘了。当时我们几个会互相鼓励一下，然后非常快速地通过，没有谁会回头看看你、拉你一把，把自己照顾好就已经很好了。还有一些陡坡需要爬上去，身上没装备，只能徒手爬，也没有人帮你，最多有人在上面等你快爬到的时候拉你一把。

一天下来，我们经历的大小塌方和滑坡有60多处，最大的塌方区持续了1公里左右，泥石流堆积宽度达到300米。正因为旅途凶险，悬崖小路的沿途挂着很多布幔，上面有祈祷平安的经文，画着佛像。那天，我被石头砸到脚，就肿起来了，但只能坚持继续走。

沿路看到的风景很美，应该是对这一路辛苦的馈赠。整个地形非常雄伟，里面无人打扰，因为它不是一个旅游地，所以森林和峡谷都还保持着原始风光。暴雨之后偶尔天晴，里面云雾的变化、云朵的变化、光线的变化，都非常美……

当看到山峦间点缀着一些白色房子时，我意识到终于到达了背崩。因为这里靠近印度边境，当地有驻军，我们向部队要到了一些药。可是脚还是肿了起来，连鞋子也塞不进去，走路非常酸痛。但也不能停，必须按照每天固定的行程走完。

幸运的是，从背崩到墨脱的路况较为平整，蚂蟥减少，不用再穿越原始森林。转过一个又一个山坡，天色已渐渐黑下来。刚一拐弯，前面豁然开朗。对面黑色山坡上出现大片闪耀的灯火。有了烟火人声，这个大雨中抵达的高山小镇就是墨脱。

"莲花"

墨脱其实是一个很普通的小镇，很多小旅馆和小商店，没有任何特点。游人也不多，整个地方平淡无奇。

我们出去还有很长的一段路要走，不是沿路返回，是往波密走。进墨脱和出墨脱的路一样危险，所以，墨脱并不是终点，而只是这次徒步之旅的一个休憩站。两天后，我和两位旅伴再次出发，徒步走过108K、80K、52K，翻越嘎隆拉雪山，到达28K，从那里搭车到波密，再回到拉萨。

真实的旅程就是每天赶路、避免危险，没有外界想象的那么多诗意、雄壮的东西。我去墨脱的时候，没有任何写东西的想法，当时就觉得把这段旅程走完，应该是生命中比较重要的事情，这跟墨脱县城如何是没有关系的。我一路上看到的景观、遇到的困难，对我造成的影响，都非常有益，它能让我感觉到人内在的潜力，在你面对困难和恐惧的时候，通过专注——一种极度的专注，没有任何东西来骚扰你，没有任何犹豫——被一股力量推着往前走。在城市生活，会觉得所有的事情都是可控制的，都是安全的。但在大自然中，你完全不知道它要给你什么，它如此变幻无穷，你必须保持顺其自然的心，遇见什么是什么，遇见什么问题克服什么问题。你会感觉到一种"大"的存在，这股力量牵引和包含着你的生命，因为人其实是如此脆弱而渺小的，所以感应到这股力量，接上这个脉络……你会拆解和融化自我。这段旅程让我体会到这种力量的存在。

你不可能永远走在路上，但是如果生命中有过这样一段旅程的话，它会让你心灵和意识的疆界得到扩展，你得以更开阔，更深切。

一个俗人在拉萨

文／于　坚

一

有一首流行的歌唱道：回到拉萨，回到了布达拉宫，在雅鲁藏布江把我的心洗净，在雪山之巅把我的魂唤醒……但在一个海拔四千米的地区洗心革面，让"纯净的天空飘着一颗纯净的心"并非唱的那么容易。

对于低海拔地区的大多数人来说，拉萨只不过是一个永远不会实现的"总有一天"。所以关于拉萨在低海拔地区又总是通过想象力和道听途说来弥补。这些不能体验的关于拉萨的神话传说，使西藏成了一个神秘的天边外。

一个在诗歌中提到西藏的某个地名的诗人往往就受到尊敬，如果再模仿着诗人们臆想的关于西藏的说法，发出"神说，玫瑰在寺院中盛开"之类的梦呓，那么这样的诗人在低海拔地区就要在诗群中被另眼相看了。而往往那些去了西藏回来的人，又把自己的坐飞机进去，坐汽车出来的观光旅游说成九死一生似的传奇，"我在西藏的时候……"似乎他刚刚从杰克·伦敦或吴承恩的小说里出来。一个人要在一群没有经历的小人物中显得不同凡响，他最好是常常把这句耸人听闻的开场白挂在嘴上。而另一个人如果在故乡老是郁郁寡欢，他要不令人厌烦的法子，就是每隔一段时间，就神色庄重地宣称：我要到拉萨去……他就会重新享受"肃然起敬"。这说的是传统的例子，而作为反传统的例子呢，在今天的说法却是：啊呀，都什么时代了，你还要到西藏去？在很前卫的观点看来，在市场经济的时代，到西藏去真是一种很传统的、落后于新浪潮的举动了。

而那些"在"西藏的人事实上又是一些对于我们来说是永远不会回来"证实"的人，因此，西藏对于我们来说，除非亲自去体验，否则它就永远只是一种道听途说、一种神话了。

所以，像我这种听多了梦呓的人决定到西藏去走一遭的时候，我觉得是在完成我个人生命中的一桩重要使命，是去核实某些东西。流行的西藏神话一方面把拉萨说成是一个乌托邦式的地方，另一方面又告诫要去批发一箱方便面，要准备救心丸、人参、血压计、毛线裤、短裤、味精、糖，甚至听他们说，"一到了拉萨，就不要动，不要大声说话，马上睡觉，睡四十八小时，一分钟也少不得"以及"日喀则的鱼好吃"，等等。所以，当我手攥着去拉萨的车票的时候，心情并非出门玩耍的心情，却是"能活着回来就不错了"。

二

我终于在一个阳光真实无比的正午抵达拉萨。

一到拉萨，我对这个众城之上的城的感受是来自我的身体。我立即体验了呼吸困难、胸闷。我看到从未见过的世界上最蓝的天空和世界上最明亮的阳光，我的眼睛受到强烈的刺激。我进入了一个完全在我的习惯和想象力之外的地方。我的经验立即作废了，这是一。但我的感觉进入二之后，我才看见在拉萨也充满经验中司空见惯的事物。我看到这个城市的汽车、柏油大道、宾馆、歌舞厅、四川小饭店和电视天线。也看到拉萨周围的山峰，那些山峰真正是已经抵达高处，没有一根草，白色的、灰黄色的，山上有一群群的石头，它们是那样大，以致它们已脱离了人通常对石头的感觉，似乎是一些野生的雕塑。

在这些令人胆寒的群山之间，拉萨辽阔平坦，伟大的布达拉宫屹立在一座独立于平地之间的小山的顶上。那是一座淳朴而崇高的宫殿。它依着山势而建，它的结构是世界上独一无二的，也是不可能模仿的。要模仿，得先建造那样一座山冈。布达拉宫在这个城市的建筑中显得很孤独，这一方面是因为拉萨没有摩天大厦，另一方面我想是由于它与历史和永恒的联系。当我的感觉进入三，我才完全看见了拉萨。

拉萨也许是世界上狗最多的城市之一，不是那种在低海拔地区先富起来的人们牵着的玩具狗，是长得像熊、狼、狮的藏狗。一群群黑茸茸的，满街乱跑，低沉浑浊地吼、嗥，而不是犬似的汪汪叫，令我体验了胆战心惊。我后来发现它们并不随便咬人，走路时步子才迈得坦然了。这些狗大多是无家可归的，它们白天夜里都在大街上兜来兜去。后来我看了一百年前进入拉萨的旅游者们在书中的描述，发现这些狗的这种生活方式是历史悠久的。后来我发现，不仅在拉萨，在西藏的寺院和其他城市，狗都是日日夜夜与人而不仅仅是主人生活在一起。后来人们告诉我，这些狗是放生的。放生就是生命自由了，解放了。拉萨的狗实际上暗示着西藏与万事万物的独特关系。

三

从到处是狗这一点来说，拉萨像一个古代的巨大的村庄。但拉萨又分明是一个现代的城市，至少从我住的旅店的收费四十元一天的房间的设施就可以看出来。这还是拉萨的一个中档的旅店。如果从我的房间的窗口望出去，外面的建筑物会令人以为自己置身于内地的某一城市。如果我跑到海拔三千六百米的地方来，仅仅看见这样一些毫无感觉的建筑物，那么我完全有理由失望，并且第二天就离开这个地方。但我从抵达拉萨的第一分钟起，就被那些"在"西藏的人们吸引了。

建筑可以模仿、毁坏，而人的建筑是不会改变的。我看到长得和我小时候在电影《农奴》中看到的强巴一模一样的人，满街都是。如果民族一词在习惯上往往先以衣饰来区分的话，我发现我第一次在我的国家，在人群中成了少数。当我进入八廓街后，这种感觉越发强烈。那时正是黄昏，八廓街前的广场上有很多人在移动，也有很多人在围观什么。围观者围观的是一群群席地而坐正在化缘的僧尼、自弹自唱的民歌手、杂耍艺人，钱币在这些人的脚前堆积着。

有一群女尼分两排坐在地上，一边摇着转经筒，一边哼着神曲。她们身着暗红色的袍子，闭目而歌，那曲调在我听来非常悲哀，犹如神子受难的哀歌。

她们的表情非常古老，一种在世界以外的样子。我看见她们的时候，内心被触动，这种触动于我已很遥远，我仿佛又回到了对世界充满陌生和新奇的少年时代。她们的存在使广场的一隅有了一种寺院的氛围，使一大群信神的人和不信神的人都进入了她们创造的静默中，不可抗拒地被静默，哪怕是那个在人群中最喧闹的人。

人们的衣着有一种古典的灿烂，在暗红的基调中，那些衣饰犹如寺院中的壁画。黄金和宝石在很多人的脖颈、手指上闪耀着光芒。它们普遍地佩戴在人们身上，包括许多衣衫褴褛的人。像古代一样，它们闪烁的不是所谓的"珠光宝气"，而是黄金宝石自古以来在大地上与神性、永生的联系。这不是一个什么节日，只是一个黄昏，一个灿烂来自人群而不是天空的黄昏。黄色的经幡在黑夜将临的天空中飘扬，广场上有一所寺院，仍然有许多香客在朝已关闭的朱色大门下跪叩首。

四

在西藏，对神的膜拜是不分昼夜的，寺院大门的关闭，并不意味着下班，它和太阳落山的意义是一样的。寺院前的地面全用很大的石块砌成，这是一些古老的石块，它们在千百年的跪、爬、抚摸中已呈光滑的青色，是整个广场地面最亮的部分，那些虔诚的香客看上去好像是跪在一面已裂开的大镜子上。我犹如置身于一个中世纪的广场，进入了失去的历史和时间中。和我所知道的广场完全不同，这不是一个雕塑和英雄的广场，不是一个时代广场，而是一个人神同在的广场。在这儿尼采还没有诞生，甚至中世纪的黑暗也远未开始，神仍然是那个赤着脚掌混迹于人群中的漫游者。

我不由自主地被卷入人们的移动，我发现人们全往一个方向流动，我以为那边正在发生什么事。我后来发现人们仅仅是顺着八廓街，围着这街中央的大昭寺行走，人们全顺着时针的方向绕行，没有一个人逆行，白天黑夜都是。偶然有不知情而逆行的人，他一旦知觉，会出一身冷汗，立即返转。这条街并不长，走一圈只需半小时左右，人们一圈又一圈地走，不断地有人汇入进来，也不断地有人离去。人们或默默无语地走，或摇着发光的转经筒，年轻的康巴人说笑着走。犹如河流，呈现为各种形态的流，但只为一种力量推动着。

我在人流中，鼻腔里灌满陌生的气味，耳朵里充满音乐般的声音。我已在一个相同的方向上被人们接纳，不断有陌生者摸我的背，拍我的肩，对我微笑。在西藏，微笑是看见的一部分。两旁街道的建筑全是藏式的，与我故乡的完全不同。白色的墙，描着黑边的窗子，在高原明亮的黑夜中显得庄重肃穆。我清楚地意识到一件可以证实的事：我在拉萨。

妈妈从台湾旅游回来

文/李 娟

自从我妈从台湾旅游回来，足足有半年的时间，无论和谁聊天，她老人家总能在第三句或第四句话上成功地把话题引向台湾。

如果对方说：某店的某道菜不错。

她立刻说：嘿！台湾的什么什么那才叫好吃呢！

接下来，从台湾小吃说到环岛七日游。

对方：好久没下雨了。

她：台湾天天下雨！

接下来，从台湾的雨说到环岛七日游。

事情的起因是一场同学会。同学会果然没什么好事。毕业四十年，大家见了面，叙了情谊，照例开始攀比。我妈回来后情绪低落，说所有同学里就数她最显老，头发白得最凶。显老也罢了，大家说话时还插不进嘴。那些老家伙们，一开口就是新马泰，港澳台，最次也能聊到九寨沟。就她什么地方也没去过，亏她头发还最白。

她一回来就买了染发剂，但还是安抚不了什么。我便找旅行社的朋友，帮她报了个台湾环岛游的老年团。

总之事情就是这样的：去年年底初冬的某一天，我妈拎了只编织袋穿了双新鞋去了一趟台湾。这是她老人家这辈子第一次真正意义上的旅行，几乎成为她整个人生的转折点。回来后，第一件事是掏出一支香奈儿口红扔给我，轻描淡写道："才两百多块钱，便宜吧？大陆起码三四百。"——在此之前，她老人家出门在外渴得半死也舍不得掏钱买瓶矿泉水，非要忍着回家喝开水。

那是最后的购物环节，大家都在免税店血拼，我妈站在一边等着，不明所以状。有个老太太就说了："你傻啊你？这多便宜啊，在大陆买，贵死你！"

还有的老太太则从另外角度怂恿："钱嘛，生不带来死不带去，咱都这把年纪了，再不花还等什么时候？"

我妈是有尊严的人。最后实在架不住了，只好也扎进人堆，挑选了半天，买了支口红。

这么一小坨东西，说它贵嘛，毕竟两百多块钱，还能掏得起。说它便宜吧，毕竟只有一小坨。于是，脸面和腰包都护住了。我妈还是很有策略的。

在台湾，她第一次近距离接触大海，感到忧心忡忡。

她说："太危险了，也不修个护栏啥的。你不知道那浪有多大！水往后退的时候，跑不及的人肯定得给卷走！会游泳？游个屁，那么深，咋游！"

她还喜滋滋地说："我趁他们都不注意的时候，偷偷尝了一下海水，果然是咸的！"

我问："台湾的东西真有那么好吃？"

她怒道："别提了，去了七天，拉了三天肚子！"

又说："那些水果奇形怪状，真想尝尝啊，又不敢。一吃就拉！"

又说："满桌子菜色漂亮得很，什么都有，可惜全是甜的，吃得犯恶心。"

又说："后来饿得头晕眼花，特想家里的萝卜干。幸亏同行的老太太带了一瓶剁椒酱——她们出门可有经验了。她把剁椒酱帮我拌在米饭里，这才吃得下去。"

最后说："拉了三天啊，腿都软了，连导游都害怕了，担心出事，都想安排我提前回去。"

我说："听起来很惨啊。都病那样了，还玩什么啊？"

她说："病归病，玩归玩。总的来说，还是很不错！"

飞机从台北飞乌鲁木齐，足足六七个小时。下飞机时，她几乎和满飞机的人都交上了朋友，互留了电话。

大家都是出门旅行的，所参加的团各不相同，免不了比较一番：你们住的酒店怎样？你们伙食开得如何？你们引导购物多吗？……踊跃吐槽，很快将各大旅行社分出了三六九等，丝毫不考虑各旅行社的领队感受如何。

接下来又开始分享各自的旅行经验：出门带什么衣物穿什么鞋，到哪哪儿少不了蚊子油，哪哪儿小偷多，哪哪儿温泉好……我妈暗记在心。回来以后，向我提了诸多要求：买泳衣、买双肩背包（终于发现编织袋有点不对了）、买遮阳帽、买某某牌的化妆品、去北欧四国……

北欧四国……就算了吧，毕竟出钱的是我。我劝道："那些地方主要看人文景观，你文化水平低，去了也搞不懂。还是去海南岛吧。"

看来人生的第一次旅行不能太高端，否则会惯坏的。

她开始研究我的世界地图。

一会儿惊呼一声："埃及这么远！！我还以为挨着新疆呢！"

一会儿又惊呼："原来澳大利亚不在美国！"

最后令她产生浓厚兴趣的是印度南面的一小片斑点："这些麻子点点是啥？"

我说:"那是马尔代夫。"又顺手用手机搜出了几张图片给她看(多事!)。

她"啧啧"赞叹了五分钟,掏出随身小本,把马尔代夫四个字庄重地抄了下来。

我立刻知道坏事了。

当天她一回到红墩乡,就给我旅行社的朋友打电话,要预约马尔代夫的团。

我的朋友感到为难,说:"阿姨,马尔代夫好是好,但那里主要搞休闲旅行,恐怕没有什么丰富的观光活动。不如去巴黎吧,我们这边刚好有个欧洲特价团。"

我妈认真地说:"不行,我女儿说了,我的文化水平低,去那种地方太丢人现眼。"

以前吧,我家的鸡下的蛋全都攒着,我妈每次进城都捎给我的朋友们。如今大家再也享受不了这样的福利了。我妈开始赶集,鸡蛋卖出的钱分文不动,全放在一只纸盒子里,存作旅游基金。

但赶集是辛苦的事,我只好在朋友圈里帮着吆喝:请买我妈的鸡蛋吧,请支持我妈的旅游事业吧。

大家纷纷踊跃订购。我妈一看生意这么好,很快又引进了十只小母鸡。估计到今年初夏,日产量能达到十五到二十个蛋。

我们这里土鸡蛋售价为一元五一个,算下来月收入至少七百元。一年下来八千多。我家的奶牛基本上一年半产一头小牛犊,五个月大的小母牛售价四五千,小犍牛可卖三四千。我再给补贴一点——好嘛,一年远游一次,什么北欧四国马尔代夫,统统不在话下。

总之,台湾之行是我妈一生的转折点,令她几乎抵达一生中最幸福的时光。之前她拍照时总是抿着嘴、板着脸,丝毫不笑,冒充知识分子。

如今完全放开了，一面对镜头，笑得嘴都岔到后脑勺了。还学会了无敌剪刀手和卖萌包子脸。

不但染了头发，还穿起了花衣服。

我建议："妈，穿花衣服也不是不可以。但是，当你穿花衣服的时候能不能别穿花裤子？或者穿花裤子的时候别穿花衣服？"

她不屑一顾："你没见人家台湾人，男的都比我花！"

突然有一天，我妈认真地说："从此以后，我要放下一切事情，抓紧时间旅游！"

我以为她彻悟了什么："什么情况？"

她说："听说六十六岁以后再跟团，费用就涨了。"

额济纳胡杨林：最美的生命史诗

文／吴晓琴

9月，当萧瑟的风从巴丹吉林沙漠的旷野中吹来，额济纳旗凉意泛起，各种草木渐衰，唯有胡杨，树树秋声，沾染了灿烂的金黄。这种荒原上最为坚韧的植物在秋霜袭来后变换姿态，点缀着蓝天与湖泊，勾勒出一个色彩斑斓的童话世界。

色彩斑斓的童话梦境

额济纳旗位于内蒙古自治区最西部，东南西北四面分别与阿拉善右旗、甘肃省酒泉市及蒙古国相邻。

这里自古便是"北丝绸之路"和"龙城古道"的交会点，过千年丝绸的光泽、茶叶的沁香，至今犹响驼铃叮咚。

额济纳也是胡杨的故乡。这里有着世界仅存的三处胡杨林之一——额济纳胡杨林。当年张艺谋的电影《英雄》中，张曼玉和章子怡在黄叶中打斗的场面就是拍摄于此。衣着飘逸的剑者狭路相逢在这漫天飞舞的黄叶间，如梦如烟的孤傲、悲凉让人印象深刻，心驰神往。

每年的9月底至10月中旬，是额济纳胡杨林最美的时节，一夜的寒露骤然将胡杨的叶子全部染黄，当大漠戈壁上的风一阵阵吹过，林中就"扑簌簌"地下起胡杨叶雨，满目的缤纷壮阔，尤其是黑河沿岸数十万亩的胡杨，曲折绵延，成片的胡杨树叶在秋阳里婆娑起舞，在秋风里翻滚着鲜亮的色彩。

在额济纳40万亩天然胡杨林中，有一棵我国境内最大、最粗、最老的胡杨树，它高27米，胸径6.5米，有着近900年的生长年轮，却依然青翠挺拔、枝叶繁茂，被当地人尊称为"神树"。在"神树"周围，还有五棵发自它根系的胡杨，人们把它们叫作"母子树"。每年初春，牧民们都会来到树前祈祷风调雨顺，畜草兴旺。

极旱荒漠区的胡杨王者

胡杨，又名胡桐，蒙古语为"陶来"，维吾尔族人则称它为"托克拉克"，意思是"最美丽的树"。

有人曾用"至媚至傲，至柔至刚"来形容胡杨的美。的确，刚强与柔和，妩媚与傲然，在它身上得到了完美的融合。

胡杨具有惊人的抗干旱、御风沙、耐盐碱的能力，能顽强地生存繁衍于沙漠之中，因而被人们赞誉为"沙漠英雄树"。

此外，胡杨还能生长在高度盐渍化的土壤上，因其细胞透水性比一般植物要强，从主根、侧根、躯干、树皮到叶片都能吸收较多的盐分。当体内盐分积累过多时，胡杨能从树干的节疤和裂口处将多余的盐分自动排出去，形成白色或淡黄色的块状结晶，这就是"胡杨泪"，也俗称"胡杨碱"。由于这种"胡杨碱"的主要成分为小苏打，所以被当地居民收集起来发面、蒸馒头，或者制作肥皂。

不过，再有能耐的生命，都无法长期脱离水而存活，包括胡杨在内。作为极旱荒漠区里真正的王者，胡杨彪悍的外表下藏着对水的极大渴望——树根能深入地表20米以下，紧紧抓住大地吸取地下水，以保证体内水分所需。

额济纳旗的胡杨多集中在黑河两岸。历史上，黑河河道在额济纳旗境内几经变迁，胡杨林的分布也随之改变，如今著名的"怪树林"，就是古河道周围的胡杨林死亡枯萎形成的。

怪树林的"血战场"

一位摄影发烧友曾感慨：额济纳的胡杨是最有灵性的，可以用"生之灿烂"和"死之刚烈"来形容。清晨，金色的霞光洒在胡杨明黄的树叶上，点点碎金，斑驳中昭示着生命的光芒——这是胡杨的"活"；黄昏，落日的余晖照耀着"怪树林"，那些虽已枯败的枝丫却昂然直指苍穹，逆光下的剪影，悲壮而不息——这就是胡杨的"死"。

这种死，并非死寂，而是虽死犹生。

关于胡杨，有一种流传极广的说法，称它为"千年不死，死后千年不倒，倒后千年不腐"。这种"死后不倒，倒后不腐"的特质在额济纳旗的"怪树林"中体现得尤为充分。"怪树林"位于额济纳旗旗府达来呼布镇西南约28公里处，百年前，这里曾是一片原始森林，后来由于水源的枯竭，大片胡杨也随之枯死，这里如同胡杨的"墓地"，枯萎的胡杨年复一年地守望着苍凉的大漠。

在富有想象力的人眼中，"怪树林"里每一棵树的每一种姿态，都是一种寓意：有的昂首苍穹，似在呐喊；有的低头静穆，似在祈祷；有的成双成对，若母子，若恋人……也有人说，"怪树林"像是一个"古战场"，曾经发生过一场殊死的恶战——有的像被砍去头颅的士兵，匍匐在地；有的断臂截腰，像在挣扎；有的剖腹不倒，靠在金戈一般的枯树旁，粗厚的树皮如盔甲连着骨肉……其坚强令人难以置信，其形让人难以名状。

在传说中，怪树林确实发生过一个悲壮的故事：当年黑城（又称哈拉浩特，在今额济纳旗境内）将军哈拉巴特尔骁勇善战，威名远扬。后来，城外敌军来犯，并截断了河水，使黑城陷入了既无援兵又无饮水的困境。最后，将军与士兵突围出城，和敌军一路拼杀，直至战死于"怪树林"，尸横遍野……从此，他们就和这片树林化身为了一体。

　　可以说，"怪树林"就是额济纳胡杨的前世，维持着作为将士生前的荣光，享受着后世人们的敬仰。而"怪树林"的"死"与黑河河畔金秋胡杨的"生"，都是胡杨的精神，只有走进去认真体会，才能到达它的彼岸……

榕树，南方的神木

文/张　茵

绿色图腾

一日，行至闽地乡间。

一道河溪清凌凌流过，身畔一株大榕树斜斜地向水面倾下身子，浓密的叶子几乎一直蔓生到对岸。树干苍虬多筋，应有几百岁年纪了。不过更吸引我的，是挂在树枝上的一道道红布条，有的已褪了颜色，有的还相当新鲜，雨雾里红绿相衬，煞是好看。我注意到树下还有烧残的香，雨丝洇湿了香灰。

在闽台地区，老百姓把榕树尊为"树王"、"龙树"、"神树"，认为榕树最有灵气、最有情感、最能荫庇乡人，视榕树为吉祥、平安、长寿的象征。逢年过节，要喝榕树水，以求长寿；还要用榕树水淋洒房间，以驱邪。家中有人故去或生重疾，要在门环上挂两束榕枝，告启邪魔"切勿入内"。有人结婚，礼物里放一束榕枝，示意爱情万古常青……一个地方的古榕树，往往就成了一方水土的保护神。

在潮汕地区，村庄多种植榕树和竹子。有一句俗语就叫"前榕后竹"，意思是榕树要种在屋前，竹子要种在屋后。除了要借榕树在前院带来庭荫好纳凉，借竹子在房后抵挡寒风以御寒，这里面还有一个谐音的讲究。潮汕人称榕树为"成树"，而"前榕后竹"的谐音，即"前成后得"——

前前后后，皆有所成，皆有所获，自在圆满。不仅如此，潮汕人认为村落的土地公公——"社公"就住在榕树下，所以常常看见榕树就会看到树下的社公庙。庙虽小，香火却是不断。

而在浙江温州，早些年几乎每个村头、路口都种有榕树，那是民间的风水树。和榕树一起出现的，常常还有一座朴实的路亭。这种亭子从晋代就开始修建，大都是民间集资，用作行人歇脚和躲避风雨的。因路亭常与榕树相伴，故得名"榕亭"。20世纪80年代时连温州市区留下的榕亭都过百。到了三伏天，从农历六月初直至八月末，榕亭下就会出现装在大桶里的"伏茶"——那是乡邻们用金银花、夏枯草、甘草等十多味中草药熬煮而成，免费供应路人以去暑解渴的。于是榕荫和古亭，茶碗和茶壶，江声和蝉声，还有那咿咿呀呀拖长了的唱腔，就成了许多人老照片似的童年印象。

同一方天空下，榕树生，万物长。与能活千余年的榕树比起来，人的一生，短暂得如同白驹过隙，如同清晨从叶梢滑落的一滴清露，于是人向往永恒，去自然中寻找灵魂的慰藉。榕荫下的人们自然找到了世世代代荫庇自己的榕树，他们把榕树当成绿色图腾，他们植榕、护榕、敬榕、爱榕，让天地与人浑然一体、物我相融，让精神和向往与岁月共长……

雨林"大食堂"

一次偶然的机会，我在中国科学院西双版纳热带植物园见到了更自然、更狂野、更接近其生命原生状态的榕树。

作为中国热带雨林面积最大、生物多样性最丰富的地区，西双版纳有榕属植物46种，差不多占到中国榕树总种数的一半，此外还有两个亚种和19个变种。

所有树木当中，还有谁会比榕树活得更为恣情肆意？特别是在雨林中，它们那么不拘形、不拘态，几乎化身为我们能想到的所有树的形态——甚至超越了树的形态；它们笔直向上，也攀缘、附生、绞杀，难怪植物学家说榕树是最具多样性、种类最丰富的陆生植物属。而这一切，都是为了适应错综复杂的雨林环境。

在一个小小的湖边，我停了下来。湖的对岸，有一株格外高大的聚果榕。植物园的魏博士递给我一个望远镜。

我举起望远镜望向对岸。那聚果榕真是名副其实啊！我从没有见过一棵树能长出那么多、那么多的果子，一嘟噜、一嘟噜地挂满树干，有的深红如玛瑙，有的橙黄赛金橘，有的是青黄过渡的颜色，有的还青青绿绿；衬在老树皮灰褐皲裂的背景里，像斑斓的抽象派油画，无比悦目。

"榕树是热带雨林食物链中的一个重要环节，在维持雨林生物多样性甚至整个生态系统的平衡中都起着非常重要的作用，是热带雨林中的一类关键物种，这是国内外植物学界公认的。"魏博士郑重地说。

榕树的花序在植物界中是最特殊的，从外边看根本发现不了，所以好多人还以为榕树不开花呢！当榕树花成熟了、开放了，花序——也就是那个"果子"的顶部，会自动打开一条秘密孔道，让一种非常细小的昆虫——榕小蜂飞进飞出，为它传粉；那榕小蜂也在榕花中产卵、繁殖，并最终在果腔内死亡。

榕树特别的花序，只有特别的榕小蜂才能为它传粉。这些特殊的榕小蜂几乎一生都在榕树的花序里度过。榕树与榕小蜂这种相依为命的关系，生物学中有一个术语，叫作"协同进化"。而榕树与榕小蜂之间的协同进化，竟可远溯至恐龙称霸的白垩纪，迄今已9000多万年！还有更令人称奇的，每一种榕树，都对应着一种专属的榕小蜂；换言之，全世界有榕树植物750种左右，而全世界榕小蜂的种类大约也是750种。

榕荫极广，以及能容

我们一早上路，魏博士说今天要带我去看神秘的"榕树传说"。

很多的树干，很多的树枝，很多深碧的树叶。枝杈上像长胡子一样悬挂下很多气生根，细弱的如丝柳飘悬，粗一点的如青藤蜿蜒，还有的已悬垂及地，入土生根，形似支柱。蕨草和兰花带着怡然自得的神气，一丛丛在树身上葳蕤生长，好像人家里一盆盆被精心悬挂起来的盆栽。

"看看有多少棵树？"魏博士问我。

我扫了一眼。这么多，肯定有支柱根，当然也有不少主干，那些较粗的应该都是主干吧？

"大约……"我沉吟一下，"三四十棵吧？""呵呵，就一棵。"魏博士笑眯眯地伸出手臂，"看到那棵最粗壮的了吗？只有它是母干，其他都是气生根长成的支柱根。支柱根和主枝干交织在一起，远看就像一大片林子，这就是传说中的'独木成林'，也是榕树独有的生长奇态。"

魏博士说，榕树可能是生命力最旺盛、最具适应性的树种。差不多任何地方——墙头、新开挖的路边、石头缝、石灰山岩上……榕树的种子都能萌发。它发达的根系善于汲取有机养分，悬垂的气生根甚至能从潮湿的空气中吸收水分。支柱根入土后，更加强了树身从土壤中吸取水分和养分的作用。如此，枝柯交错，盘根错节，子子孙孙不可计数，远看就像是一片森林，这就是"独木成林"的奥秘。

俗话说"树大好乘凉"，体量巨大的榕树自然成为雨林里许多动植物的家。特别是一些绞杀榕和具有气生根的榕树，它们的根纵横交错、格外粗糙，尘泥雨水贮存于此，成为各种喜阴植物的花床。植物学家在西双版纳榕树上发现过36种蕨、37种兰花和36种青藤，它们各自芬芳，在榕树身体上绽放出一个个小小的、奇异的"空中花园"。

见菩提如见佛

在西双版纳的最后一天，魏博士说，要带我去看西双版纳的"榕树之王"。

车子停在了一个寨口。我们下车，步行而入。村子后面有一座小山，山顶小巧玲珑地竖着一座傣寺。快要到顶，寺还未现身，一株高大的婆娑绿树已现了身。魏博士弯下身，从地上捡起一片树叶，递到我的掌心。

好美的"滴水叶尖"。

"菩提树？"我犹疑地望向魏博士。

他点点头，"对，菩提树——学名叫菩提榕，在傣家人的心里，它就是西双版纳的榕树之王。"

我恍然大悟。早听闻菩提树的大名，只是从未想过它竟然也是榕树！西双版纳全民信奉小乘佛教。小乘佛教是从印度传入的，他们认为共有28代佛主，每位佛主都有各自的"成佛树"。最后一代佛主也是佛教创始人释迦牟尼的"成佛树"，恰是菩提树。

小乘佛教有个规定，建寺时须栽种"五树六花"："五树"常指菩提树、大青树、贝叶棕、铁力木、槟榔或糖棕或椰子(三选一)；"六花"常指荷花或睡莲、文殊兰或黄姜花、金凤花或凤凰木、黄缅桂、鸡蛋花、地涌金莲。这些"神性植物"赋予了寺庙一种特殊的、强大的"场"，让善男信女们犹如嗅到了天国的香。民间建寺时，"五树六花"不见得都凑得齐，但菩提树是万万缺不了的。

魏博士告诉我，由于橡胶种植等原因，西双版纳的热带雨林被破坏得很厉害，出现"片断化"，许许多多的榕树倒下了。如果雨林环境不断恶化，一些榕树物种将会消失。到了那时候，许多动物和微生物就会失去常年不断的食物，许多附生、寄生植物也会失去"花床"，很可能导致更多动植物的绝灭——就像倒下的一串多米诺骨牌。

不知用了多少年，西双版纳的热带雨林才构建起它精巧的平衡，榕树才成为这平衡网中的一个关键绳结。我只希望，再过一千年、一万年，西双版纳雨林还在，雨林深处姿态万千的榕树还在，榕荫下的"盛宴"还在，榕树身上的"空中花园"还在……

昆明在别处

文/卤　蛋

云

昆明人和菜头曾在旧文中写道："如果从南方飞来，你能看到滇池如同双手张开，捧着小小的昆明。"

朋友果然从南方飞来，阳光明媚，万里无云，她没看见巨大水泽边夜晚泛着幽蓝暗光的昆明，见面把行李丢给我，不和我拥抱，不和我叙旧情，只连连惊诧道：昆明的天这么好看！好看！太好看了！

我惊诧于她的词语贫乏和对老友的视若无睹，"怎么个好看法？"

这家伙终于低下了她远远大于45度角仰望天空的头，小心翼翼地说："就像钻石。"

我理解她说的透明、清冽，但钻石太过耀眼，我只得纠正她："不，这是冰，世界上最大的一块冰。"

这块巨大的蓝冰悬在海拔1891米的昆明上空，由梅里雪山的冰雪和西双版纳的热浪调和而成，澄澈光亮，对自己的颜色和质地毫不珍惜，就那样随随便便地找个随随便便的日子铺开来。

在这种蓝色晕染下，昆明的阳光、雨水、云朵也变得异样，毫不拖泥带水，完全按照自己的性子在城里游荡玩耍。阳光均匀流溢，轻盈跳跃，雨水说来就来，说走就走。而昆明的云，是最变化多端，唯其多变反而见出单纯。小时候和哥哥爬上屋顶，坐在倾斜的瓦面上，顶着高原的紫外线，头顶上，一头狮子，一场古代的战役，一个童话里的女巫，一条镶在房子、群山上的花边……一个个离奇的故事一次次上演。最记得的，却是几年前一个夏天，整个傍晚只有一朵又薄又小的云，在深蓝的天空中瞎晃，像一个捉迷藏躲得太隐秘的小孩，大家找不到他散了之后，他才悻悻然地溜出来，又得意又寂寞，我眼巴巴看着他直到消逝……

1938 年，沈龙朱随母亲张兆和来到昆明找到父亲沈从文的时候，仅有 4 岁。生活恶劣，河流漂下来的死尸、铁丝穿过手掌连成一串的贵州壮丁、席子下面奄奄一息的逃兵……父亲力图让孩子的眼睛忽视黑暗，做得最多的一件事情就是带着年幼的兄弟俩看昆明的云。有云的日子，老人说，那是天神的大口袋破了一个洞，里头的羽毛一边走一边掉，其形状、颜色、风度，皆有灵性，就像这个庞大、无动于衷的世界对你微小执念的回响一样，昆明人躺在天神宽大的衣袖里，被庇佑。仗着这温柔的庇佑，昆明人理直气壮地像头顶的云朵一样晃晃悠悠，活过一日一日。

懒

昆明人确实是懒散的，文化巷、钱局街、翠湖周边，毫不理会朝九晚五，随时可见不慌不忙的人，发呆的，晒太阳的，坐坎子上喝酒的，遇见熟人了站定就开始吹牛侃山……老友开玩笑：怎么会没事做？是不是政府花钱请他们来街卜摆造型塑形象的？时间淌得缓慢，没什么紧着马上要办的事情，悠悠地来悠悠地走，不急。据说民国时期，昆明警察兼任的另一个职责便是每天早上拿着火钳敲开那些迟迟不开的店门。时至今日，未见改观，21 世纪的昆明市开门最早的、关门最晚的、营业时间最长的店面，都不是昆明人开的。

读书期间学校调整作息，早上 8 点即开始上课，临到冬日，起床时天色仍暗，老教授发话：第一节课起不来别着急，你们就赶第二节课再来。

下一周，第一节课没来的几个全是昆明同学。这种不进取常被外地人嘲笑：你们的钱都被别人跑到家门口拿走啦！昆明人笑笑不在意。一边笃厚地由着外地移民大军占领昆明的高楼大厦、大街小巷、早上的包子铺晚上的烧烤摊，一边由着他们为昆明的懒散找出气候的、地理的、心理的各种依据，证明唯此一懒别无他法。

米线、菌子

很多时候，昆明是游人的中转站。即便如此，昆明也不容许起早贪黑，睡觉睡到自然醒，这是一个馈赠。在日出之后，整个昆明的米线都热气腾腾，耐心地在锅里、在碗里、在罐罐里等着你醒来。

昆明人吃米线，如同化学实验，仗着四季不断的新鲜蔬菜，各式做法，各种汤料，各色菜式，想到的没想到的，统统给我到碗里来。固定下来的吃法已然上百种，小锅米线，过桥米线，豆花米线，凉米线，卤米线，炒米线，砂锅米线，罐罐米线……光是热米线，又分出了焖肉、脆哨、三鲜、肠旺、杂酱、卤肉、鳝鱼、菊花等。昆明人热爱米线众所周知，它是我们的早点、正顿、晚饭、夜宵，是我们的零嘴。所以，如果你在下午三点这个不搭嘎的时间，在昆明宝善街"建新园"店门外，看见一堆昆明人端着米线，蹲在街边，晒着太阳，边吸边嚼边划拉的场景，不要奇怪不要围观，大步走到窗口，对着收银的姑娘叫一声：给我来个凉米线，大碗！

今年夏天昆明的雨水很多，和雨水一起来的，是菌子。夏季的雷雨就像一声号令，把它们从睡梦中惊醒，松茸、鸡枞菌、干巴菌、青头菌、牛肝菌、竹荪菌纷纷从云南广袤的森林野地里探出头来，伞盖吸足了山林的野莽之气，根部沾着泥巴，马不停蹄地奔赴昆明餐桌。我最爱红色牛肝菌，又名"捏捏青"，顾名思义，手捏过的地方会变成铜绿色，这质朴松软的绰号，实则暗藏危险。上学时同桌食用不当，整个下午眼睛盯着桌面，看彩色的小人在桌面跳来跳去，这是轻微中毒导致的幻觉。但昆明人仍大胆地爱这危险的美味，如乡野探险，每年如期赴约，真正"宁可眼睛瞎，不让嘴放塌"。

马 普

许是云朵太软阳光太轻，容易让人飘起来落不在地上，昆明方言一开口就故意说得又重又狠，要把自己一扣一扣砸在地上才罢。电影院门口，一急吼吼少年指着前面慢悠悠走过来的一人，大喝："憨贼！你给是踩着你家 11 路公交车悠着来呢？说两分钟就到给我等半日！过来，跪的！"慢悠悠少年过来一把搂住急吼吼少年的脖子回道："你冒挨我扯朵朵（'别胡说瞎扯'的意思），你喊哪个跪着？"两人用普通话的腔调混着昆明方言的发音，是为马普，你一句我一句勾肩搭背扬长而去，留下老友呆立在旁，等我解释。昆明方言的"狠"确属故意，好像如此便可见西南夷血性义气之端倪，但语言上的这种"狠"容不得推敲，对话时间稍长，便被打回原形，再生气不过"鬼火绿"（生气），再感慨不过"么么三"（类似"哇噻"之类的感慨词），没有缭绕卷舌打得你心猿意马，没有前后鼻音整得你猫抓火燎，说话平整温暾，性情和舌头一样耿直。

一个昆明人若待你好，便没有虚实并进的花招，都是日常的平实妥帖。吃到好吃的，记着带你来；买到好用的，会有你一份；你有伤心事，赶半夜车带着酒和烧烤来看你；你被欺负了，和你站一起。不温情不凌厉，不僵直不模糊。

但昆明这个城市的内里仍是冷漠。它对谁都温和，但其实它谁都不关心，贩夫走卒，达官贵人，任其自生自灭；它对什么都感到好奇，但其实它什么都不在意，政治经济，历史文化，时尚娱乐，好的坏的，中的西的，新的旧的，一起在昆明混合杂糅，相安无事。没有沉甸甸的拷问，没有精雕细琢的修饰，没有扭曲异化、身份丧失的焦虑，昆明大概就是：你好，谢谢，再见。

喏，你看，这是一个"在别处"的昆明。昆明的混合，杂糅，温和，疏离，轻盈，怪异，漫不经心全合了这三个字。这不是怒骂，恰恰相反，因了这三个字，昆明一直都可以做个孩子，住在里面的人总能有大把时间看云喝酒，闲逛瞎晃，养草遛狗，碌碌无为，懒惰的例外和云朵一般大胆奇异的想象力，被一部分人花在如何把花、果、草、茶、鱼、虫、鸟、兽、菌做成好吃的，一部分人则如昆虫一样搜遍大街小巷，找到它们，呼朋唤友，下菜佐酒。

任世事的肉汤如何熬煮。

婆源笔记

文／祝　勇

　　我们有一个共同的愿望：在婆源租一所老房子，住下。在这里，写作和交谈。有点像合并同类项，两个爱乡村也爱文字的人，被婆源，合并。但最经济的是我们，在这里，可以与诸多向往的事物同在：山水、风月、田野、老屋、廊桥、灯、牛、农具、村民、酒、书、笔墨、乐器、历史、爱情。在婆源，它们松散地混合在一起，像浸满柴火味的空气，被我们习惯，并且，忽略。但很久以后我们便会发现，将它们组合在一起该有多么困难（就像我们，在离散之后，再也无法相聚）。只有婆源具有这样的能力，仿佛它是上述一切事物的故乡。任何古旧的事物（包括堂上的字画、器皿、窗栏板上的雕刻）在这里出现都不显得唐突，它们就像是在岁月里生长出来的，没有人为的痕迹，生命中所有的谋划都不动声色、雍容、质朴，与土地、河、树林、目光、梦境，浑然一体。

　　要在婆源待下来，待住，等到我们最初的激情在安静的生活中逐渐退潮，我们就会发现真正的婆源。婆源是内向的，永远与奇迹保持距离，尽管它孕育过朱熹这样的伟人，并且吸引过李白、黄庭坚、宗泽、岳飞这样声名显赫的访客。婆源不是一个发光体，这一点与宫殿不同。在金碧辉煌的都城，即使是旧宫殿也是明亮的，在遥远的距离之外，我们的双眼也会被它屋顶的反光刺痛。在婆源，几乎所有的事物，诸如田野、青山、石墙、烟囱，都是吸光物，质地粗糙，风从上面溜过，都会感觉到它的摩擦力。婺源不属于那种夺目的事物，这里没有一处是鲜艳的，它的色泽是岁月给的，并因为符合岁月的要求而得以持久。为了表明谦卑，它把自己深隐起来。延村、思溪、长滩、清华、严田、庆源、晓起、江湾、汪口、理坑……反反复复的村庄，在山的褶皱里，散布着，像散落的米粒，晶莹、饱满、含蓄，难以一一捡拾。

不知道婺源的村落里暗藏着多少高堂华屋，从一扇小门进去，不知会遭遇什么。所有的屋宇，都有一种惊心动魄的美。但它们并不嚣张，那些高大的院墙和华美的雕刻在历经岁月的烟熏火燎之后已不再令人望而生畏，作为对现实的隐喻，这些雕饰——"喜上眉（梅）梢"、"和（荷）合（鹤）美好"、"鹿（禄）鸣幽谷"——变得像现实一样朴素。雕梁画栋，与日常生活连接得如此妥帖。儒雅的官厅中，有几只母鸡在散步，戴花镜的祖母，弯在竹椅上打盹。所有的房屋，都有好几个敞开的入口，我们把那些开启的门扉当作公开的邀请函。我们可以任意参观所有的空间：堂屋、轩斋、天井、花园、庭院、回廊、厨房，甚至卧室。这使我们有了接近婺源的机会。到后来，我们干脆住在里面。我们躺在五百年的木床上睡觉，五百年前的事物就这样在梦中汹涌而来，而现世的烦忧，则再也无法扭动梦的机关。

婺源像夜晚一样，饱含着生活的秘密。我们在白天里观察婺源，疯跑、迷失、流连忘返。但在夜晚，我们进入了婺源的内部，可以变换观察婺源的方式，比如：倾听、呼吸、梦幻、想象。夜晚呈现了比白天更多的东西。最奇妙的感受在于，我们能够倾听到倾听者——在黑夜里，埋伏着无数的倾听者，寂静，暴露了它们的存在——不仅包括隐在黑暗中的身影，还有各种各样的物品：桌椅、茶壶、门窗、小巷、树叶、野猫……仿佛事先达成默契，所有的事物都在彼此倾听。倾听成为许多事物交流的方式，很久以来，我们都忽略了这一点，并且因此中断了与许多事物的联系。现在，这种联系正悄无声息地恢复。在夜里，我发现自己和婺源正在相互渗透。我甚至可以看见婺源渗入我皮肤的进度，彼此之间无所顾忌地坦然接纳。

婆源的夜晚是湿润的，像你的身体，令我迷恋。它变成声音、气味和触觉，但它仍可看到。即使在夜晚，婆源依旧保持着它的形象，在黑暗中隐约浮现。我真正看清它，是在所有的灯光熄灭以后。桌案、橱柜、神龛、钟表，在黑暗中，我能感觉到它们的存在——它们具有与黑夜不同的密度，待得久了，我就能看清它们，轮廓鲜明。夜色弥漫，屋檐像船只一样浮现。夜以隆重的形式降临。婆源拥有最厚重的夜晚。在这样的夜里入睡是安详的，你的体温就是夜的温度。

在婆源，我会醒得很早。这一点，与在都市里截然不同。我的身体变得异常敏感，它的反应，与周围的事物完全同步——我醒来的时候，我清晰地看见，屋子里的家具，正井然有序地——苏醒，先是靠窗的条凳，然后是那张祖上传下来的八仙桌，再后是屋角的箩筐……只有那顶旧蚊帐，在我醒来之后，依然睡眼迷离，耷拉在床架上。我的身体知觉依次恢复，从眼，到耳，到鼻，到手足，与此同时，对婆源的记忆一一恢复。窗外的耕牛像多年以前一样劳作，我想起一句诗："村落从牛鼻里穿过。"朋友庞培写的，关于婆源，他写过很多好的句子，但我最喜欢这一句。我用手摸摸床，你应当在这个时候起身梳妆。但那床是空的，你已消失，我触到的只是床单的褶印。我知道，在你与我之间，已经隔了好几年的时光。

关于婆源的未来，人们即使不说也心知肚明。美的事物总含有某种无端的寂灭，这种悲剧意味使它显得更加动人。我对一些事物总是怀有绝望的爱，婆源是其中之一。我走到田垄上，心里有些酸楚。曾经自以为刀枪不入、百炼成钢，此时我才发现，还是一如既往地脆弱，毫无进步。我劝说自己，要努力习惯世界的变化，尽管很难；就像一只蝴蝶要习惯那死亡的虫蛹空壳。

我们能在婆源住多久？还没有找到答案，我们已经离散多年。但婆源仍在，像五百年前那样，均匀地呼吸。它不会像你那样决绝，带着冰冷的泪滴，不辞而别。

小城桂林

文／沈伟东

桂林是一个适合居家的地方。

城中一弯漓江、几潭连缀的小湖，城里城外错错落落的山峰，空蒙的山岚明净的空气，是色彩感很强的大环境。你住在这座小城，感受每天色彩的变换中时光流逝着。春天，城外的山色嫩嫩的似乎还慵懒着，漓江里的水渐渐涨起来；夏天，城里的山青翠起来，漓江里游泳的人在水色阳光中爱恋着自己；龙隐路上红叶拥挤起来的时候，层层叠叠的群峰苍凉中显得难得的丰富；冬天，居然有一场两场温柔的雪，像一个袅袅婷婷的女子不期然遇见了你。哈一口气，雪化在你的温暖里。

把家安放在这样一个小城是令人愉快的。

小小的桂林有7座公园，每天清晨，天色蒙蒙亮的时候，市民们在离自己家最近的公园晨练。七点钟以前，公园对市民免费开放。市民们暗自得意，这公园就是自己家的后花园啊：离自己家走路一般不会超过10分钟。况且，从家里走到公园的一路，也是惬意的事情。在桂林，自行车是最适合的交通工具了。散步遛鸟、登高喊山、逗弄逗弄山间的猴子、打打太极拳。仁者爱山，智者就恋水。桂林是游泳者的天堂，漓江訾洲和伏波山游泳场、桂湖天然游泳场、桂林游泳馆，做一个水分子，让你和清晨清爽的空气明丽的阳光融为一体。

山顶红红的太阳升起来的时候，大约是 7 点半的样子吧，晨练结束，从山上下来、从水里起身。这个时候，诱人的米粉香诱惑着你，自然是要来一碗的。

　　米粉是桂林的招牌之一。记得有一年在洛杉矶市区，坐在大巴上，就看到街头有大大的汉字招牌："桂林米粉"。不知道漂洋过海的"桂林米粉"是什么味道，反正老桂林都说，出了桂林城就没有"正宗"的桂林米粉了。"二两卤菜，加个卤蛋"——"二两卤菜"不是"菜"，是加卤制牛肉和卤水的米粉。据说秘密全在卤水上，桂皮、沙姜、草果还有十几种中药香料熬制成的，一般是酱色，也有绚烂之极归于平淡的，酱色熬成了白色，但味道更浓。米粉上铺上几片切得薄薄的牛肉片，来一勺卤水，再放上葱花、酸豆角、酸萝卜丁，搅拌着，对了，真正的老桂林是不加汤的，吃干捞粉。米粉的香气让你和这小城亲切着。好多桂林人从外地回来的第一件事情是到米粉店来"二两卤菜"。老桂林白崇禧先生的公子、作家白先勇回到桂林，据说在"石记"老店一连吃了几个"二两"才过瘾。有桂林米粉，一般桂林市民是不做早餐的，街头十几米一家的米粉店就是自家的厨房了。

　　吃米粉的时候，你会坐一个小凳，因陋就简，碗搁在大点的方凳上。当天的日报晚报送到了你的手里。《桂林晚报》是平民化的市民报纸，小城的家长里短让你坐在小凳上就着米粉看个仔细。

　　吃饱喝足（你可以喝免费的豆浆和配米粉的骨头汤），忙你的正事去吧，上班的上班，看店的看店，退休的老头老太太乘坐免费公益公交车提着早市上买的豆腐青菜回家。街上桂林人少起来，公园门口旅游大巴多了起来，来自五湖四海的游客们来桂林了。

　　老桂林自然不以为然：赶场式的一个点一个点地跑，有什么意思！其实，桂林的街头哪里不是风景：爬满藤萝的小楼，街边的木亭子、棋盘，湖边的词人雕像，漓江里的竹排。这些旅游者都可以看到，但没有住下来，他们怎么会感受到桂林人的悠然自得？那种阳光移动在居民门楼砖雕中的时光流逝，在小城悠然的生活节奏中显得真切。

忙完一天，桂林人三三两两地散步。桂花开了，有点疏野的气息，香得让人想到晚唐的词；玉兰花开了，有点丰腴的味道，让人懒洋洋的迷醉着。就坐在街头的石凳上，听夕阳下鸟飞回来。三里店大圆盘一带，每到这个时候，成千上万只鸟藏在街树里叫着，鸟叫声成了一条流淌的河流，让你在这热闹和宁静交叉的河流里发呆。

桂林人的周末是最周末的，郊外的风景、郊县的旅游点，乘车也就个把小时，去游游秦汉的水利工程，去看看隋唐的摩崖石刻、古运河，还有保存完好的王城，去泡泡温泉，耍耍漂流，都可以当作一次所费不多的家庭小游。如果这些挤满外地游客的旅游点懒得去了，最休闲的是去旧货市场淘淘旧书，去花鸟市场看看刚出生的小狗小猫。回家了，烫一壶"老桂林"，日子过得蛮写意。

市民收入不高，消费自然也不算太高，桂林人"活在当下"，没有那么多的功业心。小山小水，小乐小哀，一碗米粉，没有大滋大味却自得其乐，就在这温柔乡里消磨了意志，男人阳刚之气便弱，唱歌一脸真诚一脸陶醉地唱"咱们老百姓，就认这个理"，其实没有搞清楚什么理，并不知道外面的世界到底怎么回事，知识阶层做二三四流文艺家的多，壮怀激烈的政治家、有思想的哲学家少；街上的女人们走四方能创业，成为小城一个又一个传奇。

　　记得丰子恺先生在随笔里对桂林山水颇有些微词，说桂林山水只是盆景，没有大气象。但对于红尘中居家过日子的老百姓来说，这温情脉脉的山水、这没有大气象的小城真是浮生的天堂。

香港精神

文/小 鹏

2011 年我去了两次香港，两次旅行时邂逅的几个人让我模模糊糊地感受到一种香港精神。

第一个出场的是出租车司机米先生，当时我打车从酒店前往机场快线始发站。能够遇到他绝对是我的幸运，香港出租车千千万，我偏就上了他这辆，巧得就像是个缘分。从我上车后相机快门就一刻没停，他也似乎并不介意，还从后视镜里朝我点头微笑（后来翻照片才发现无意间拍到了他的驾驶证，所以才知道他姓甚名谁）。究竟是什么让我比看到埃菲尔铁塔和自由女神像更按捺不住拍摄的欲望？原来车厢被他布置成了一个公仔大世界，到处都是五颜六色的塑料公仔，成群结队地在车子里任何一处立得住的平面上站岗放哨，还分成不同族系，比如绿色的小怪物系列，粉色的麦兜系列，还有蓝精灵系列。其中蓝精灵又分成两派，植物派都是普通蓝精灵，僵尸派包括女巫蓝妹妹、僵尸聪聪、木乃伊笨笨、吸血鬼乐乐。公仔军团不仅占领了所有犄角旮旯，还像救火队员一样从车顶垂下来。此时此刻，车厢外的香港车水马龙，车厢内的世界却拒绝长大。我甚至想象着夜幕降临之后，米先生锁车回家，那一个个公仔会像《玩具总动员》的情节一样全部复活，吸血鬼乐乐咬着麦兜肥嫩的脖子，发出阴森森的冷笑。

第二个出场的是邀请我来香港参加旅游展的谭嘉莹女士。她已在海港城做了十几年市场主管，眼看着公司业绩像滚雪球一样增长，也让那句"一个香港，只有一个海港城"成了尽人皆知的广告语。跟嘉莹姐几次长谈之后，我从她身上看到了一种未雨绸缪的本事，她总能比别人多看一步，于是早走一步，占尽先机。比如香港回归前，许多港人都在忙着移民，她却在努力学习普通话；当香港人都只用 Twitter 发微博时，她就为海港城开通了新浪微博账号；当香港其他购物中心还在靠打折促销吸引内地客时，她从内地请来各行业意见领袖，通过口碑传播精准影响目标客户。她也有自己的新浪微博账号，叫作 Lady 嘉嘉，开始我还觉得嘉嘉两个字跟 Lady 连不到一块，经她解释后才知道"嘉"这个字在粤语中读"嘎"（Ga），只比别人多动了一点儿脑筋的她又走在了流行的最前线。

胡先生是香港非常有名的一位美食博主，也是嘉莹姐的好友。他二十八九岁年纪，明眸皓齿，大眼睛小鼻子，就像日本动画片里的美少年。嘉莹姐夸他帅时，他却说，不行了不行了，20 岁的时候更帅，听不出是谦虚还是骄傲。第一次见到胡先生时，他和胡太太牵手而来，那心手相连的样子甜蜜得就像初恋。胡先生的本职工作是在一家餐饮连锁集团做营销总监，一次他请我去集团旗下一家位于苏荷区的意大利餐厅吃饭。他帮我点了熏肉片配腌黄瓜、意大利牛肉丸、农场蔬菜沙拉、番茄意大利面等，当我吃完四道前菜和四道主菜，就实在不知道该把随后驾到的甜点往哪儿放了。每上一道菜，他都能说出这道菜的特别之处，比如他说餐厅里的所有食材都来自香港新界的农场，保证新鲜，厨师做菜时尽可能保留下食物的原有味道；又拿出一个鸡蛋给我看，只见蛋壳上贴着一个音乐符号的标签，他自豪地说，这种鸡蛋叫作音乐蛋，也产自集团旗下的农场，下蛋的母鸡天天听音乐，好心情让它们有了好食欲，下的鸡蛋就比普通的个头大。虽然这逻辑让我听得一头雾水，但看他说话时的一脸虔诚，我就一下子明白了他的博客受欢迎的原因，里面一定加入了许多奇思妙想。饭后我要从苏荷区走到码头坐船,他怕我不认路,就陪我走了一程。路上他讲起自己的成长历程,讲起苏荷区的历史,讲得最多的还是对美食的独到领悟。我突然觉得自己对香港的了解还是太肤浅,还有太多地方从未去过,香港的百年沧桑,又岂是逛逛迪士尼、买买东西就能看见、就能触摸的?

最后一位出场的是Judy(朱蒂)姐,她跟我一样,都是旅游展上"一起游世界"分享会的嘉宾。即使在香港这种一本护照通行全球的地方,她的旅行经历之丰富,在我认识的港人中也屈指可数,而且旅行使人年轻这句话,在她身上得到完美呈现。看到她没有一丝皱纹的面庞,健步如飞的体格,耳聪目明的反应力,谁会相信她已年过花甲了呢?

我是在香港文化强势入侵内地时成长起来的一代人,于是我理解的香港精神是成龙的"男儿当自强",是Beyond的"海阔天空",是周星驰的"其实,我只是个演员",还是张国荣的"我就是我,是颜色不一样的焰火;天空海阔,要做最坚强的泡沫"。

在邂逅了米先生,认识了嘉莹姐、胡先生和Judy姐之后,我找到了香港精神与时俱进的代言人,就是要像米先生一样把爱好跟工作结合在一起,像嘉莹姐一样比别人多想一步,像胡先生一样用一种虔诚的态度去面对所选择的事业,更要像Judy姐一样永远保持年轻的心态。

《清明上河图》：张择端的春天之旅

文／祝　勇

一

　　张著没有经历过 60 年前那场大雪，但是当他慢慢将那幅长达 5 米的《清明上河图》展开的时候，脑海里或许会闪现出那场把历史涂改得面目全非的大雪。《宋史》后来对它的描述是"天地晦暝"，"大雪，盈三尺不止"。靖康元年闰十一月，浓重的雪幕，裹藏不住金国军团黑色的身影和密集的马蹄声。那时的汴河已经封冻，金军的马蹄踏在上面，发出清脆而整齐的回响。

　　对于习惯了歌舞升平的宋朝皇帝来说，南下的金军比大雪来得更加突然和猛烈。两路金军像两条蟒蛇，悄无声息地围拢而来，在汴京城下会合在一起。20 多天后，饥饿的市民们啃光了城里的水藻、树皮，死老鼠成为紧俏食品。

　　这个帝国的天气从未像这一年这么糟糕。1127 年，北宋靖康二年正月，突然刮起了狂风，此时，在青城，大雪掩埋了许多人的尸体，直到春天雪化，那些尸体才露出头脚。实在打不下去了，绝望的宋钦宗自己走到了金军营地，束手就擒。此后，金军冲入汴京内城，洗劫了宫殿。大宋帝国一个半世纪积累的"府库蓄积，为之一空"。匆忙撤走的时候，心满意足的金军似乎还不知道，那幅名叫《清明上河图》的长卷，被他们与掠走的图画潦草地捆在一起，沾满了血污和泥土。

经过四天的烧杀抢劫，这座"金翠耀目，罗绮飘香"的香艳之城变成了一座废墟。物质意义上的汴京消失了，属于北宋的时代，彻底终结。

60年后，《清明上河图》仿佛离乱中的孤儿，流落到了年轻的张著面前。此时的他，内心一定经受着无法言说的煎熬，因为他是金朝政府里的汉族官员，故国的都城，像一床厚厚的棉被，将他被封冻板结的心温柔地包裹起来。他用颤抖的手，在长卷的后面写下了一段跋文：

> 翰林张择端，字正道，东武人也。幼读书，游学于京师，后习绘事。本工其界画，尤嗜于舟车、市桥郭径，别成家数也。按《向氏评论图画记》云："《西湖争标图》、《清明上河图》选入神品。"藏者宜宝之。大定丙午清明后一日，燕山张著跋。

这是我们今天能够看到的《清明上河图》后面的第一段跋文，字迹浓淡顿错之间，透露出心绪的起伏，时隔800多年，依然涟漪未平。

二

时至今日，我们对张择端的认识，几乎没有超出张著跋文中为他写下的简历："东武人也。幼读书，游学于京师，后习绘事。"他的全部经历，只有这寥寥16个字。北京故宫博物院余辉先生通过考证推测，张择端画这幅画时才40岁左右，然而40岁完成这样恢宏作品的大师，如何在宋代官方美术史里寂然无闻？他身世成谜，无数的疑问，至今无法回答。我们只能想象，这座城市像一个巨大的磁场，吸引了他，怂恿着他，终于有一天，春花的喧哗让他感到莫名的惶惑，他拿起笔，开始了漫长、曲折、深情的表达。

他画"清明"。"清明"的意思，一般认为是清明时节，也有人解读为政治清明的理想时代。这两种解释的内在关联是：清明时节，是一个与过去发生联系的日子、一个回忆的日子，张择端在这天看到的不仅仅是日常的景象，也是这座城市的深远背景；而这个时代里的政治清明，又将成为后人们追怀的对象，以至于孟元老在北宋灭亡后对这个理想国有了如下的追述："太平日久，人物繁阜；垂髫之童，但习舞；斑白之老，不识干戈。"从未谋面的张择端和孟元老，在这一天灵犀相通，一幅《清明上河图》、一卷《东京梦华录》，是他们跨越时空的对白。

"上河"的意思，就是到汴河上去，跨出深深的庭院，穿过重重的街巷，人们相携相依来到河边，才能目睹完整的春色。那天刚好有柔和的天光，一切仿佛都在风中颤动，包括银杏树稀疏的枝干、彩色招展的店铺旗幌、酒铺荡漾出的"新酒"的芳香、绸衣飘动的纹路，以及弥漫在身边的喧嚣市声……所有这些都纠缠、搅拌在一起，变成记忆，一层一层涂抹在张择端的心上。

有人说，宋代是一个柔媚的朝代，没有一点刚骨，这样的判断未免草率，如果指宋朝皇帝，基本适用，但反例也不胜枚举，比如苏轼、辛弃疾，比如岳飞、文天祥，当然，还须加上张择端。没有强大的内心，支撑不起这一幅浩大的画面，他要以自己的笔书写那个朝代的挺拔与浩荡，即使山河破碎，他也知道这个朝代的价值在哪里。

三

他铺开画纸，轻轻落笔。这一次，画的主角是以复数的形式出现的。他们的身份，比以前各朝各代都复杂得多，有担轿的、骑马的、看相的、卖药的、驶船的、拉纤的、饮酒的、吃饭的、打铁的、当差的、取经的、抱孩子的……他们互不相识，但每个人都担负着自己的身世、自己的心境、自己的命运。于是，这座城就不仅仅是一座物质意义上的城市，而是一座"命运交叉的城堡"，潜伏着命运的种种意外和可能。

在这座城市里，没有人知道，在道路的每一个转角，会与谁相遇；

没有人能预测自己的下一段旅程；没有人知道，那些来路不同的传奇，会怎样糅合、爆发成一个更大的故事——在这里，每个人都在辨识、寻找、选择着自己的路。张择端看到了来自每个平庸躯壳的微弱勇气，这些微弱勇气汇合在一起，就成了那个朝代最为生动的部分。

画中的那条大河（汴河），正是对于命运神秘性的生动隐喻。汴河是当年隋炀帝开凿的大运河的一段，把黄河与淮河相连。汴河在漕运经济上对于汴京城的决定性作用，如宋太宗所说："东京养甲兵数十万，居人百万家，天下转漕仰给，在此一渠水。"可以说，没有汴河，就没有汴京的耀眼繁华。老子说："上善若水，水善利万物而不争。"这是自然赋予水的功德。这座因水而兴的城市没有辜负水的恩德，创造了一个华丽得令人魂魄飞荡的朝代。汴京以 130 万人口，成为当时世界上最大的城市，成为东方物质文明、精神文明和商业文明的壮丽顶点。张泊在描绘汴京时，曾骄傲地说："比汉唐京邑，民庶十倍"；北宋灭亡 21 年后，孟元老撰成《东京梦华录》，以华丽的文笔回忆这座华丽的城市：

> 时节相次，各有观赏。灯宵月夕，雪际花时，乞巧登高，池游苑，举目则青楼画阁，户珠帘，雕车竞驻于天街，宝马争驰于御路；金翠耀目，罗绮飘香，新声巧笑于柳陌花衢，按管调弦于茶坊酒肆；八荒争凑，万国咸通，集四海之珍奇，皆归市易，会寰区之异味，悉在庖厨；花光满路，何限春游，箫喧空，几家夜宴，伎巧则惊人耳目……

但另一方面，水也是凶险的化身。汴河的泛滥曾给这座城市带来过痛苦的记忆，河中的泥沙淤积严重，河床日益抬高，使这条河变得不稳定。因此，朝廷每年都要组织大规模的清淤工作。然而，又有谁为这个王朝"清淤"呢？

王安石曾经领导了汴河上的清淤运动，也曾信誓旦旦地对这个并不"清明"的王朝展开"清淤"工程，但他发起的改革，终因触及太多既得利益者而陷入彻底的孤立。1086 年，王安石在贫病交加中死去，死前还心有不甘地说："此法终不可罢！"

他死那一年，张择端出生未久。张择端把王安石最脍炙人口的诗句吟诵了一百遍，却未必知道这个句子里包含着王安石人生中最深刻的无奈与悲慨：春风又绿江南岸，明月何时照我还？

朝代与个人一样，都是一种时间现象，有着各自无法反悔的旅途。甚至连《清明上河图》自身，都不能逃脱命运的神秘性——即使近一千年过去了，这幅画被不同时代的人们仔细端详了千万次，但每一次都与前次看到的不同。比如，前辈学者根据画里上坟时所必需的祭物和仪式，判定画中所绘的时间是清明时分，画面上还有水牛产子的场景，而水牛产子，恰在春天。但到了 20 世纪 80 年代，一些"新"的细节却浮出水面，比如"枯树寒柳，毫无春天气息，倒有仲秋气象"，有人发现驴子驮炭，认为这是为过冬做准备，也有人注意到桥下流水的顺畅湍急，推断这是在雨季……而在空间方面，老一辈的研究者都确认这幅画画的是汴京，画里有一种"美禄"酒，正是汴京名店梁宅园子的独家产品。但新的"发现"依旧层出不穷，比如有人发现《清明上河图》里店铺的名称几乎没有一个与《东京梦华录》里记录的汴京店铺名称一致，由此怀疑它描绘的根本不是汴京……

《清明上河图》并非只是画了一条河，它本身就是一条河，一条我们不可能两次踏入的河流。

四

这幅画的第一位鉴赏者应该是宋徽宗。当时在京城翰林画院担任皇家画师的张择端把它进献给了皇帝，宋徽宗用他独一无二的瘦金体书法，在画上写下"清明上河图"几个字，并钤了双龙小印。他丝毫没有预感到，他自己和这幅画，都从此开始了颠沛流离的旅途。

北宋灭亡 60 年后，张著在另一个金朝官员的府邸，看到了这幅《清明上河图》——至于这名官员如何将大金王朝的战利品据为己有，我们不得而知。

金朝灭掉北宋一百多年之后，被元朝灭掉了。《清明上河图》又作为战利品卷入元朝宫廷，后被一位装裱师以偷梁换柱的方式盗出，几经辗转，流落到学者杨准的手里。杨准是一个誓死不与蒙古人合作的汉人，当这幅画携带着关于故国的强大记忆向他扑来的时候，他终于抵挡不住了，决定不惜代价，买下这幅画。

但《清明上河图》只在杨准的手里停留了 12 年，就成了静山周氏的藏品。到了明朝，《清明上河图》的行程依旧没有终止。宣德年间，它被李贤收藏；弘治年间，它被朱文征、徐文靖先后收藏；正统十年，李东阳收纳了它；到了嘉靖三年，它又漂流到了陆完的手里……《清明上河图》变成了一只船，在时光中漂流，直到 1945 年，慌不择路的伪满洲国皇帝溥仪把它遗失在长春机场，被一个共产党士兵在一个大木箱里发现，又几经辗转，于 1953 年年底入藏北京故宫博物院，它才抵达永久的停泊之地，至今刚好一个甲子。

至于张择端的结局，没有人知道。自从他把《清明上河图》进献给宋徽宗那一刻，就在命运的急流中隐身了，再也找不到关于他的记载。在各种可能性中，有一种可能是，汴京被攻下之前，张择端夹杂在人流中奔向长江以南；也有人说，他像宋徽宗一样，被粗糙的绳子捆绑着押到金国，尘土蒙在他的脸上，乌灰的脸色消失在一大片不辨男女的面孔之中。

但无论他死在哪里，他在弥留之际定然会看见他的梦中城市，他是那座城市的真正主人。那时城市里河水初涨，人头攒动，舟行如矢。他闭上眼睛的一刻，感到自己仿佛端坐到了一条船的船头，在河水中顺流而下，内心感到一种超越时空的自由，就像浸入一份永恒的幸福，永远不愿醒来。

唐朝穿越指南

文／森林鹿

一

　　当您成功穿越到长安城以后，睁开眼睛，注意，请先看看是在白天还是晚上。

　　如果运气不错，天上有明晃晃的太阳，您可以放心地深情赞美一下毫无污染的瓦蓝天空、纯白的云、清新的空气……如果您不幸赶着深夜里落地，自己还正在长安城的三十八条主要大街上晃荡，那就麻溜儿地，赶紧找个犄角旮旯儿躲起来吧！

　　您问不躲起来又怎么样？这……没怎么样，只不过隔一会儿就有城管骑着马一队一队过来到处巡查抓人。您就算躲过了在明处的，还有在暗处探访的片儿警呢——当时叫武侯的那群家伙。落到他们手里，给您一顿耳光，那算赶上人家心情好、下手轻，要是一时发狠把您乱棍打死，甚至乱刀砍死，都算正常执行公务，没准儿还能立个小功，得点儿赏钱。

　　活该，谁叫你小子犯夜禁的。

　　您如果想在长安城里逛逛夜景什么的，除非是每年的正月十五"上元节"三天，或者您面子大，能弄到特别通行证，才能日落以后在街上合法行走。否则，半夜出门，非奸即盗，无论官民，抓着了，没商量先抽一顿。

您问能往哪里躲？这个，得好好费心思想想了。长安城城郭被横竖三十八条街道分割成一百多个居住区（坊），每个居住区都由坊墙和坊门围起来。太阳下山以后，所有城门和坊门一齐关闭，所以您要想溜进哪个居住区去躲一躲，技术上的难度比较大。

这么着吧，我给您出个主意。首先呢，您尽量顺着大街往南跑，长安城内的人集中居住在北部（也是皇宫和官府所在地），南部各坊人口稀疏，城管巡查力度不会那么大。然后，确定附近没有巡逻队，您可以尝试爬墙进坊——坊墙都不太高，有的可能还不到人的肩膀，努努力翻过去还是可以的。

不过爬墙的时候，切忌用力过猛。因为那些墙都是夯土垒起来的，风吹日晒雨淋的，容易松动，您要是不小心蹬塌了一大块土坷垃，这动静没准儿会引来围观群众。每个坊里街角都有武侯铺，也就是派出所，片儿警要也出来围观，您这墙就算白爬了。

那么有没有不用爬墙的躲夜禁法呢？倒也有，不过我怕您更不乐意。长安城内的主要大街都很宽，朱雀大街宽度达一百五十米，而街两边都有又宽又深的排水沟，深度在两米到三米之间。所以，如果您能捏着鼻子跳进街边排水沟，泡在污水雨水里一夜，天又黑，又没路灯，估计城管们是看不见您的。当然，那以后很长一段时间，恐怕您走到哪里，群众都能闻见您了。

无论怎么着吧，如果您幸运地躲开了夜禁巡查队，又累又怕、又脏又臭地熬到快天亮的时候，将能见证到一个很壮观的景象——全城钟鼓报晓。

冬夜五更三点，夏夜五更二点（古代把一夜分为五更，一更又分为五点），太极宫正门承天门的城楼上，第一声报晓鼓敲响，各条南北向大街上的鼓楼依次跟进。随着鼓声自内而外一波波传开，皇宫的各大门、朝廷办公区（皇城）的各大门、各个里坊的坊门都依次开启。同时，城内一百几十所寺庙，也会撞响晨钟，激昂跳动的鼓声与深沉悠远的钟声交织在一起，唤醒整座长安大城，共同迎接从东方天际喷薄而出的朝阳。

报晓鼓要敲多少声呢？有记载是三百声，还有记载是三千声。不过无论多少声，都不是一气儿敲完的，而是敲敲停停分好几波，持续时间也比较长。如果居民们在睡梦里被第一波鼓声惊醒，慢腾腾起床穿衣服、洗脸、梳头、出门，走到坊门口，可能正是第二三波鼓声响着的时候。当然，也有喜欢早起急着出坊赶路的。天还没亮，各坊里往往会有一些人聚集在坊门前，等着鼓敲响，开门放行。

在他们身边，坊门里的小吃店开始做生意啦。灶下柴火明亮温暖地跳跃着，赤膊的胡人师傅梆梆地打着烧饼。刚出炉的芝麻胡饼金黄酥亮，又香又脆，带馅的蒸饼一咬顺嘴流油，大碗的软面片汤要加酸还是加辣由您随意。您要是急着上朝面圣，怕迟到，小店还提供打包外带服务哟！

二

说到长安城的商业服务，您要逛街消费的话，有两种错误印象是必须纠正过来的。

一种印象是从近代城镇集市或者《清明上河图》里得来，以为长安城主要大街的两边有很多店铺摊位，向过往行人招揽生意，显得人气兴旺繁华热闹。很遗憾，这种景象，您在唐朝看不到。

走在长安纵横三十八条主要街道上，您能看见的是脚下黄土压实的路面，路两边成行遮阴的榆树、槐树，道旁边深深的排水沟，沟外就是各坊坊墙，坊墙内有深宅大院、寺庙道观的飞檐重楼。偶尔能看到一座很气派的宅院，在坊墙上开了自家大门，这是王公贵戚三品以上大官的家，经制度特许，才能对着大街开门，一般人家的门都只能向着坊内开。

大街上不许开店，您要逛街去哪里呢——请打听"东市、西市"怎么走，那是长安城内的两个 CBD 中央商务区。被您叫住问路的长安人挺和善地告诉您，您先到皇城的正南门朱雀门，沿着东西向大街，往东走三坊之地就是东市，往西走三坊之地就是西市——哎，贵人不用慌张，现在天色还早，不到午后那些店肆不开张啊。

每天中午，东、西两市击鼓三百下，各家店铺开始营业。日落前七刻，敲锣三百下，店铺关门，顾客回家，不准开夜场玩通宵。入夜以后有市场保安巡逻，防火防盗防穿越者。

您说这营业时间也太短了？唉，这也是因为夜禁嘛。市民们每天早晨才开始活动，公务员上午要上朝上班，商人上午要进货备货，长安城里地方太大，当时又没汽车地铁，住得稍远点儿的人要走大半天，才能走到东市、西市。全社会生活节奏缓慢，二十四小时营业既没必要，也不经济啊。

至于东、西市都能买到什么？那就多了。娘子们逛街喜欢进绸缎衣帽肆、珠宝首饰行、胭脂花粉铺，郎君们直奔骡马行、刀枪库，举子秀才们可以去书肆，农夫挑着果菜米麦进市卖掉，再买走铁锄陶碗，商人拿着钱票去柜坊存入取出……您喜欢看热闹，街上有杂耍百戏拉琴卖唱算命卜卦的，走得渴了饿了，有酒楼、食店、果子铺、煎饼团子店等吃货去处，不想外食，可以到鱼店肉铺买原料回家自己做饭，生病了有药行，晚上住宿有逆旅邸舍，一睡不起了还有棺材铺凶肆。

总之衣食住行生老病死，凡人应用的东西，这里应有尽有。顺便说一句，现在我们用"东西"这个词代指世间万物，其来源有多种说法，其中一种说法，就是指唐长安的东市、西市，二市里包罗万物，所以买什么都是买东西。

三

谈到了东市、西市，就要提到很多人对唐长安城商业服务的第二种错误印象。

有人说，长安就是一座没有夜生活的城市，根本没啥繁华气象嘛。别听他们的，用脚指头想也知道，一座上百万人口的大城市，其商业活动的规模得有多大，二市怎么可能完全满足呢？

前面说了，东、西二市只相当于北京、上海的 CBD 中央商务区。在全城一百多坊居民区里，各坊都有自己的小型商业服务设施。而且呢，长安城的夜禁主要针对的是三十八条纵横主干道，各个坊门一关，坊里内部的夜禁倒不是那么严格了。

于是这就造成了一个奇特的现象：黄昏时，街鼓响起，坊市关门，长安各条大街上唯余月色茫茫，两大 CBD 里黑灯瞎火、人声绝迹，各坊小区里倒还热闹着。一些达官贵人在自家的豪宅里通宵达旦、饮宴作乐，住旅舍的客人在同坊酒楼食店里喝点儿酒，都没什么事。

东市西北的崇仁坊，是一个旅店集中地。您穿越以后，如果有钱有势，但还没在长安买房子，我劝您去崇仁坊找一家邸舍先住下来。这一坊西面就是皇城，去选官考试很方便；东南角是东市，逛街方便……因为有这些好处，这一坊就成了外地来长安选官考评和参加科举考试的文人们的居住集中地，附属而生的酒楼饭店等服务业也异常繁荣发达，昼夜喧哗，灯火不绝，俨然长安城的夜生活中心。

您如果住在这一坊的话，可以邀请认识的朋友过来吃个晚饭什么的，不愁找不到开门营业的酒店。但要注意的是，如果您朋友家住别坊，那吃完饭可就回不去了。您得在自己下处给人家准备房间或床位，再不然就跟朋友同榻而眠，从窗口往外看看月亮，从诗词歌赋谈到人生哲学，好好享受来之不易的长安夜生活吧。

美人鱼

文／龚鹏程

哥伦布出发去找印度时，做了许多准备，读了许多书。书里的记载，他在旅途中颇获印证。据他的船员云："船长说，在抵达黄金河的前一天，他看见三条美人鱼跃出水面。"船长还说了，"西边有两个我们没到过的省，一个叫哈瓦那，那里的人，出生时就长了尾巴"。他又读过曼德维尔的书，知道天堂就在赤道以南一个气候温和的地方。因此第三次航行时，他就坚称在南美洲找着了这个天堂。

旅游书和旅行家的经历，往往如此相生互助地构成一幅虚幻的图像，说的人和看的人，遂都相信世上真有美人鱼、长着尾巴的人，或天堂乐园。

我旅游各处，少不了也要披山经而考图册，把前人的旅游记录翻检出来核对一番。可是翻检之下，往往大吃一惊或笑不可抑，因为那里面也多是一些美人鱼和长尾巴人。滑稽荒诞，却说得一本正经，煞有介事。

如陈鼎《滇游记》就说金沙江即佛经中的恒河，上游有狗头国，人皆狗头，言如犬吠。曾有一人溺水漂至大理，救活后解至官府，他才得以见着。此公当时正在云南做官，故其所记，皆足历目验，有点官府文书的性质，非同稗史小说。而狗头人之记录，言之凿凿，真让人不知信好呢还是不信的好。

他还记载了滇西常有天降铜雨铁雨的事。这种事，在其他书中也记过。但据说大理崇圣寺的观音像乃天雨铜汁铸成，就太神奇啦。至于说点苍山顶有黑白两龙池，"云雾晦暝，群龙百千出没，黑池尤猛烈，樵者不敢近"，似乎更近于神话了。

可是清代另一位在云南任官的张泓《滇南新语》便记载了类似的事，说："人谓滇池多龙窟，余初以为不经。辛未六月五日巳后，省邸颇清朗，忽乱云起西北，近乃凝而不流，五龙夭矫，长百丈，悬空际……"后来有一条小白龙还坠落田间，"蹂禾百余亩，房屋圮近三十间，院司饬令验实赈恤之"，可见竟是实录哩。

他又说丽江有一山，产软玉，初开采出，如石膏，见风即坚。又有一种黑玉，初取出，色正绿，以油或汗手抚之，即黑如漆。玉龙大雪山还产雪蛆，形类大瓠，又有雪蛤蟆，大如箕。

《滇游记》又记鸡足山附近瘴气甚重，"更有变鬼者，妇女居多。或变猫、变羊、变鸡鸭、变牛粪、变象马。遇单客，则杀而夺其货"。其实这不是真鬼或妖异，而是一种术法，云南的游记中经常记载这类术法，论蛊尤多。

《滇南新语》谓蜀中以金蚕蛊最厉害，滇则有鼠蛇蛤蟆等蛊。同刘《南中杂说》都提到一种不用虫的神秘的蛊。说是把整头牛剥了皮以后，念动咒语，牛皮就会缩小如芥子，放在饮食中令人吃，或藏在指甲中弹附人体。蛊入腹中后，若不如期如约归来，就会发作。牛皮暴涨，腹裂而死。

今游云南，蛊当然不易见着了。狗头人、天雨铜、龙蛟、软玉、雪蛆、雪蛤蟆等，亦皆不可见。此外不可见的还多的是，例如一种吃松根的大豹，黑底白纹，纹如环；一种形如鸡、鸣如鸟，人们养着玩的红头鸭；一种高十丈、大十围、花大如牡丹、色赤而微紫的木莲花；点苍山、永昌、鹤丽等处神力半月一换的天生木桥；洱海里一种吃了会脱皮的大头鱼等。

我有时带着古游记去旅行，依着书上记载，按图索骥，而所得却殊不同。如元代郭松年《大理行记》说大理云南州西北十余里，山麓间有石如镜，光可鉴面，故旧名镜州。《滇游记》说昆明东郭有金牛寺，铜牛重数万斤；安宁州有温泉，跳下去洗澡，身上污垢会自动浮出来等，大抵都考察不着，令我十分怅惘。

其实我与哥伦布一样，打心底是愿相信那些游记的。美人鱼与狗头人，谁不想遇着？旅行若见不到奇山异水、奇风异俗、奇形怪状的动植物，那可有多乏味！你看那些游记，越古老的，就越稀奇，例如《山海经》，里面什么奇山异水、物怪珍奇都有，越到后来就越平淡无味了。等到我们自己去玩，更是了无新异，跟家乡物事大抵相似。人都只长着两个眼睛，龙呀蛊呀也都躲了起来，一点儿也不有趣。旅游书到后来只好编故事，如真似幻，瞎讲一气，我想大概也是基于这个道理。

出门旅游时，带一册旅游书上路吧。

那一双眼睛

文／杨静龙

　　在鸣沙山金色的沙梁上徒步行走，并不是一件轻而易举的事，所以大多数的旅客会选择以骆驼代步。不仅节省体力，更是一次愉快的骑行体验。

　　鸣沙山脚下大约有十几支驼队正在热情地招揽生意，当我走近其中一支驼队时，一峰高大的成年雄骆驼突然扭过头来，瞥了我一眼。我被这不经意的一瞥吸引了，快步走过去，对它笑了一下。那峰骆驼却没有做出大的回应，依然昂着头，一动不动地看着我。目光淡淡的，似乎并没有什么特别的含意，我还从来没有被一个动物如此注视过。

　　这支驼队总共有六峰骆驼，它是其中长得最壮硕的。毛色也好，淡褐色，微微卷曲，很干净。当我骑稳以后，它缓缓起身，向前迈出了第一步。抬脚时，它宽厚的脚掌向上收起，缩紧。落脚时掌蹼却张开来，像一团张力良好的巨大肉蒲，稳健地踏在沙地上，发出低沉的"砰"的一声。松软的沙地微微下陷，一些散沙回掩过来，遮住肉蒲团一样的掌蹼。

　　好踏实坚定的步伐啊！

　　西北的深秋，晴空万里，午后的鸣沙山气温回升，但微风拂过，仍带着一丝寒意。我骑在驼背上，两坨柔软的驼峰就像一双巨大的温暖手掌，前后紧紧地拱护着我，骆驼的体温慢慢地传递到我的身上。就是在这个时候，我突然读懂了骆驼刚才无意中的一瞥。看似平淡无奇，其实充满了温暖。仿佛西北深秋的阳光，虽然淡弱无力，却<u>丝丝缕缕</u>渗入了人的身体里。

驼队在沙梁上缓慢前行。爬坡的时候，骑行者的身体会随着坡度稍微后仰。我用双手抱住驼峰，感觉到驼峰在脚步的起落中微微抖动，似有一股强大的原始生命力在它体内不息地奔腾着。

然后，我又碰见了它那淡淡的目光。这峰成年雄骆驼总是喜欢扭过长长的脖颈，往两边张望。这让我有更多的机会在驼背上看到它的眼睛。

与粗长的脖子相比，骆驼的脑袋似乎小了一点，可瘦削的脸膛上却长着一双特别大的眼睛和浓密的长睫毛，显得英俊漂亮。据说骆驼的眼睑是双重的，可以有效地防止风沙的侵扰。而我所关注的，却是从这双眼睛传递出来的绵绵蕴意。

驼队的主人向我讲述了发生在国庆长假里的一件事。说那几天鸣沙山景区人满为患，山上山下都是蜂拥而至的游客，几峰骆驼就这样活活地给累死了。驼队的主人一边摇着头叹气一边说："也是我疏忽了，没

有注意它们生活的全部细节。骆驼就是那样，累也好，受委屈也好，总是不哼不哈的，到死也不会有明显的表示！其实我应当体验到它们的劳累的，走了那么多趟！可是因为它们没有表现出那种疲惫的眼神和神态，我竟没有察觉。总以为这些沙漠之舟是拖不垮累不倒的生灵，其实它们也是肉身啊！"他曾亲眼看见了骆驼轰然倒下的惨痛场面。他说，骆驼死去之后，双眼不闭，还是圆睁着的。

我心中不由得一颤，这双可怜的眼睛在合上的瞬间有没有流露出对贪心主人的不满，和对蜂拥而来的粗心游客的怨怼呢？想到自己这时也正骑在骆驼上，不禁自责起来。那峰高大英俊的骆驼缓慢前行着，每一步都是那么稳健踏实。显然，它那健壮的身体完全能够胜任现在的工作。但我还是惴惴不安地抬起手来，轻轻拍了一下它那粗壮的长脖子。骆驼扭过头来，侧着小小的脑袋看我。它的目光就像鸣沙山上的天空那么辽远深邃，像月牙泉水那么清澈见底，又像婴孩的眼睛一样懵懂稚朴……

接下来的骑行让我揣上了一颗不安的心。每到一个景点，我总是第一个跳下驼背；起行时，又最后一个爬上驼背。我小心谨慎地观察它的眼睛，想从中读到骆驼的疲惫和忍耐，以便自己及时从它身上跳下来，让它好好休息。但直到整个旅行结束，我都没有从那双眼睛里读到这一信息。它所给予我的，只有一种感觉，那就是温暖、友好和善良。

离开鸣沙山前，我用相机拍下了那峰高大英俊的骆驼。它站在驼队中间，高昂着头，微微侧过粗壮的长脖子，目光定定地对着镜头，一眨不眨。在我按动快门的那一瞬间，它似乎还对我点了一下头，像是在回应我对它的关照。

我不会忘记这一双眼睛，它已经留在我记忆的相机里了。

西方的"软质量"

文／戴闻名

从北京或上海飞到伦敦，虽然是从"发展中国家"飞往"发达国家"，却不免会有从"第一世界"来到"第三世界"的感觉。

北京和上海的机场航站楼都崭新、宽敞，不但设施现代，设计上更是直奔"后现代"，上海还有全世界独一无二的磁悬浮列车。伦敦的希斯罗机场虽然经过伦敦奥运会时的翻修，但在规模和崭新程度上却仍然难以跟京沪相比。

如果离开机场乘上通往市区的地铁，这样的感觉会更加强烈。有150年历史的伦敦地铁里居然连手机信号都没有，入口处更没有先进的安检设备和穿着制服的安检人员，从硬件上看，中国的超级大都市绝对更像发达国家。

于是我一直在想，英国这样的国家，与日益发达的中国相比，为什么仍然受到各国移民的追捧？除了人均住房面积、空气质量、食品质量等"硬质量"以外，他们的优势到底在哪里？

与英国人生活一段时间之后，我才恍然大悟——他们真正的"生活质量"，更多是体现在中国人不在乎或完全没有意识到的"软"的方面，而所谓发达国家与发展中国家发展阶段的区别，也正体现在这些"软质量"上。

最明显的"软质量"区别，在于你是否可以信任陌生人。

在中国，我们从小被教导，陌生人很多是骗子，是绝对不可以信任的。孩子放学一定要家长去接，否则遇见陌生的骗子就可怕了。北京上海的地铁虽然先进，却很少看到一两个孩子单独乘坐的，没有哪家家长敢让自己的独生宝贝去冒这个险。

在英国，当然也有坏人和骗子，但陌生人基本是可以信任的。一次，我在伦敦的地铁里碰到一群穿着校服的小学生，应该是刚从动物园课外活动结束后回家，叽叽喳喳地比较着各自拍的动物照片。看到我身旁的空位，他们礼貌地询问："我可以坐吗？"得到肯定的答复后，他们还会莞尔一笑说声谢谢。孩子对陌生人如此随和友善"不设防"，其实是一个社会整体心态的反映。

英国的冬天漫长、寒冷而阴湿，进屋前一般要脱掉厚外套，放下雨具。大学的教室和餐厅门口，都会有一排专门的衣服挂钩和雨具架子。无论多昂贵的外套和靴子，尽可以放心地放在那里，不用担心会被别人"错拿"。如果忘记带走，还会有工作人员帮你保管好，想起来时过去取就可以了。

如果是租房和买房，只要是通过正规的中介公司，签订正规的合同，一般都可以放心交由中介操作。规则都在明处，一般不用担心被中介和房东合伙欺骗，也没有什么私下避税和议价的空间，按章程办事就行，省了很多在中国买房租房的焦虑和算计。

一位长期生活在英国的华人深有感触地对我说，能否信任陌生人，是生活质量的重要部分。中国社会里，只信任"熟人"，不敢信任陌生人，整个社会都在为这种"不敢信任"付出沉重的心理和资金成本。

德国磨洋工

文 / 杨佩昌

我毕业那年，从莱比锡大学主教学楼到汉学系的那条小道开始铺小石头。每次路过，我都会放慢步伐观察：工人们拿起小石头像欣赏艺术品一样慢慢琢磨，看哪块应该放在什么地方最合适，然后把石头镶嵌进去，慢慢敲打，确定平稳后再寻找另外一颗小石头。当然，工程进度超级慢，直到我离开德国还没有铺设完毕。

的确，德国是"磨洋工"的典型。在德国修路如此，建筑、装修也不例外。我的母校莱比锡大学图书馆前后装修了7年，虽然时间有点儿长，但里里外外用富丽堂皇来形容一点儿都不过分。每次坐在图书馆看书，经常有恍如坐在艺术宫殿的错觉。

如果细数哪个德国建筑的工期最长，冠军恐怕得授予科隆大教堂。该教堂始建于1248年，工程时断时续，至1880年才由德皇威廉一世宣告完工，耗时超过600年，至今仍不断修缮。

获得第二名的当属乌尔姆市的敏斯特大教堂。教堂的建造始于1377年6月30日。1392–1419年当地建筑师恩辛格主持建造砖石架构的教堂主体，设计高度156米，虽然经过恩辛格及其儿孙三代人接力赛的努力，仍未能实现设计高度。

15世纪末以后，该教堂的建造断断续续，几经反复，直到1890年在建筑师拜尔的主持下才实现了恩辛格的设想。教堂主塔高度达 161.6 米，超出举世闻名的科隆大教堂 4.6 米，是世界上最高的教堂钟楼，十分壮观。1944 年，一枚流弹将教堂主塔穿了个窟窿，战后修复工程历时 10 年，到 1970 年才基本恢复原貌。

虽然这些教堂建造时间长了点儿，但毕竟给后人留下了宝贵的遗产，而且也成为当地的标志性建筑：科隆大教堂的高度是世界教堂的第三，论规模，它是欧洲北部最大的教堂，集宏伟与细腻于一身，被誉为哥特式教堂建筑中最完美的典范。

对乌尔姆市市民而言，敏斯特大教堂不仅是上帝赐给他们的荣誉，更是数代工匠留给后人的杰作、失而不能复得的珍宝。

还有德国的德累斯顿圣母大教堂建于 1726 年，采用了圆形拱顶、砂岩拼建等前所未有的建筑方式，是由木匠大师奥尔格·贝尔主持设计修建的，历时 17 年方建成。

圣母大教堂高 95 米，规模巨大，精巧华丽，是西方新式教堂建筑的代表作，也是德累斯顿市标志性建筑和最亮丽的风景，有许多音乐大师和艺术大师在这里留下了他们的足迹。遗憾的是，"二战"末期圣母大教堂在英美空军的轰炸下化为废墟，仅剩下 13 米高的一截残壁。战后，德国人没有把砖头拿回去盖房，而是一块块地编号保存起来。他们还有重新修建的梦想，可惜战后初期没有财力做这件事情。直到两德统一后，重建才提上议事日程。

1994 年重建工作开始，耗时 11 年。重建后的教堂基本按照原样修建，许多遗物都被精心保留下来，成为重建原料的一部分。

还有些不为外人知，但历史非常悠久的教堂，例如位于巴伐利亚州东南部的小镇阿尔特廷就有一座建于公元 7 世纪的神圣小教堂，是人们朝拜圣母玛利亚的地方。这些教堂由于工期时间超长，会反映出不同时期的建筑特点，对后来的专业设计人员和建筑爱好者有极大的研究价值。

德国有几百年历史的宫殿、民用建筑、大学、博物馆和城堡等比比皆是，在"二战"期间未受到严重轰炸，较好地保持了原貌。最典型的是海德堡市，建筑古风十足，还有德国最古老的高等院校——成立于1386年的海德堡大学，它位于北部的城市吕贝克，是一座典型的中世纪山地城市。1143年建城以来，一直是欧洲著名的港口及商业城市，完整地保留了欧洲中世纪汉萨城市的典型风貌。

　　德国建筑在如此长的时间能得以保留，其实要归功于修建时的"磨洋工"。如果没有磨洋工，今天的德国不会有如此多的辉煌建筑和历史遗产。

　　德国人何以甘愿磨洋工？原因首先在于，他们把建筑当艺术。其次，德国人有信仰。如果偷工减料，将是人生巨大的耻辱，他们认为上帝时刻在监督，总得为后人留下些什么吧。

尼泊尔的"浦东速度"

文／吴　优

2005 年我在飞去尼泊尔加德满都的航班上，遇到一位医生同座 Ajay。因为是同行，我们相聊甚欢，到加德满都后也常常一起聚会。Ajay 彼时已取得美国执医资格，却选择返乡执业，他说："我想做些事把这里变得好一些。"

没想到，4 年后，我和 Ajay 开始真正做了一些能够"改变点什么"的工作。我们想在当地成立一家公益性的诊所，能为穷人提供免费的医疗服务。我们成立了一家基金会，然后给世界各地的朋友、公司和基金会打电话发邮件。之后的两年半里有来自不同国家的 7 位医生加入了我们，基金会陆续得到了大约 5 万美元的赞助。

我们似乎可以开始了，但其后我发现，在这里展开任何工作都必须要遵循当地的价值观和行为准则。

尼泊尔人普遍信仰宗教，他们的民族性我们理解甚少。我曾经在加德满都遇到过一个中国来的经理，常常提一瓶威士忌坐在路边面带痛苦、自斟自饮。见到第三次时，我忍不住上前和这位老哥聊了会儿，想知道他在异国他乡遇上了怎样的委屈。

原来这位老兄在加德满都做工程，他想让当地雇员双休日加班。当地人不干，"双休日神都在休息，我们不能上班。"中国经理咬牙说给三倍工资，老外压根不理他，就一句话："不干！"

实在没辙，经理只好让步，可过了双休日，周一人没来，周二还没有人来。这位哥们儿慌了神，找个明白人一问，原来周一周二都算是过节的日子。周三人都来了，经理问他们有多少节日，休息多少天，员工们争了起来，有说120天的也有说150天的——也难怪，不同的种族和宗教本来庆祝的事儿就不一样。

项目刚做了3个月，老外们纷纷过来辞职。经理彻底崩溃了，问："你们假也休了，还拿着高薪，为什么不干了？"老外们反问："我已经挣够了一年的生活费，为什么还要上班呢？"

有了这一段见闻，当Ajay的计划书上写着我们那几间平房诊所的建筑工期是14个月时，我深表怀疑，能行吗？

然而，仅仅过去4个月，我们的诊所就建成了，这无疑算是喜马拉雅山南的"浦东速度"了。原来，当地农民听说这家医院是公益性的，纷纷起来帮忙。我除了开心，还有一丝不安。淳朴人民的期望无形中给了我们压力，但也是一种鞭策和鼓励，让我们能够继续在未知的环境中为着理想奋斗下去。

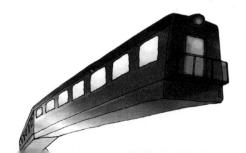

阿拉伯咖啡，喝还是不喝

文／吕迎旭

就像中国人爱喝茶一样，阿拉伯人很喜欢喝咖啡。这种咖啡叫"阿拉伯咖啡"或"土耳其咖啡"，小小的一杯，很浓，颜色接近黑色。

阿拉伯咖啡流行于中东、北非和中欧地区。跟其他咖啡不一样，这种咖啡煮制的方法很特别，一般用一个葫芦状的铁质小咖啡壶，加水放到火上烧，之后放入咖啡粉轻轻搅拌而成。

咖啡煮出来后，他们会将其分别放到如中国酒盅大小的小杯里，用托盘端上来。这种咖啡的一大特点就是喜欢的人觉得浓香扑鼻，不喜欢的人觉得很苦，难以下咽。

在巴勒斯坦，到别人家里做客有个讲究，主人端上的咖啡最好都喝掉，因为你不喝，他们会以为你对他们有意见，或者你本来就是来挑事儿的。巴勒斯坦是个家族社会，当家族之间发生矛盾，一方上门去另一方家和解时，在给他们斟上咖啡后，来的一方起先不会喝，直到双方达成了一致，他们才会一饮而尽。

通常，这里的男孩去女方家上门提亲，当女方家给斟上咖啡后，男方也不会马上喝，直到女方父亲说"好吧，我同意把女儿嫁给你"时，男方家的人才会痛快地将咖啡喝下。如果遭到女方家的拒绝，那么男方就不会喝咖啡，而是甩手走人。

另外，喝不喝咖啡还有个暗示作用。到阿拉伯人家里吃饭，一般他们会先给你来杯咖啡，这叫"欢迎咖啡"，然后他们会倾其所有地款待你：吃大餐，吃水果，陪你喝茶聊天。如果时间差不多了，主人会说："要不要喝咖啡？"意思是实在没什么可招待你了。这杯咖啡叫作"送客咖啡"，喝完咖啡，你就得告辞了。如果你实在不识相，还在那里继续待下去，主人只有以打哈欠、伸懒腰等姿势提醒你该走了。

巴勒斯坦人上咖啡还有个特点，就是随同咖啡一起的还有一杯清水，但不管有多少客人，只会上一杯清水。我一直不明白，这杯清水是给谁喝的，难道大家轮流喝？后来才发现，这杯清水一般没人会喝，只是摆设。

年轻人已经不清楚这样做有什么讲究了。一位年长者曾对我说，这是多少年来的传统，如果客人在喝咖啡之前把水喝掉，证明客人饿了，应该马上为他准备饭菜，如不喝，就不用。但也有其他说法，诸如因为阿拉伯咖啡非常浓，底部有咖啡渣，这杯水可以用来漱口之类。

随着时代的发展，阿拉伯年轻人越来越倾向于喝卡布奇诺和摩卡之类的咖啡了，他们也不再喜欢光顾传统的小咖啡馆，而是要去有音乐、西餐、时髦男女的现代咖啡馆。虽然在阿拉伯语里，咖啡馆有个专门的词，但他们不爱用，更喜欢英文"Coffee Shop"。

土耳其男人和他们的胡子

文／［土耳其］蔡文琪

有的像灌木一样茂密，有的朝下，有点儿垂头丧气……无论长得像什么，在土耳其，几乎每个成年男子都留着胡子。

胡子是土耳其男人的骄傲和喜悦，也是多毛的他们借此反抗及藐视东西方男人刮得干干净净的腮帮子的标志，"怎么样！我有毛，你没毛！"

摊开报纸，有一张土耳其全体国会议员合照的照片，450名国会议员，有322名留着胡子，8名是女性议员，男议员留胡子的比例为73%。

既然提到女性，土耳其女人喜不喜欢她们的男人留胡子呢？报纸上的问卷调查显示竟然有60%的女人说喜欢男人留胡子，可见社会的风俗如何深刻影响女性的观点。

那些"无须族"遭遇如何呢？

不太妙。

在土耳其乡下，无须族会受到较差的对待，因为人们都觉得不对劲。

只有聋哑的残障者欢迎不留胡子的新闻播报员，他们抱怨留胡子的播报员阻碍了他们读唇语。胡子对于土耳其男人除了展示男子气概外还有一个功用：从胡子可以看出来是哪个党派的。

右派留着两边下垂、中间只至唇上的胡子。

极左派则留着两边较短、中间盖住上嘴唇的胡子。

激进派的是两边腮帮胡子不刮，中间胡子在唇上。

公务员的胡子长度左右不能超过他们的嘴巴，上下宽度不能盖住嘴唇。

而有趣的是土耳其男性族群最大的集中地——军队，是不准留胡子的，理由是妨碍公共卫生。不过我的解释是胡子的男性气概是留给异性看的。军队里既无异性，雄孔雀们何必彼此开屏，多此一举呢!

对某些男人而言，胡子还兼具镇静神经之功用。有一个男人展示他的胡子对我说："这是我的念珠。"有事没事他就捏捏它、按按它，乐趣无穷。

外子默德婚后被我"劝退"成为无须族的一员。每天早上花至少20分钟刮那在一夜之间长就的胡林是他深觉浪费时间的一件例行公事。他非常羡慕中国男人的毛发结构，常说："没什么毛，多省事!"他相信末日审判但不相信有来生，但为了这些注定今生要和它长相厮守、为其劳苦的毛发，有一天他竟然十分"佛家"地对我说："若有来生我一定要做中国人，不用天天刮胡子!"

维京海盗煮出来的永远是冷

文／蔻蔻梁

曾经有人一脸鄙视地说："你吃过宜家的那个什么挪威肉丸子没有啊，还说是挪威的名菜啊，那叫一个难吃！简直是骗人的东西。"

我默默地为宜家喊了个冤：苍天啊，这个油腻腻干瘪瘪的炸肉丸子真的就是瑞典唯一名菜啊，而且它已经比在故乡时好吃多啦。

我在一个12月到达瑞典。严寒，早上10点天亮，下午1点半就开始天黑。但这些都没有办法击倒我。击倒我的是他们的食物。每一天，我对食物的期盼从"找点好吃的"，迅速下降为"找点儿热的"。当地人告诉我，一周7天21顿饭，瑞典人能吃个四五顿热饭就不错了。

在想象中，到了瑞典，离挪威很近嘛，应该可以大啖三文鱼了吧。是的，超市食品柜里除了三文鱼以外，还有成吨的虾，盐水白灼虾，冷的。而三文鱼便宜得很，大部分也都是吃生冷的。

冰天雪地吃了几天冰冷三文鱼，南中国胃空虚寂寞冷。我心知"咖喱焖三文鱼头腩煲"不可能存在于这个国度，但餐馆里或许有热的三文鱼吃？翻开餐牌，无非就是烤和炸两种烹饪方式。无论哪种烹饪方式，都是油腻腻的。更奇怪的是，无论哪种烹饪方式，端上桌来，它们都是凉的。

瑞典的好餐馆里只有几样东西可吃，三文鱼、煮虾、烤肉、炸肉丸子、炸鱼。运气很好的话能吃到蔬菜沙拉，那一整天你都会感谢主，然后为此掏出巨额账单。这些餐馆的烹饪水准完全是北欧的标准化风格，谁也不比谁好吃一点。更常见的餐馆则只提供一个菜，真的只有一个菜，连小菜都没有。它们走的也是北欧设计路线：极简。

　　我从来没有见过哪个国家的餐饮如此不值一提，不过，你能指望从维京海盗起家的国家在餐饮上有什么建树呢？挪威也罢瑞典也罢甚至丹麦和芬兰也好不到哪里去，从茹毛饮血的冰河时期到茹毛饮血的维京时期，冰冷的气候，长年的黑暗，这些真的不是诞生美食的关键词。

　　周游列国之后发现，只有那些"很早以前祖上就阔过"的国家的骨子里才最有骄奢淫逸的DNA，才会穷尽了脑筋去伺候自己的舌头。例如葡萄牙、西班牙、法国，包括中国——从这个角度而言，祖上狠狠阔过的英国人可真不长进，他们多数餐馆的食物还是叫人不敢恭维，但英国至少遍地都是来自世界各国的风味餐馆。但瑞典，哪怕在首都斯德哥尔摩，都是肉丸子和廉价三明治当道。

　　然而斯德哥尔摩又是美丽得不似人间的一个城市。广东人说"有情饮水饱"，可能对于瑞典人来说，维京时代是"有金币饮水饱"，现在是"有湖光山色饮水饱"，有个肉丸子吃吃，很奢华了。

美国人搬家的 N 个理由

文／朝　阳

去探望住在纽约的舅舅，认识了舅舅的邻居黛拉，她刚从美国西海岸的旧金山搬到这里。黛拉对我在一个地方住上十几年完全不能理解，"太不可思议了，在美国，大家最爱干的事就是搬家！"这位 29 岁的家庭主妇有些小得意地告诉我，她已经搬了三次家。

至于美国人搬家的理由，可谓千奇百怪：哪里的税收少，哪里的博物馆更多，哪里有孩子喜欢的摇滚俱乐部，甚至哪个地方有一家超棒的炸鸡餐馆，或者哪个地方美女帅哥更养眼……

在他们看来，搬家只是他们提高生活品质的一种方式，哪种生活更符合自己的意愿，让自己过得更快乐，不管多麻烦都是值得的！

一杯咖啡的搬家故事

弗兰克是黛拉的表哥，三年前，他辞去纽约的工作，将家搬到了达拉斯，得克萨斯州北部的小城市。因为那里有他渴望已久的麝香猫咖啡！

弗兰克喜好咖啡，蓝山、摩卡、炭烧……各种咖啡啜饮不止。对他来说，纽约夜生活的美妙，就是从一杯咖啡开始的，尤其身处布朗克斯区河滨路，短短数百米的街道，十几家咖啡馆，空气中弥漫着令人陶醉的诱人芳香。

于是，弗兰克很快做出决定，把家安在了布朗克斯区，虽然他每天不得不挤地铁，花费近1个小时去上班，但弗兰克却认为这样的安排很合理，"因为下班后，我就能一直留在河滨路，让咖啡伴我入眠和迎接新的一天。"

近段时间，弗兰克又在做着搬家的准备。过几天，他就要飞往西雅图工作，新家在斯诺夸尔米瀑布区。瀑布区半山上的一家餐厅里的鸳鸯咖啡被无数人称道。

在一片鸟鸣声、瀑布声和满眼郊野的环境中慢慢品味一杯可口的咖啡，那该是多么惬意的生活啊。

那里的博物馆很带劲

雪德水族馆、阿德勒天文馆、科学和工业博物馆、阿德勒植物园、芝加哥艺术博物馆……乔纳森没想到，自己所住的芝加哥，竟然有这么多奇妙的地方。

在乔纳森眼里，博物馆是一个不灭的梦想，一个恒久不变的约定：要想了解世界的过去、现在、未来，探究人类进步的奇观，感叹艺术的缤纷精彩……所有这些只能在博物馆内实现。

乔纳森接受不了去博物馆"匆匆一瞥"。曾经，因为出差去华盛顿，在工作之余，参观了国际间谍博物馆，20多间展厅，6000余件展品，600多件特殊间谍工具，200多项互动活动……让乔纳森欣喜异常。可惜，由于时间关系，只能匆匆一瞥。

从华盛顿回来，乔纳森神不守舍：口红手枪是如何施展死亡之吻的？小小的刮胡刀竟然是一个照相机？著名的爵士女歌手约瑟芬的传奇间谍故事真想再听一遍……

结束"单相思"的唯一办法，就是搬到物馆附近，这样就可以有大把的时间，去认认真真、详详细细地了解博物馆中那些吊人胃口的展品，以及展品背后的故事了。

嗨，帅哥

要说对帅哥的了解，没有人比罗莎莉更内行的了，她的搬家简直就是追寻帅哥的旅行。

好莱坞能欣赏到世界各地的帅哥美男？No，大错特错！去纽约的皇后区住上几年，就会明白，好莱坞的帅哥太Out。

瞧，每个周末，在皇后区溜达，如同周游世界。在阿斯托里亚街，希腊时尚店比比皆是，店内的小伙子个个拥有罗马人直挺的鼻梁、深邃的目光，一头金发，帅得一塌糊涂；在杰克逊高地，随处可见青春爽朗的印度小伙，那略带羞涩的面庞，迷人的鬈发，让人陶醉……罗莎莉很享受在皇后区的生活，一住就是五年。

当罗莎莉在《福布斯》上看到，迈阿密因其良好的空气质量、大量的植被覆盖等被评为"美国最干净的城市"时，立即做出了搬家决定。当然，最关键的一条，"迈阿密的海边有无数滑板小子，帅气的姿态让人心动！"

罗莎莉说，看到帅哥，她的心里就会有一股邂逅的美妙感受。

一切为了孩子的爱好

杰西夫妇搬家到波士顿，是因为他们13岁的女儿比琳达喜欢萨克斯。以前所住的地方，橄榄球才是最热门的活动，报纸上、电视上，人们谈论最多的，都是棒球队的比赛。这让比琳达有些郁闷。所以，为了女儿，杰西夫妇决定，搬家！

新家是位于波士顿查尔斯镇的小别墅。查尔斯河畔的国家公园，每年6月，将会举办各种音乐会，人们可以随意找个喜爱的角落，聚在一起演奏喜欢的乐器！

同时，美国最著名的波士顿交响乐团，还会在7月4日演奏。要知道，平时想听波士顿交响乐团的演出，得去预约买很贵的室内门票，只有在这天，他们才在波士顿公园免费演出，让人们尽情享受这场高水平的音乐飨宴。这些都是女儿的最爱。

女儿在当地的学校也交到了不少喜爱音乐的朋友，还组建了一支萨克斯乐队。

没错，波士顿的物价比原来所住的城市高出许多，这让杰西夫妇感到有些吃力，但夫妻俩却没有一丝沮丧，他们的女儿每天都在健康快乐地成长，这才是最重要的！

纽约纪事

文／戴 典

　　一簇簇金色的气球连着紫色的丝带从高高的屋顶垂到地面。纽约时代广场希尔顿酒店音乐轻快温暖，踩着绣有夸张花纹的绒毯，我拨开飘扬在空中的彩带，来到威科集团法律与商业作者及特别朋友新年甜品酒会。威科集团作为全球领先的专业信息服务和出版公司，在法律与商务图书出版领域享有很高威望。念法学院的时候，我们2/3的教材及辅导书皆由该社出版，法律界专家也以在该社出版书作而自豪。受邀于我多年好友、法学教授安·墨菲，我作为她的特别朋友参加了此次活动。

今年酒会主题是甜品与百老汇音乐剧。礼堂中间散布着高脚桌椅，雪白的桌布点缀着大大的花簇。周围一圈方桌上侍者、厨师戴着高高的白色礼帽现场烹制各类甜点小食、提供酒水。酒会现场的来宾都是知名学者和他们的亲友或合作伙伴，大多年过半百，无不彬彬有礼、笑容可掬。大家亲切地聊天，可以看出很多人都彼此认识，此刻更像是重逢团聚。穿插在大家交谈间歇的是歌剧团的表演者，他们现场演绎了若干百老汇的歌剧选段，包括《歌剧魅影》、《妈妈咪呀》等大家耳熟能详的剧目，博得阵阵掌声。

墨菲教授热情地把我介绍给朋友们，他们很多人对我的中国背景颇感兴趣。我感到遗憾，在这类专业圈子鲜见中国法律人，而眼前众多法律商业领域的资深人士几乎将所有精力投入美国本土，很少关注中国。我也感到希望，他们这种兴趣背后意味着两国之间学术交流与国际合作具有广阔空间。

夜深了，我与墨菲教授在时代广场拥抱告别。这一天是新年后的第一个星期五，回家路上我看到帝国大厦绚烂的灯光，还有慢慢睡去的这座城市……

纽约时装周作为世界时尚艺术界最著名的业内盛事，每年吸引全球顶级设计师在林肯中心展示他们的最新作品，参与方式仅为业内邀请。我有幸参加了今年春季的纽约时装周压轴时装展。红地毯和鸡尾酒会，让我们酝酿好满满的热忱。十余位来自意大利的时装与首饰设计师展示了他们的作品，T台上模特们在上演一场精美绝伦的演出，前卫的音乐和灯光效果让演出浑然一体、一气呵成。台下的观众也是奇装异服、精彩纷呈，仿佛每个人都是模特，都装着一脑子的创意。专业模特让人愿意去品味其身上的每一件作品，体会每位设计师不同的风格和主题。有的现代随意，有的前卫夸张，有的都市感浓郁，有的戏剧感强烈，有的使用环保材料和手法，有的受启发于其他艺术形式。每一件活动的作品都反映着设计师运用色彩、原料、构图的技术和经验，也体现着他们对时尚、艺术和社会的认识与期望。

　　今年纽约的冬天较往年更为寒冷与漫长。一月中旬的一天，我在美国最高法院第一法院宣誓成为一名美国纽约州律师。这座法院由布朗兄弟家族设计师一手设计并主持建造，已经为纽约曼哈顿及布朗士地区服

务了 100 多年，与纽约工商界、艺术界及金融界有着密切关系。在这座拥有深邃寓意穹顶的意大利风格建筑里，我与其他 20 余名新律师由联邦法官引领宣誓："我愿意支持美利坚合众国宪法、纽约州州法，尽我最大努力忠诚地履行律师的职责。"短短的英文 47 个单词，三句话，每句话之间的间隙安静到极致，使我重新感受到自己选择法律这一行业之初时最单纯的喜爱——那种对正义、公平和人道的追求和信仰。这一刻，在纽约最冷的季节里，我热血沸腾。

任何经历都是我们去认识社会、理解人类、看清自己的独一无二的机会。我感谢这份幸运，让我在对这个世界充满好奇的时候可以看到她的方方面面，拥有足够的敏锐和细腻去捕捉哪怕很微小的感动、美妙和柔软，拥有足够的勇气和热爱去不断尝试、不断刻画自己心头的世界。

我跟象群首领的亲密接触

文／〔澳〕皮特·埃里森

译／曾志杰

作为一名非洲丛林导游，与野生动物相处久了，难免胆子愈来愈大。面对两种最爱的动物，我常常做出玩火的举动：一是公认危险性较低的猎豹，二是大家都知道很危险的大象。想接近它们，最好的方法就是隐身在它们可能会前去觅食的地点，让它们主动靠近。当陆地上体积最大的动物触手可及时，那感觉真是无可比拟。

—

我和大象之间有过的最美好的体验，就是与母象萨尔瓦多和它的象群相遇。

每年总有一段时间，萨尔瓦多以及它带领的象群会来到曼波营。它们没有固定的迁徙周期，哪儿有食物就往哪儿去。对于母象群我们可是战战兢兢的，不分物种，一旦雌性动物将你的行为误解成对它们幼儿的威胁，那可就危险了，而且大象不仅重达上千磅，还能跑赢奥运短跑选手。

不管哪一个象群，我都喜欢去找出谁是首领，如此要接近它们就不难。通常我是靠听觉来辨识谁是首领，有一种低沉的轰轰声，听起来就像巨人肚子饿时发出的咕噜声一样，这声音表示"我们走吧"。当一群母象进食的时候，通常会听到象群里年纪较小的成员嘟哝着："走啦，妈咪！走啦，阿姨！我们走了啦！"一副无聊又不耐烦的样子。象群对这些少年的鼓噪通常不予理会，然而一旦大家长发出低沉的轰轰声，一整群象会马上排成一列移动。

我认出这群象的大家长是一头年约四十岁的母象。它很好认，一对象牙不往前长，反而夸张地外扩再往上钩，卷得像是萨尔瓦多·达利的两撇八字胡一样。于是我给它取名为萨尔瓦多。

8月的某个早晨，我看到萨尔瓦多的象群在树丛间进食。当时的光线非常适合摄影，我马上抓起了相机。碰巧最近我看过几幅作品，从低角度用长镜头拍摄大象，营造出像是从大象脚边往上仰视的效果，令我很想模仿。

我预测象群会去喝水的那条河道大约不到两米宽，水却往陆地漫成一片约 120 米宽的洪泛区。这块地长满了黄色、白色、粉红色的花，深水区则呈现一片险恶的深蓝，我没打算靠太近，以免鳄鱼一口就把我拖下水去。

我脱去外裤踩进水里，不禁倒吸一口冷气，直呼："我的天哪！这水也未免太冰了吧！"

原本气定神闲朝河道前进的象群听见了我的大叫。前头的大象停下来，伸长鼻子嗅闻四周的空气。后头较年轻的大象也一只跟着一只模仿起前面的老大姐，直到队伍最后面的象宝宝也有样学样地在空中挥着它们还不太协调的鼻子。我赶紧潜进水里，把身体埋进水底的泥巴，只剩紧握相机的双手还在水面上。

萨尔瓦多则张开双耳勇往直前。我把头从水里伸出来，正好看见萨尔瓦多全身放松，鼻子懒洋洋地挂在其中一只张扬的象牙上。它没看到我，一边继续涉水前进，一边用鼻子扫起身边的花，满足地大口咀嚼卷曲的须蔓。

它继续往水深的地方走，刚好走到我正对面。水温过低加上太过兴奋，我不禁开始发抖。这不是我第一次近距离站在大象旁，但每次都还是忍不住赞叹，它们的身躯如此巨大。

萨尔瓦多喝起水来。它先是用鼻子稀里呼噜地吸满一大口水，接着头往后仰，从鼻子喷出一道强力水柱灌进嘴里。水花溅到我身上，我用颤抖的双手拍了不少极棒的照片。

虽然我跟象群的距离近到可以闻到它们的口气，它们还是没发现我。我开始有些扬扬得意，这一把看来是赌对了。

突然，萨尔瓦多往前走了一大步。

它惊天动地的步伐激起一阵小海啸，泼了我全身。河水冰冻彻骨，但最令人忧心的是它看起来像是要准备过河了。它后面有约莫50多头大象，加起来超过200只象腿，即将跟随它大步践踏我现在趴着的这块地！此时若贸然起身，那些成年大象面对突如其来的威胁，不但会把我踩得稀巴烂，还会用象牙补上一记戳刺。不过就算我留在原地不动，也难逃被践踏的命运。于是当萨尔瓦多发出"我们走吧"的轰轰声时，我知道我得采取行动。我趴在地上，尽可能以最低调的方式滑进更深的水里。

我的新计划是躲进水里，必要时就在象腿间游动，同时得把相机高举过头。至于可怕的鳄鱼，我只能安慰自己，当这群大象踏过水面时，鳄鱼早吓跑了。

一只巨腿扎实地立在我面前，就算在深褐色的污水里也看得清清楚楚。我偷偷把头伸出水面，深吸一口气，拍了张照片再躲回水里。我一次又一次地冒出头来，最后终于意识到这些大象一定知道我躲在这里。

根据这个新发现推论，它们想必认为我不构成威胁，因此也不来伤害我。于是我在象群间光明正大地游起泳来。想到它们对我如此信任，我感到无比幸运。悄悄地拍了最后一张照片后，我便往前游滑而去，不再打扰它们。

二

自那一天后，它们往南迁，离开了曼波营区。几个月后，当我再次看见萨尔瓦多象群缓缓走近时，心底涌现出莫名的亲切。当我发现它们离开的这段时间，萨尔瓦多的女儿（它跟它母亲有着同样外翻的一对象牙）添了一个新宝宝时，好感立刻倍增。这小家伙已经能够自信地踏出步伐，但还不大会控制自己的鼻子。它的象鼻子就像水开太大的水管一样四处乱甩，偶尔还会甩得太用力而吓到自己，快步跑回妈妈身边求救。

我觉得我和这群大象之间有特别的关系，它们绝不会伤害我。于是我想再碰一次运气，去靠近它们。奥卡万戈三角洲上布满了长成一圈圈的绿色植物，远望去就像是一座小岛。我躲进其中一个小岛的一棵矮小的棕榈树下，我猜象群等会儿应该会走到这儿来。

我的车停在大约 20 米之外。不过当这群大象进到这小岛来，精力充沛地吃起周遭所有能吃的植物时，马上就把我的逃生路线堵死了。

这时萨尔瓦多的孙子突然走过来，鼻子活像患了癫痫的蛇一般乱甩。甩着甩着，不小心拨开了我藏身的那片棕榈叶，暴露了我的行踪。

象宝宝和我面对面站着。我可以清楚地看见它那对标志性的往两边撇的小象牙。"嘿，小家伙，"我用唇语示意，并不敢真的发出声音，"别告诉你妈咪我在这儿，好吗？"

它开始倒退，后腿打结地踉跄转身，它的象鼻甩过肩膀，绕了一圈回来打中另一边脸颊。它惊慌失措地发出完全不似象吼的嘶叫声，一边跑向它的母亲。

整个象群看见小象如此惊慌，全都暂停进食。它们举起象鼻，双耳大张地高高站了起来。象宝宝的母亲最先找到我。我悄悄拉回来盖住身体的棕榈枝叶再度被掀开，世界上最巨大的额头就这样挤到我眼前，相距不到一米。我细细看着它满是皱纹的皮肤，上头长着稀疏而粗硬的毛。

按道理说我当时应该会觉得自己死定了，但我没有这样想。我只是直直站着，对着它微笑。萨尔瓦多的女儿轻轻地转头看着我，眼神中透出连在人类眼神中都少见的智慧。它缩回头去，棕榈叶又落了下来，我听见萨尔瓦多说："走吧。"

瑞典人为什么不腐败

文／何　兵

8年前，瑞典隆德大学提供一笔资金，邀我去访学。其间既不用讲课，也不用做课题，就是领你转转，让你看看，感觉在混吃混喝。临别前，我颇有点内疚地问：你们花这么多钱请我，到底想干什么？一位教授告诉说：我们想让你知道，这世界上有比美国更好的制度。

瑞典只有1000万人口，这样一个袖珍小国，何以会有如此强烈的制度和文化自信？

瑞典一位检察长介绍说，她当检察官32年，从未受理过一起官员腐败案件。一位警察讲课时说，他从警二十多年，只遇过一起试图向他行贿的。一个东欧国家的人，因为违章驾驶被他拦住，驾驶员试图给他500元瑞典克朗。警察说，我一把将他揪进警车。他违章驾驶，依法不过罚款，但他试图贿赂警察，被判刑2年！警察说，我根本不会考虑受贿，因为国家给我的工资，足以让我体面地生活。

我旁听过一起刑事审判。庭审结束后我问一位陪审员：你怎样防止自己腐败呢？他吃惊地问：我腐败？这怎么可能？我说：怎么不可能？他说：怎么可能……几个回合后，他认真想了一会儿，恍然大悟地说：根本不可能，我上庭之前，不知道审谁；被告上庭之前，不知道谁审；庭审一结束，我们就形成判决意见。他想行贿也没机会了。

瑞典官员不腐败的社会背景是，人民不贪财。

归国前我到理发店理发。推门进去后，女理发师问：您预约了吗？我郁闷地问：理发还要预约？她查了查小本本，说后天下午还有个名额，您来吧。理完发后我才知道，一次最普通的理发，收费竟然300多元。但纵使如此赚钱的买卖，人家到下午4点就收工，绝不加班。

有次我和隆德大学东方系主任闲聊。我说，你们沃尔沃的老板应当很有钱啊？他说，这家伙不道德。我吃惊地问：为什么？他说：他那么有钱就是不道德。我这才明白，原来世界上还有这样的道德观：太有钱就是不道德。我不知道他的道德观是不是瑞典人普遍的道德观。但瑞典人不爱财物爱自然，是普遍的社会感情。

大约一年前，我请瑞典大使馆的人到政法大学讲课。一位叫马延花的女工作人员和我谈天：在瑞典开个好车，像做贼似的，生怕别人看见。瑞典人换车，通常还是用以前的那个牌子和型号，这样邻居就看不出你换车了。

瑞典国民不爱财，官员不受贿的民风能够形成，在我看来应当有几个主要原因。其一，完备的社会福利和保险制度，使人民心中不慌不怕。上学不要钱，养老不要钱，看病基本不要钱。人们不用为生老病死"备战备荒"，拼死拼活。其二，瑞典赋税达40%多，重税使国民失去追逐财富的动力。其三，政务公开，瑞典的政务透明度超出我们的想象，官员财产公开理所当然，首相请客吃饭，菜单需要上网。法国前总统希拉克曾经致电瑞典首相，指责反对加入欧元区的瑞典人，此信被公开。希拉克非常生气，再次致信瑞典首相，责问私信为何被公开？结果，此信又被公开。因为按照瑞典法律，这些都是政务公开的范畴。其四，社会透明，不仅公务人员要公开财产，企业高管也要公开财产。根据瑞典"不动产登记制度"，任何人在当地买房子，都要刊登广告，包括房屋所在地点、交易时间、买卖双方的姓名、交易价格、房屋面积及修建情况等，一应俱全。这样的广告没有任何商业目的，只是以备当前或今后有兴趣了解购房者财产状况的人查询。其五，民风朴素，瑞典民风不崇尚个人突出，崇尚自然朴素。企业不崇尚加班。一个经常加班的人，会被视为别有用心的人。在一个热爱自然而非热爱财富的国家，官员腐败干什么？吊诡的是，这个不慌不忙、闲适自然的国家，竟然是国际竞争力最强的国家之一。

联合国斗的是口才

文/江意

在纽约的联合国大会厅里，中日两国代表正在言辞激烈地辩论，双方针锋相对，毫不相让。这是 2012 年 9 月 27 日联合国的一场一般性辩论答辩会，双方各自阐述关于钓鱼岛领土争端的立场并驳斥对方。

在联合国历史上，言辞激烈的答辩时刻都在发生，甚至恶语相向、行为过激也不罕见。应该说，联合国大辩论的传统就是语言的战争，会场就是战场。

联合国由三个辩论大师创建

联合国大会最早是由罗斯福、丘吉尔、斯大林联合策划设立的，值得一提的是这三位元老均以口才著称。

联合国大会一般性辩论是联合国大会常会的第一阶段，每年9月举行。全球最精英的政治家们汇集于此，在这个吸引了整个国际社会目光的大舞台上发布观点，维护自己国家的利益。这时候，人们拥有的武器仅仅是自己的口才，谨小慎微并不会让你赢得战果，反倒是思维敏捷的针锋相对有可能让你获得尊重，并征服敌手。

现任联合国副秘书长的中国外交官沙祖康当年正是这样做的。

2004年3月24日，美国在联大大会上抛出了反华提案，沙祖康当即言辞激烈地答道："搞不搞反华提案，这是你的权利。但是我可以告诉你，我一定要打败你，我一定揍扁了你！"然后即兴用英语答辩。

他是这样说的："美国朋友，我们中国是贫穷一点、正在发展中的一个国家，但是即使再穷，我们买几面镜子还是买得起的。我们想买点镜子免费送给你们，让你们照一照自己，因为你们发表的白皮书里缺了一块。我们国务院新闻办写了一份材料，叫《美国的人权白皮书》，这是一面镜子，希望你们看看写得怎么样。但是有一条，我劝你们最好睡觉之前不要看，因为《美国的人权白皮书》，你们看了以后，特别是睡觉之前看了，晚上会做噩梦，是会睡不好觉的。"

会场掌声雷动，甚至美国代表团成员自己都在笑。

最后，中国提出"不采取行动"的动议，以28票赞成、16票反对的票差，击败了美国的反华提案。让美国"拿镜子好好照照自己"，也成为联合国组织中广为流传的佳话。

在中国一般普通老百姓眼中，联合国开会是一件很严肃、很正经的大事，与会双方即使观点不同，也应该在平静友好的气氛下协商交流以期达成共识，这么多各国政要、高层，个个衣冠楚楚，哪怕唾沫星子都得是精粹，哪可能嘈杂得像在菜市场里一般大吼大叫，甚至脱鞋耍赖的？

真有脱鞋的！这位老兄是赫鲁晓夫。在1960年联大会议的最后一天，一位菲律宾代表称当时的苏联吞没了东欧的政治权及民权。苏联最高领导人赫鲁晓夫当即发言回击，称菲律宾是美国人的跟屁虫。《赫鲁晓夫传》作者威廉·陶布曼描写道：当时赫鲁晓夫用双拳击打桌面，并脱下右脚的鞋，使劲用鞋敲击桌面。后来，赫鲁晓夫自己也搞笑地说："原来这样做真有趣。"

联大会议的明星辩手

如果说赫鲁晓夫已成明日黄花，那近几年的辩论明星则是伊朗前总统艾哈迈迪·内贾德。2012年9月24日，他不顾联合国秘书长的劝诫，再次猛批以色列，称这个国家在中东地区没有容身之地，终将被"消灭"。他的强硬言论招致美国政府批评，下榻酒店惯例性地遭到抗议者声讨。

事实上在2011年的联大辩论会上，内贾德的言论更加激烈，他谈及2001年美国"9·11"恐怖袭击，认定美国以这一起"神秘事件"为借口，发动了阿富汗和伊拉克战争，"最终目的是控制中东地区及石油资源"。

他当天在联大还指认西方国家"运用帝国主义媒体网络"，"以制裁和军事行动威胁任何质疑大屠杀和'9·11'事件的人"。当时美欧28个国家的代表愤然拔掉耳塞，退场抗议。

内贾德对自己一个人发言还不满意，2007年，他曾向美国总统布什提议，希望能够与其在 9 月 18 日举行的第 62 届联合国大会上对于伊拉克战争问题进行公开辩论，早在 2006 年，内贾德就曾提议与布什一起讨论当今的世界性问题，然而美国政府拒绝了该提议，认为"用公开辩论的方式只是将大众的注意力从美国、从世界各国正面临的威胁上转移开"。

不过，纵观联大历史，不管各国代表们是针锋相对地回击还是愤而离席，甚至吹胡子瞪眼，往往最终都不能决定这场辩论会的输赢。因为已经上升到国与国高度的政治问题，不是靠几场辩论就能够决定结果的，也远不是个人的行为能够左右或影响的。联大辩论会更像是吹起一场角力或隐形战争的集结号，敌对双方的较量在后面。

辩论背后的较量

2002 年 9 月，联合国大会开始辩论到底采取和平还是战争手段解决伊拉克问题，在辩论中间的某个时刻，布什宣称："萨达姆·侯赛因必须解除武装，不然，为了和平，我们将带领联军解除他的武装。"这些模糊的言辞看起来给伊拉克领导人留下了一些避免战争并继续掌权的余地。

当时，时任伊拉克外长萨布里·阿齐兹在大会上宣读萨达姆的信函，表示伊拉克无条件允许联合国武器检查人员重返该国，使美国再没有任何借口攻打伊拉克。

然而，2002 年整个秋天，布什政府悄悄地把部队和装备运往伊拉克周边，并进行其他军事准备。2003 年 3 月 20 日，伊拉克战争打响。直到 2010 年，美国才全面从伊拉克撤军，留下一片疮痍之地。

像这样的例子还可以举出不少，任何形式的战争归结到最后都是国家综合国力的竞争，这也会反过来影响各国代表们在联大发言上的反应。据日本共同社 2012 年 9 月 27 日消息，日本首相野田佳彦当地时间 26

日在联合国大会上发表了演讲，表示"将争取依照国际法和平解决有关领土和领海的争端"，结果台下各国代表寥寥无几，都不愿意听他发言，有人早早退场，有人干脆没来。

其中捷克代表的解释很有代表性。他说："日本是'二战'的战败国，而中国是安理会常任理事国，日本这次的发言毫无意义，实力的天平不会就此改变，因此这个演讲意义不大。"

虽然联大辩论并不能真正决定重大问题的走向，但作为一个沟通和扩大共识的重要场所，联合国辩论大会仍然发挥着很重要的作用，尤其在双方国力差距不大的国家之间，许多国家领导人借机就共同关心的问题举行会晤，说服对方或被对方说服，即使仅仅是作为角力的集结号，吹得响亮与否也是很重要的筹码。

色彩政治，由传统到前卫

文/孙　浩　常天童　李克难　陈　鑫

紫袍的恺撒、黄袍的皇帝、深蓝色制服的保守派、涂满绿色的环保组织抗议者、一身黑衣的法西斯党徒……

色彩，常常直接、鲜明地宣示着某种理念信仰，令人很容易地将各种政治力量区分开。需要时刻分清"谁是我们的敌人，谁是我们的朋友"的政治游戏，似乎永远需要特殊的标签。

热情与忧郁

躁动、热情的红色，从来都是起义与革命的象征。从罗马帝国时代的奴隶起义到中世纪的德国农民起义，红旗都被用来作为起义者号召民众、反抗暴政的标志。在法国大革命中，代表无产阶级的雅各宾派也挥舞着红旗，向革命中牺牲的同胞致敬。众多维护大多数社会中下层民众利益、反对社会不公的政治团体，都喜欢用红色作为其标志色。

1871年巴黎公社成立，红旗成为公社的旗帜，象征国际无产阶级的大联合。从此，红旗开始与全世界的共产主义运动联系在一起，成为共产主义的象征。

理性、忧郁的蓝色，历史上则有革命与保守的两面。在18世纪中期，蓝色制服曾是自由与革命的象征。它不仅是英国反对专制王权，维护资产阶级利益的辉格党的标志，也是美国独立战争中乔治·华盛顿领导的大陆军的标志。但从 18 世纪下半叶开始，随着辉格党的上台，蓝色成了保守派托利党的色彩。而在 19 世纪欧洲的革命浪潮中，蓝色制服每每让人想起镇压革命群众的保守派政府的军警。

随着红色与社会主义运动一同兴起，与此相对的蓝色也逐渐成为众多维护资产阶级利益、反对社会改革的保守派政治团体的标志色。

冷战时期，两大意识形态阵营的对立使这种红蓝划分变得更为明显。美苏两大阵营的对立，往往在各类宣传中被演绎为蓝色与红色的对峙。

媒体绘出政治色

如今，在美国，坚守自由市场信条的右派共和党以红色为标志，而主张政府干预和福利社会的左派民主党则以蓝色为标志。这很大程度上要归因于媒体的推动。

在电视报道出现以前，美国两党并没有特定的颜色标志。1976 年，全国广播公司（NBC）首次推出总统大选动态电子地图，以颜色来区分不同州的归属。当时，蓝色代表共和党，而红色象征民主党。但在此后相当长的时间内，给两党确定标志色在各家媒体间并没有统一的方案，如美国广播公司（ABC）的新闻频道，就曾用蓝色代表民主党，黄色代表共和党。

直到 2000 年大选，现行的颜色方案才成为主流。当时《纽约时报》和《今日美国》均首次推出彩色印刷大选地图来展现共和党总统候选人小布什和民主党总统候选人戈尔之间万分胶着的选情——这一次，前者属于红色，后者属于蓝色。

这个方案最终成型的原因很简单。《纽约时报》制表组资深编辑阿奇·谢给出的解释是，英语中红色（red）与共和党（Republican）两个单词的首字母均为 r，两者自然而然联系在一起，"我们基本都没怎么讨论这个问题。"《今日美国》的编辑保罗·欧弗伯格则称如此定案是遵循潮流，"当时大家基本都已这么做了"。

时至今日，这种红蓝方案在美国已经深入人心。"蓝州"代表坚定的民主党票仓，"红州"则代表共和党的铁杆阵营，而大选中犹豫不定的"摇摆州"则被称为红加蓝勾兑出的"紫州"。

黄色的寓意

在 2000 年进行的一次调查中，只有 6% 的欧美人将黄色选为他们最爱的色彩，而选择蓝色的则占到了 45%。尽管西方喜欢黄色的人不多，但在东方文化中，黄色却是皇权的象征，代表了高贵与权威。近些年来，在泰国纷乱的政局中，黄色与红色一起，成了街头政治的主色调。

泰国与颜色有很深的渊源。大城王朝时期，泰国人就开始习惯于用颜色表示日期：星期日为红色，星期一为黄色，星期二为粉色，星期三为绿色，星期四为橙色，星期五为淡蓝色，星期六为紫红色。这个习惯来源于宗教中所信奉的神，每种颜色代表不同的神。

国王普密蓬·阿杜德出生在星期一，而星期一的代表色是黄色，因此，黄色成了泰国王室的标志色。

2001 年当选总理的他信·西那瓦，执政期间施行各项有利于农民的经济措施，却与城市中产阶级以及军方和王室的利益集团相处不睦。从 2005 年开始，反他信的"人民民主联盟"支持者皆一身黄衫走上街头，以腐败与滥用职权为由，要求他信下台。为获得更多支持与政治合法性，反他信派以维护王室利益自居，将标志着王室的黄衫做其标志。"黄衫军"由此得名。

2006 年 9 月，一场军事政变推翻了他信政府，但由于他信势力牢牢掌握着在泰国人口中占据大多数的农民的选票，重新选举出的政府仍旧是他信派。于是，"黄衫军"再度出山，遍布曼谷街头，直到反他信派的阿披实最终上台，"黄衫军"才收山而去。

"黄衫军"一去，"红衫军"又来。2006年9月军事政变发生后，亲他信的"反独裁民主联盟"领袖颂巴便提出"红色不答应"的口号，选择代表民众起义的红色为其标志色，组织各路人马参加反对军政府的集会。阿披实上台后，他信派势力再一次掀起抗议浪潮，一时间"红衫军"遍布曼谷，吸引了全世界媒体的关注。

此后的这几年，泰国政坛仍旧不断上演红与黄之间的博弈。

新兴的绿色

绿色代表着自然、生命与希望。尽管在传统的意识形态光谱中，绿色并未被赋予特定的含义，但进入20世纪下半叶，随着环境问题逐渐成为重要的政治议题，一种以绿色为标志色，将环保理念与和平主义、女权主义等思想结合起来的政治理念开始在欧美国家流行起来。

1972年，世界上第一个"绿党"塔斯马尼亚团结组织在澳大利亚成立，此后，世界各国纷纷出现绿党组织。一些政治团体，如德国绿党、芬兰绿色联盟等，逐渐在所在国发挥着虽显小众，但也举足轻重的影响力。2001年，全世界72个国家的绿党代表还共同成立了"全球绿党网络"。

绿色政治的支持者不仅强调生态环境保护的重要性，还从根本上反对以经济增长为目标的发展模式。他们反对贸易自由主义，反对经济全球化，反对消费主义，提倡本土经济，重视原住民利益，推崇草根民主。在现代的各种政治色彩中，绿色阵营或许可算是最前卫的一族了。

欧美的地域歧视

文／张佳玮

美剧常拿地域说事，比如，说密尔沃基是个怪地方；笑犹他州荒无人烟，还有异端邪说似的摩门教；科罗拉多冻得死人；内布拉斯卡这样的中部州，满地长土豆似的傻白人；得克萨斯要么是墨西哥后裔每天吃玉米饼，要么就是些顽固的白人基督徒。

对自己人都不客气，更遑论欧洲了。美国人常讽刺欧洲人踢足球时假摔不断，跟美式橄榄球比起来娘里娘气，缺乏阳刚之气。

当然，欧洲人对美国人也不友好，但他们更忙着彼此讨厌去了。问西班牙人，会发现他们普遍不喜欢法国人，嫌他们傲慢；瑞士人不喜欢法国人，觉得他们懒惰；英国人对法国人的感情则奇妙至极，当一个英国姑娘觉得法国人风流倜傥时，男朋友就会说：法国人又臭又没礼貌，还打不过德国人……反过来，法国人讨厌英国人，因为彼此打了几百年仗，而且"英国冷得要死，一年到头不出太阳"。

北欧人和德国人都认为意大利人都是懒虫、吹牛王、色狼，除了足球、艺术和容貌，啥都没有；反过来，意大利人觉得德国人很机械，东西难吃，这点法国人、英国人也会响应。实际上，法国人逢体育输给德国，一恼恨，很容易嘴里蹦出个"Huns"来——Huns就是公元4世纪横扫欧洲的匈奴，在法国人眼里是蛮族代言。当然，德国人也会反唇相讥：法国人不就是高卢吗？高卢不也是蛮族吗？

法国超市里，常会卖德国香肠泡菜、意大利面和西班牙海鲜饭当速食品。但一聊起德国人来，就会开始笑德国人满身都是泡菜味，每天吃的都在猪身上找。比利时人和荷兰人彼此仇恨，20世纪初时，学者房龙还提到"一个比利时人跟一个荷兰人，要是午后无聊起来，就互相诋毁对方祖先聊以为乐"。虽然比利时基本人人会讲法语，但基本都会嫌法国人傲慢无礼。

德国人自己被全欧洲骂机械之余，也偶尔会念叨，说瑞士人比他们还死板。德国有无数波兰移民，于是他们很奇妙地看不起波兰，而波兰人又特别不喜欢捷克人。

英国人的奇妙之处在于：他们根本懒得自称欧洲人，但又不屑跟美国人攀亲戚。在巴黎如果遇到英国人，一副他乡逢故知状跟他说英语，聊好莱坞电影和美剧，英国人多半会皮笑肉不笑地表示，他对美国没那么熟。实际上，英国人划海峡自称一邦，在足球方面就出了名的固执：很长时间里，他们都只在自己英伦三岛那一片打转。可是英格兰、苏格兰、爱尔兰、威尔士的关系又错综复杂……

中国古代，地域起来也不遑多让。华夏正朔会嫌西边都是胡人，南方都是蛮子；东晋衣冠南渡后，北方人嫌南方软弱糜烂，南方人嫌北方人粗笨野蛮。宋太祖赵匡胤对南方人挺温和，但固执起来就是一句"不用南人作相"。沈括还在《梦溪笔谈》里啧啧感叹，说饮食上南甜北咸，实在难以适应；可到清朝，大学者赵翼虽然很宽泛地认为"江山代有才人出，各领风骚数百年"，但显然这江山不那么宽。他是江苏人，所以认为北方人皆食葱蒜，出汗臭如牛马粪。

说到底，以地域为名开的玩笑，力量在渐次减弱。因为所有地域笑话都有个前提：即，当初的人类，交通不方便，经常一辈子生活在一处，所以其地域属性也和其人密切相关。但这个时代，大城市正在无可避免地趋同。世界各地的人都能整齐划一地买到苹果手机、走进麦当劳、看三星电视、吃速食意大利面。你在一架飞机上落座，周围就都是五湖四海走过的人。

所以，地域挑剌再度产生力量的时候，得是人类再次遇到交通不那么方便、有个固定地域的时候了。比如，很多年后，在某个空间站，几个人交流："我土星来的，您呢？""我住在小行星带，是颗私人别墅星球。""呀，真阔气！您旁边那位呢？""他？他住月球加油站。""嗨，难怪那皮肤都跟环形山似的……"

喝的不是咖啡，是公平

文／刘　婷

2012 年 9 月，作为一名交换生，我来到台湾学习。初到台湾我就被这里的咖啡馆文化深深吸引。在台湾，咖啡馆是连接整个城市文化的重要支点，各种各样的社会创新活动和奇思妙想从这里开始并实践。每一个有特色的咖啡馆，都有着自己的故事、自己的思想。

台湾朋友告诉我，"生态绿"是一家专门贩售公平贸易咖啡豆的咖啡店。运营初期，它的每一杯咖啡都可以让顾客自由定价，每当顾客对此表示疑惑时，店主就会出来跟他解释这杯咖啡背后的咖啡小农的故事，然后让他们自己决定手中咖啡的价值。"公平交易"这个概念得以以一种出奇制胜的方式渐渐在台湾传播开来。

"生态绿·公平交易咖啡"坐落在一条安静的小巷里，小店不大，装潢简约而精致，墙上随处可见公平交易主题的招贴画和海报。

店里有一个小小的吧台，是咖啡店的"露天厨房"。和其他咖啡馆不同，坐在 T 凳上，食物制作的全过程可以看得一清二楚。吧台上播放的一排录像，宛如整齐排列的仪仗队，都是涉及经济剥削、生态环境等议题的纪录片。顾客可以在这里欣赏这些纪录片，参与、讨论、实践这些切身相关的生态环境、食品等问题。

店长杨崇保把一杯用阿拉卡比豆煮成的热拿铁端过来。他说很多人都问：到底喝一杯咖啡能贡献什么？他回答："我想我们是要告诉你关于公平交易的理念吧！"

咖啡是仅次于石油的全球第二大交易品，它不仅是一种饮料，喝咖啡越来越成为现代人的一种生活方式、一种文化。咖啡豆从种植到成熟需要 3～5 年，刚采摘的咖啡豆长得鲜艳漂亮，然而，其交易背后隐藏的惊人暴利和残酷剥削却鲜为人知。

杨崇保介绍说：你可能很随意地花上 3 美元买一杯咖啡，而你不知道的是，你所喝的这杯咖啡所用的咖啡豆，可能是由一个孩子的手所摘下来的，而这个孩子可能还不满 8 岁。咖啡豆的产地主要集中在非洲、南美洲、中南亚等发展中国家，他们的生产技术落后，市场信息不灵通，销售渠道单一。所以一旦豆子成熟，小农必须及时卖掉不易保存的咖啡豆。这时，家庭生产模式的咖啡小农，在面对庞大的咖啡收购商时就完全处于劣势，丧失了议价能力。

近年来，国际大宗农产品价格受期货交易影响越来越大，在人为炒作的控制下，更增加了咖啡价格的不确定性。咖啡小农的命运宛如风雨飘摇的草芥，帮助咖啡小农实现公平交易真的很有必要。杨崇保说："公平交易咖啡，就是要越过中间商，直接跟咖啡小农对接，保证咖啡收购价的合理性，同时咖啡的质量是可以对消费者负责的。"

我们在店里看到很多印着"生态绿"标志的大麻袋，杨崇保告诉我们这些都是用来装烘焙完成的咖啡豆的，这些咖啡豆 100% 源于国际公平交易组织的合作社。合作社将咖啡小农联合成一个共同体，保障农民基本利益的安全价格，并且会根据国际市场价格有所上涨。

现在"生态绿"在台湾已经有了众多的合作伙伴，其生产的咖啡豆批量销售给台湾各地的诚品站、咖啡馆等。

对于顾客，"生态绿"完全透明、公开，顾客不仅可以看，还可以询问煮咖啡的流程、香蕉奶酪蛋糕的制作方法等。这个咖啡小站还举行不定期的主题讲座——"生态绿"乐活学堂，在这里可以学会煮咖啡需控制的温度、粗细、粉量、水量、时间，甚至是咖啡的不同品种、不同口味。

杨崇保介绍："我们喝掉的，不只是一杯咖啡，而是对另一种剥削的抵制，我们可以帮助农夫、工人与他们的家庭用一种永续的方式改善他们的生计。""我们喝掉的这杯咖啡，也是一杯绿色环保的咖啡。"公平交易组织鼓励小农发展可持续的咖啡种植，尊重自然环境，避免使用有毒农药，这是一种对环境友好的生产方式。生态绿创始人徐彦文说："'生态绿'是一个社会公益平台，以公平贸易来讲，这是一种社群经营的方式，当然你也可以说我在做生意，但这绝不只是做生意而已。"

纽约，繁华与静好

文/叶慧珏

纽约是一个属于人的城市。

多少年来，世界各地的人们穿梭于纽约这个永恒的大都会，你不知道为什么有那么多人愿意驻足此处。我刚来的时候也心生疑窦：这么个又脏又破的曼哈顿岛，有什么好的？

但当你在街头走累了想要找个地方休息，中午找朋友喝茶吃饭，周末组织一些聚会活动，或者只是上下班途中随便逛逛，都会发现纽约的特别之处。在这个寸土寸金的城市小岛上，总是留着许多让人惬意的地方，比如中央公园，甚至在金融业界高楼林立的中城，也不失美好。

美国银行总部大楼坐落在曼哈顿第六大道和42街街角，但这个大厦的地址却是布莱恩特公园1号。当你站在这栋透明的高楼门口，不会感觉到压抑，因为白色钢筋骨架之间倒映着它斜对面美丽的风景——布莱恩特公园。

靠近美国银行大厦的这一端，是公共用餐区，几个小亭子出售热狗和其他速食，银行上班族们的午饭通常在花园一般的环境中解决。即便你不买食物，也可以坐在这里小憩，欣赏风景。

往东是一大片开放空间，夏天花草树木林立，冬天就被改建成了一个巨大的滑冰场，周边临时搭建起卖世界各地小玩意儿的各类商铺。

再往东，靠近第五大道的地方，布莱恩特公园紧邻着纽约最大的公共图书馆。在这个公共图书馆里，任何人都可以申办临时的图书馆卡，在一段时间内使用图书馆的各类资源，参观各种临时展览，不用存包，也不用烦琐的手续。老式建筑的宏伟和公园的新气象完美地结合在一起，不同的人都可以在同一片公共区域找到自己所需的空间。

在美国银行大厦工作的朋友跟我说，附近有一个这么美好的地方，工作也会充满动力。

值得一提的是这片区域的商业运作。公共空间不完全是政府融资，在许多周边社区的金融机构出资的基础上，有不少品牌定期做露天大型展览，为布莱恩特公园的运营提供资金保障。

难怪这个地方会获得美国景观设计师协会2010年度地标类杰出奖。坐在公园里，抬头仰望的是曼哈顿终年不变的林立高楼，低头却看到生机勃勃的新生活画面，人与城市的交流，就在这一抬眼一蹙眉之间，静静地发生。

这里的项目设计师说过一段话："成千上万的人挤在房间或走廊上找需要的空间，但他们可以改变他们的方式，在城市心脏绿地的自然中得到自己想要的。"

这不是曼哈顿唯一的杰出公共空间，这样的地方不胜枚举。

震惊世界的印度婚礼产业

文／刘半田

印度长久以来以奢华婚礼闻名全球。对印度人来说，婚礼象征身份地位，因此许多家庭会省吃俭用数十年，以存钱举办一轮轮马拉松式的聚会和仪式，继而逐步进入婚礼的主题。在印度，结婚几乎就是"排场"和"烧钱"的代名词，根据印度杂志《一周》报道，印度婚庆业的年产值已达 310 亿美元，并且正以 25% 的速度在逐年递增。

烧钱的比赛

印度的婚礼全部集中在每年 10 月到第二年 5 月之间举行，因为这段时间无雨、晴朗，气温相对较低，是结婚的黄金时段。迪瓦里节前后更是印度人结婚的高峰期。迪瓦里节在每年 11 月，是印度一年中最重要的节日，类似于中国的春节。

2010 年 3 月，《纽约时报》的一篇报道让 19 岁的印度农民卡比尔成为印度乃至全球的新闻人物。他租用一架旅游直升机去迎接他的新娘，从起飞到降落，直升机只用了 12 分钟便到达新娘所在的小村庄，那里距离新郎家仅仅 20 公里。为了向村民们炫耀，直升机还特意在村子上空盘旋了一圈。

这只是印度百姓中的一场极为普通的婚礼，真正的富人为自己儿女举行婚礼的排场更令人瞠目结舌：2004 年，印度撒哈拉航空集团总裁苏布拉塔·罗伊为儿子举行婚礼，让自己公司的 27 架商用客机中断运营，直接从全球各地接送参加婚礼的宾客，200 辆奔驰轿车组成的车队专门负责把宾客从机场接到婚礼现场，5.6 万支蜡烛将整个撒哈拉城装扮得如同童话般的王宫，婚礼共花费 8000 万美元。

2006 年情人节前后一场为期一周、辗转 3 座城市，花费数百万美元的特殊婚礼，其宏大的场面堪称"印度历史上最盛大的婚礼之一"。这场婚礼吸引了印度总理曼莫汉·辛格和美国前总统克林顿等名流出席。新郎是宝莱坞影星维克拉姆·查特瓦尔，他的父亲是印度大名鼎鼎的酒店大亨查特瓦尔。婚礼先是在孟买最气派的喜来登大酒店张灯结彩，然后全体宾客移师印度小城乌代布尔，最后在首都新德里顶尖的泰姬宫饭店和孔雀饭店收场。

如果说富商的婚礼成了人们议论纷纷的话题，那议员家的婚礼则成了政治事件。2011 年 3 月 3 日，印度国大党议员坎瓦尔·坦瓦因花费 2000 多万美元给儿子置办奢华婚礼而招致党内高层的批评。这场婚礼招待了 1.8 万名宾客，大家聚集在仿照印度著名拉贾斯坦邦宫殿建造的临时宴会大厅里。婚礼现场共有 1000 多名工作人员，来宾可以品尝泰国、中国、意大利和印度风味的 100 多道菜肴，光是冰激凌就有 30 多种。新娘一方给的嫁妆包括一架价值超过 600 万美元的直升机和一个银制的直升机模型。婚礼现场的每位宾客收到 50 美元现金、一条围巾、一套衣服和一枚银币作为礼品。

难怪身兼作家与心理分析学家的柯卡尔说："要是世上有足够的火箭和宇宙飞船，我敢说第一场大型太空婚礼肯定会是印度人举办的。这不是为了和左邻右舍看齐，而是要办得比邻居更好，要让邻居看了捶胸顿足。"

婚纱潮流

婚礼是印度人一生中最难以忘怀的时刻,除了舞蹈、装饰和庆祝活动,印度式婚礼的魅力就在结婚礼服上。所以在世界人口第二大国的印度,人们在衣服上花最多的钱,投入的主要注意力和设计心血都集中在一个人一生中的特定时刻——那场盛大而奢华的婚礼。

印度的服装设计师或多或少都设计结婚礼服,实际上,新娘礼服占了印度时尚工业80%的产值。婚纱市场上的国际品牌很难进入印度,因为印度人的结婚礼服非常具有民族特色。《时尚》杂志印度版介绍说,很多西化的印度年轻人日常穿着很前卫,但是在婚礼上要绝对遵循传统。

所以毫不奇怪,最近印度本土著名服装设计师塔希里安尼的婚纱发布会,吸引了孟买的上层社会集体到场。发布会上,男女模特穿着红色的、深褐色和金色的结婚礼服走着猫步。据说这些礼服的灵感来自英国殖民者还没有到来之前,莫卧儿王朝统治时期的服装。用一位印度学者的话来说,那是艺术、文学、舞蹈和哲学的盛期,其光辉不亚于西方的文艺复兴。

印度的结婚礼服市场一年有20亿美元的交易额。一场像样的印度婚礼,要为不同的时刻准备不同的衣服,所以通常需要几套礼服。由于经济不景气,如今孩子一出生,母亲就得开始为将来的婚礼做准备了。而对设计师来说这也好事,塔希里安尼设计的婚纱的起价已经从6000美元飙升至9万美元。

印度婚纱市场的繁荣不仅仅来自传统。印度的百万富翁急于花销,西方人发展出了多种多样的花钱方式,但是印度却没有这些享乐消费的模式,于是亲朋好友汇聚一堂的婚礼就成了展示财富的唯一时机。

魔幻拉美

文/龚 灿

32年前，哥伦比亚作家加西亚·马尔克斯凭借魔幻现实主义长篇小说《百年孤独》，获得诺贝尔文学奖；中国作家莫言"将魔幻现实主义与民间故事、历史与当代社会融合在一起"，获得2012年的诺贝尔文学奖。而莫言的魔幻现实主义就恰巧来自马尔克斯的故乡拉丁美洲。

何谓魔幻现实主义？简单地说就是给现实披上一层光怪陆离的魔幻的外衣，但又不损害现实的本相。这是20世纪拉美最重要的小说流派，发轫于30年代，早期主要表现为对美洲印第安人和黑人神话传说的发掘，40年代后演化为对拉美社会现实的深刻反思，通过各种神话原型的显现以展示拉美文化的混杂和社会的畸形。而魔幻现实主义能在拉美生根开花，与这块大陆独特的文明与社会现实密不可分。

复杂的混血文明

自15世纪末哥伦布发现美洲新大陆，这片原本是印第安人世代居住的大陆被撕裂开来，开始了长达300年的欧洲殖民统治。印第安人、欧洲人、非洲人，三个大陆的不同种族在不同历史时期、因不同缘由来到这里，相互融合，形成了拉丁美洲独特的文明，丰富多彩且神奇魔幻。

马尔克斯曾一再强调拉丁美洲的神奇，比如他在加勒比海岸遇到有人在为一头母牛祈祷，以医治它的寄生虫病；在墨西哥，人们会连续几个小时看着桌子上的"跳豆"在蹦，因为巫师在里面放了一条活虫；有位探险家在亚马孙河流域见过一条沸腾的大河，鸡蛋放进去几分钟就能煮熟……拉丁美洲是一块与其他任何大陆都不相同的地方，那里的现实充满神奇，以致"我们的现实向文学提出了一个十分严肃的问题，那就是语言的贫乏"。

当今的拉美依然让人觉得魔幻，在这里，有两千万人口的超级城市，也有与世隔绝的热带雨林；有工业文明象征的摩天大楼，也有藏身雨林的原始棚屋；有衣着光鲜的现代人，也有赤身裸体的土著人；有高科技，也有护身符……截然不同的几种文化在这里并存且混合交融，蕴涵着无限的可叙述性。每一个独属于拉美的神奇现象和文化印记，都可以成为作家的写作素材。

畸形的拉美社会

16世纪，来自伊比利亚半岛的西班牙殖民者将三大印第安文明毁灭殆尽，代之以中世纪的封建庄园制度。18世纪末到19世纪二三十年代，拉美各国掀起了独立运动浪潮，摆脱了宗主国的殖民统治，但这些国家并没有获得治疗社会经济弊病的良药。独立之后的拉美各国，除巴西外，后来几乎全都按照西方模式建立起了民主议会政体，但封建大地主阶级用暴力夺得政权，继续统治着拉美诸国，军事政变和独裁统治在这些国家也频繁上演。19世纪后半期，随着外国投资的扩张和移民的流入，拉美出现了工业化、城市化和现代化的倾向，但不过是表面的繁荣。

在美国历史学家伯恩斯看来，"富饶的土地上居住着穷苦的人民，这个难解之谜仍然是拉美的一个主要特征。"这也是20世纪以来，拉美不断出现革命和要求变革的动力所在。但这种变革的结果是薄弱的，大部分拉美国家仍保留了过去的气息，动乱频仍、政治专制腐败等沉疴长久难解。

这就是拉美地区的社会现实，拉美作家们对民族命运和现实生活的普遍关注，自然折射到了拉美的文学作品中。马尔克斯曾气愤地指出：在拉美，一夜之间强盗变成了国王，逃犯变成了将军，妓女变成了总督。1982 年他在瑞典诺贝尔奖授奖仪式上称："我敢说，今年值得瑞典文学院注意的，正是拉美这种异乎寻常的现实，而不只是它的文学表现。这一现实不是写在纸上的，而是和我们生活在一起，它每时每刻都决定着我们每天发生的不可胜数的死亡，为我们提供了一个永不干涸、充满灾难和美好事物的创作源泉。"也许这正好验证了"国家不幸诗家幸，赋到沧桑句便工"。

阅历丰富的拉美作家

拉美作家中出过 6 位诺贝尔文学奖得主，他们是智利的米斯特拉尔和聂鲁达、危地马拉的阿斯图里亚斯、哥伦比亚的马尔克斯、墨西哥的帕斯，以及秘鲁的略萨。

拉美作家绝大多数都具有硕士、博士等高学历，精通两三门甚至更多外语，且有游学国外的经历，视野开阔。拉美的文化教育是跟随西班牙、葡萄牙等欧洲国家的现代教育而发展起来的，文化体系具有相通性，这也是拉美足球明星能够在欧洲迅速适应的主要原因。西班牙殖民者对拉美的高等教育非常关注，来自欧洲的移民也接连不断地带来了西方新的文艺流派和先进思想，文化的碰撞非常剧烈，印第安语、西班牙语、葡萄牙语、法语、英语等多种语言在这里通行。

由于国内的独裁政治和军事动乱，拉美的许多知识分子都有流亡欧美的经历。他们将西方的文学艺术思潮内化为适合自身的文化理念，并带回拉美，深深影响了拉美的文化和社会的发展。

魔幻现实主义的盛行

魔幻现实主义最早是德国文艺评论家弗朗茨·罗对后期表现派绘画的评价，1949 年委内瑞拉作家乌斯拉尔·彼特里第一个将"魔幻现实主义"这一术语引入拉美。"在故事情节中一直占主导地位并给人以深刻印象的东西，就是人们对现实生活的神秘看法。对现实抑或是一种富有诗意的猜测，抑或是一种富有诗意的否定，在没有找到更确切的表达方式之前，姑且可称之为'魔幻现实主义'。"于是，"从原始居民的精神和宗教的腐殖质中自然生长出来的"小说，开始有了一个正式的名称：魔幻现实主义小说。

20 世纪 60 年代，积蓄已久的拉美作家们推出了诸多构思新颖、情节诡秘、技巧精湛的经典作品，像科塔萨尔的《跳房子》、奥内蒂的《造船厂》和《收尸人》、巴斯托斯的《人之子》、多诺索的《漫无边际的地方》、帕斯的《太阳石》等，马尔克斯的《百年孤独》更是将魔幻现实主义推向高潮，使这一流派风靡一时。

20 世纪 80 年代，魔幻现实主义虽然在拉美的发展势头有所衰退，却引爆了中国内地的先锋文学写作。中国 80 年代的那批作家，包括莫言在内，无不受到魔幻现实主义的影响。有意思的是，那时中国大陆还没有版权意识，国内出版的所有马尔克斯作品都是未经作者本人授权出版的，直到 2011 年，马尔克斯的《百年孤独》中文版正版才正式亮相。

不过当下的拉美作家们开始有意识地要走出魔幻现实主义的藩篱，他们更关注当下的现实生活，更愿意用写实手法来描摹拉美人的生存状况和精神世界。

神隐：不能说的秘密

文／克拉卜

《千与千寻》，或许这个名字对于大部分人来说并不陌生，然而如果查一查这部电影的日文原名《千と千寻の神隐し》，我们会发现这个中译名缺少了重要的信息：神隐し。

这个"神隐"似乎不太好翻译，于是被选择无视了。即便求助百度，它也仅仅告诉你神隐就是人类"被神怪隐藏起来"的现象，可能受其诱拐、强掳或招待，结果是导致这个人从社会消失。

这种翻译偷懒的行为显然不值得称道，但《千与千寻》的译者们是因为什么原因而不翻译"神隐"一词呢？

神隐的民俗学起源

古时候的人们畏惧黑夜。每当酉时三刻到来之时，喧嚣的城市便会渐渐归于沉寂。

酉时三刻换算成现代时间，大约是晚上六点，正是昼夜的交界。它预示着来自另一个世界的妖魔鬼怪即将出现。

所以酉时三刻有一个更著名的称号——逢魔时刻。这是一天中阴气最重的时刻，也是神隐的高发时间，成群结队的魑魅魍魉在尘世中游荡，如果这个时候外出活动，被带走的概率会非常高，特别是小孩子。

从民俗学来看，神隐是对儿童失踪的一种非常无奈的解释。古时候儿童失踪案频频发生，但限于各方面的不发达，能够找回来的孩子很少，伤心的父母们只好相信是神明喜爱自己的小孩，而将其带走。同时，这些传说也起到了恫吓和保护孩子的作用。

在那些著名的神隐诱拐犯中，天狗应当位居榜首。在日本，天狗是最广为人知的妖怪之一，这种知名度很大程度上取决于天狗的神隐。

传说天狗是红脸，高鼻，手持团扇，居于深山，形似长臂猿，长有翅膀，可翱翔天空，并具有让人恐惧的超能力。

据说天狗会把迷失在森林里的人拐走，尤其是小孩，所以最初古人便将被拐走的小孩叫作"神隐"，这大约也是神隐在日本最早的起源之一。

儿童失踪案在古代不算少数，这实际上是个环球问题。世界其他地区也有神隐发生，只不过另有其名。

希腊神话中的宙斯绝对也能登上神隐排行榜。从欧罗巴到达那厄，各种美人被宙斯强掳，就连美少年水瓶座也难逃厄运。

还有一些真正影响到人们生活并被当作信仰的神隐现象，比如中国台湾地区流传的魔神仔的传说。

魔神仔是台湾民间信仰中一种出没于荒林的幽灵鬼怪。传闻它们大多矮小而敏捷，会迷惑人心并使人失踪。生还者被发现后常处于精神恍惚的状态，宣称曾吃了魔神仔给的美食菜肴，但实际上吃的却是蚱蜢、树枝和土石等秽物，这也说明魔神仔确实具有蛊惑人心的魔力。

另外还有流传于北欧传说中的调换儿的故事，他们经常被描述为妖精、巨怪、精灵或其他传说生物的后代，秘密地以婴孩的身份留在人类家庭中——"调换儿"一词有时亦可用来指被调包的人类婴孩。

孩子被带走通常有几个原因——当作仆人、纯粹喜爱或纯粹恶意。还有一些挪威民间故事认为调换婴儿最主要的目的是要避免近亲繁殖，让妖精和人类两个种族都能被注入新血统。在极罕见的案例中，妖精族的长者会与人类的婴孩调换身份以享受舒适的生活及人类父母的爱宠。

事实上，"神隐"并非仅发生于儿童，成人也常遭遇。一般认为，天狗爱捉弄小孩，狐仙爱捉弄男性，鬼妖爱捉弄女性。然而被这些精怪诱拐或绑架，绝不是值得自豪的浪漫际遇。

各地的神隐预防工作

一般来说，"神隐"的结果有四种类型。一是平安返归后仍记得过程，这是比较少见的。日本传统观念认为神域是人类禁止闯入的领域。一旦涉入要承受巨大惩罚，即使能平安返归也通常会经过艰难考验，并且在侥幸回来之后，也会受到严格约束，例如不能提起在神域里的所有见闻，比如《千与千寻》的故事。

二是返归后失忆。这种情况出现在某些比较和善的神隐现象中。比如一些小妖小怪在穷极无聊的时候诱拐一些人类，它们并无恶意，只为取乐。等这些人想归家时，便抹去他们的记忆偷偷放回人世。

第三是遗体被发现。四则是生死未卜。对于大部分神隐来说，最后两种结果却是比较常见的。

误入神域的后果异常严重，为了防止这样的情况，人们会在神域前面设置结界，也会在道路两旁放置道标，用来警示人们不得入内。

"注连绳"是一种常见的结界，在日本影视中经常出现，是一种用稻草织成的绳子，多数见于神社，能辟邪。

另一种常见结界"鸟居"则代表神域的入口，是一种类似于中国牌坊的日式建筑，常设于通向神社的大道上或神社周围的木栅栏处，主要用以区分神域与人类所居住的世俗界。例如著名的"千本鸟居"。

而道标中比较常见的，则有"地藏"。通常是石质的地藏菩萨摆放于道路两旁或小祠里面，数量不等。它们是一种随处可见的标识，用来提醒旅途上的人切勿误入歧途。

对于台湾的魔神仔，人们有相应的驱逐办法。这种精怪十分害怕声响，所以每当传来有人被魔神仔拐走的消息，乡民亲友便请示当地的神祇，同时四处敲锣打鼓，放鞭炮，用以恐吓魔神仔将拐走的人放出。

要对付"调换儿"，北欧地区也有相应偏方，例如在孩子的床上留下一些简易护身符，比如打开的铁剪刀，或持续在孩子身边监视，都可以避免它们靠近。

中国古代神隐

《千与千寻》曾一度被称作东方的《爱丽丝梦游仙境》，虽然这种评价未必妥当。

但事实确实如此，今天的神隐不再像曾经那样恐怖，反而令人向往。在神隐流变的过程中，中国文化很大程度影响了神隐的最新诠释。

例如著名的神隐故事《浦岛太郎》，讲了一个年轻人从龙宫回到人世，已经沧海桑田。这种"天上一日，人间一年"的时间观，明显受到了中国的影响。

公元 759 年，唐代传奇小说《柳毅传》开始流传，书中同样出现了进入龙宫的柳毅重回人间发现已过百年的情节。这个故事让人们普遍相信《柳毅传》是《浦岛太郎》的原型，其成书时间也明显早于后者。

虽然神隐这一概念的兴起，确实来源于日本的本土宗教，但是神隐在中国古已有之，只是从内涵上来说，和日本的神隐不太一致。

中国的神隐与陶渊明诗中"心远地自偏"的情景有异曲同工之妙，追求的是一种精神上脱离尘世藩篱之羁绊的境界，因而中国的神隐之地往往是美好而令人遐想的，人们反而愿意用苦修来换得一张进入仙境的门票。

因此，比起日本的神隐被解释为"神让你消失"，中国的神隐大约更强调"隐于神之地",虽然字面意思一致,但内涵区别很大。与此同时,中国文化最擅长描摹这种虚无缥缈的仙境,不论是陶渊明的《桃花源记》,还是白居易的《长恨歌》,都描绘了一幅"跳脱三界外,不在五行中"的画卷。

为何不译神隐

要明白《千与千寻》的各国译者们为什么偷懒,必须首先从文化上了解神隐一词在世界各地的产生和内涵。

当神隐被解释为"人类被带走或失踪"的民俗现象,那么显然,中国与日本的"神隐"是貌合神离的。至于台湾的魔神仔和北欧的"调换儿"与神隐的关系,则体现的是一种必然性。正因为古时人们失踪的事情并非仅在日本发生,而在当时科学不发达的情况下,人们自然会寻求合理的解释依据,这是一种文化上的普遍性。

尽管"神隐"一词在日本有着源远流长的历史,但世界其他地区的神隐并不是受日本影响而诞生的。相反,日本的"神隐"文化在世界各地的传播并不十分顺利——证据就是电影《千与千寻》被译成多国语言,但标题里的"神隐"一词始终没有得到真正体现,只能成为一个说不清道不明的隐晦。

事实上,这种现象也很正常,曾经有人说过"诗意就是消失在翻译中的部分"。在文化不通的情况下,大家都说不清楚神隐的具体含义。于是,译者们也只好让神隐变成不能说的秘密,任其"神隐"在庞大的文化隔阂中了。

如今,随着追踪技术的进步,神隐几乎被科学送上了断头台。一如《千与千寻》中色彩绮丽而带有淡淡哀愁的神域,神隐变成人们有几分渴望的、回不去的向往。在科学这把手术刀的影响下,数量庞大的神灵仙怪们也不得不退至密林深处,在遥远的未知世界里继续演绎神隐的动人传说。

东西方旅行简史

文/金 雯

　　从 15 世纪开始，为了香料和贵金属，破除穆斯林设置的"铁幕"，欧洲航海家开始寻找通往东方的新航路。他们忍受着饥饿、疾病，带回了巨额的财富、奴隶、丰富的航海知识、新的物种、可怕的传染病，以及由欧洲统领世界的动力——殖民主义和自由贸易。

"壮游"

　　中国人出海远行并不比欧洲人晚。从 1405 年开始，郑和便七次下西洋，拜访了 30 多个在西太平洋和印度洋的国家。郑和在 1998 年被美国《国家地理》杂志评选为世界航海名人，入选的原因是"他从未公开表达过对殖民主义的期望"。这场比达·伽马、哥伦布早 80 年的航海活动，最终只是中国航海史的惊鸿一瞥，连记载航海日志的《郑和出使水程》最后也不知所踪。在郑和之后，除了漂泊于海洋上的苦力，中国人基本与海洋绝缘了，直至鸦片战争，才不得不仓促地面对一个停靠着列强军舰与商船的海洋。

　　威尼斯制图师弗拉·毛罗在 1457 年至 1459 年绘制了第一批具有欧洲、非洲、亚洲的世界地图。欧洲人通过商队、殖民者的旅行将世界纳入他们的知识体系。到 17 世纪末，地球上 90％的陆地和海域被欧洲人所了解。

万历十二年（1584 年），也就是利玛窦来到中国两年之后，他绘制了《坤舆万国全图》，这张标注了五大洲四大洋的世界地图，让中国人知道了世界上还有一个叫美洲的地方。只是这张地图只获得了神宗的喜爱，并在他死后成为随葬品，而没有激发起中国人对于广袤海洋的好奇。

1660 年开始的"壮游"（The Grand Tour）是英国上层子弟通识教育的一部分。尤其是在新古典主义教育盛行的 18 世纪，除了拉丁语和希腊语教育之外，年轻人在成为绅士之前，需要游览古希腊、古罗马的遗迹。意大利是首选之地——古罗马遗址、西西里岛上留存的古希腊城墙废墟、广场、圣殿、陶立克式神庙。

巴黎也是大壮游时代的必去之地。在那里，他们研习礼仪，练习击剑和社交舞。英国的历史学家 E. P. 汤普森说："18 世纪统治阶级的控制主要体现在文化的霸权，其次才表达为经济实力或体力（军事实力）。"所以，种棉花发了财的美国种植园主也会将他们的子弟送去欧洲壮游，去寻根，感受悠久、庄严而正统的文明。尽管当年父辈搭乘"五月花号"去美国时，或许不过是爱尔兰的某个佃农，那个辉煌的上层欧洲与他们家族完全不沾边。

"壮游"的内容也不完全是感受古希腊的"高贵的单纯，静穆的伟大"。作为一个旅游项目，也还是免不了购物。壮游的年轻人将一些雕像、家具、印刷品和绘画买回国，还不时办一些小型展览。英国作家霍勒斯·沃波尔曾经说过，"如果有能力的话，我要把罗马环形大斗兽场也买下来"。

在意大利游历的拜伦对于蜂拥而上的壮游人士，颇有些不以为然："全是英国人———帮看得眼也不眨一下的傻瓜，到处目瞪口呆。不等到这批可怜虫被扫回国，现在就去法国或者意大利旅行，太愚蠢了。"一百多年后，类似的抱怨也针对"欧洲十国游"的中国游客。他们少了对历史的回溯与追慕，但也爱购物，只是买的都是充满 logo 的流水线产品。

"西行"

中国年轻人出国看世界是在英国人"壮游"一百多年之后，风雅的内容少了，只是抱着"师夷长技"的目标出去的。1847 年，19 岁的容闳坐着"亨特利思号"前往美国，在他所写的《意想之纽约游》中，他道出了自己美国游的两个愿望："一为予之教育计划，愿遣多数青年子弟游学美国，一则愿得美妇以为室。"后来，他成了耶鲁大学的第一个中国毕业生，这两个愿望都实现了。1872 年，容闳率领第一批留美幼童从上海出发前往美国，最小的 9 岁，最大的 15 岁，他们多数是贫苦子弟，回国后，他们担纲新兴的铁路、电报、矿冶、外交等领域的关键职位，其中有詹天佑、梁敦彦、蔡绍基、梁诚、唐绍仪这样的人物。

到了 20 世纪，西方文人的活动范围从近东逐渐扩大到了远东。20世纪 20 年代，毛姆来到中国，看到的是低矮、污秽的房子，脸色漠然的中国人。在旅店，总是有肺痨病人整夜咳嗽，他说这能让人对自己的粗笨有力感到高兴。他怜悯和同情辛苦终生的中国人，但又感到这种怜悯的无用。毛姆还去了鸦片烟馆，在抽过一筒烟之后，这个地方让他想起了柏林熟悉的啤酒馆。他甚至见到了辜鸿铭，展开了关于东方文明与西方文明的讨论。

第一次鸦片战争洞开国门之后，中国人或主动或被动地开始远游，看世界。首批官派留法的陈季同对于法国人的读报热情惊叹不已。他觉得法兰西民族是"愉快、亲切、忙碌和有说服力的民族"。当他看到印刷机时，不禁自问："我们中国人早在几千年前发明印刷术，如何能够在几百年前才发明印刷机的欧洲得到如此令人惊叹的发展？"

作为中国第一位派驻欧洲的公使，1877 年，郭嵩焘上任之时，正赶上伦敦社交季，接下来的活动简直让他应接不暇，仅两个月零几天他参加了 57 场茶会，6 场音乐会，12 场舞会，还有名犬秀、园艺会、烟火晚会、慈善拍卖等。他感慨西方社交中的各种不雅，比如，男士穿的紧腿裤，还有男女之间过于贴近的距离，等等。但是，一年之后，郭嵩焘居然自掏腰包在波特兰大街 45 号举办了中国外交史上第一场招待茶会，出席嘉宾达 790 余人，这个茶会也差点让他破产。

作为清末洋务运动的代表人物，李鸿章于 1896 年与西方进行了一次深入的接触，出访了欧美六国。在德国，他体验了最新科技——问世仅仅 7 个月的 X 光机——成为第一个照 X 光片的中国人。一路上，他对于欧美人的年纪、收入十分感兴趣，虽然随从不断提醒此为欧美礼仪的忌讳，但他并不以为意。在美国接受《纽约时报》采访时，他说最令他惊讶的是美国的摩天大楼，因为他在中国和欧洲都没有见过那么高的楼，还有点担忧地问："能抗狂风吧？"另外一个让他困惑的问题是，美国有那么多政党存在，它们不会让国家混乱起来吗？

一直致力于传播西学的梁启超第一次出国是因为逃难，戊戌变法失败后，在日本驻华代理公使林权助的帮助下，他逃亡日本。1903 年，梁启超远赴美国考察 7 个月，会见了那个时代最著名的人物之一 J. P. 摩根，对于托拉斯这种经济组织惊叹不已，不无夸张地认为摩根与德皇威廉为当世双杰。梁启超这次的旅行主要是为考察美国政体，回国后，他写下《新大陆游记》，认为共和体制并不适合中国。

地图上的人生

对茨威格来说，"一战"之前的欧洲是一个太平的黄金年代。那时，他的富有而节俭的双亲每年最奢侈的事情是去尼斯（法国南部的城市）消一个夏，旅行是勤勉工作之后的一个小小奖赏。但是，"一战"让旧日的生活、价值观一去不复返。

对于出生于犹太珠宝商家庭的莫里斯·萨克斯（后来他成为纪德的秘书）来说，"一战"之后并不算是个坏时代，当时他是政治学院的学生，就在适龄入伍时，停战协议签署了。在 1919 年的日记中，他写到要去诺曼底省的多维尔过暑假。在他的描述中，消费社会的度假方式初露端倪。1929 年 10 月 29 日，华尔街股票暴跌，他们家除了银行里的 10000 法郎，所有财产都打了水漂，然后他就开始反思人生了，他觉得自己这一代年轻人是被享乐主义、反叛引入歧途了。

就在莫里斯·萨克斯反省人生的第二年，也就是 1930 年，上海青年潘德明开始徒步单车环绕世界。对他来说，洗去东亚病夫的耻辱，证明中国人强健的体魄要比旅行见闻重要得多。7 年后，他历经千辛万苦回到国内，随身携带一本四公斤重的《名人留墨集》，上面签满了甘地、泰戈尔、凯末尔等名人给他的寄语。不久"七七事变"爆发，他对世界的探索被湮没在大事件中，他的旅行见闻也没来得及跟更多的人分享。旅行途中，这个热血青年曾经构想过工业救国、矿业救国，但是他长期失业，靠给人熨烫衣服和画宫灯为生，最后默默离世。

九月的云

文/毕飞宇

有一种玩具你是不可能拿在手上把玩的，但是，这不妨碍你和它厮守在一起，难舍难分。

那是九月的云朵。这里的九月是公历的九月，如果换算一下的话，其实是农历的八月。在我的老家有一句老话，说，八月绣巧云。这句谚语是有语病的，是谁在八月里绣巧云呢？不知道。那就望文生义吧，绣娘的名字就是"八月"。这样说好像也没有什么大问题。

在农历的七月，我的故乡有些过于晴朗，时常万里无云。正如《诗经》里说的那样："七月流火。"都流火了，哪里还能有云？如果有，一定是遇上了暴雨，那是乌云密布的，一丁点儿的缝隙都不留。总之，七月里的天空玩的就是极端。到了八月，天上的情况发生了奇妙的变化，总体上说，一片湛蓝，但是，在局部，常常堆积起一大堆一大堆的云朵来。因为没有风，那些一大堆一大堆的云朵几乎就不动，或者说静中有动。它们孤零零的，飘浮在瓦蓝瓦蓝的背景上。你需要花上很大的耐心才能目睹到它的微妙变化。

孩子都顽皮，没有一个人的屁股可以坐得住，可是，到了八月的傍晚，不一样了，猴子一样的孩子往往会变成幽静的抒情诗人，他们齐刷刷地端坐在桥上、墙头、草垛旁、河边，对着遥远的西方，看，一看就是老半天。

真正让孩子们关注的当然不是云，而是动物。平白无故的，一大堆的白云就成了一匹马了。这匹白马的姿势很随机，有可能站着，也有可能腾空而起。一匹马真的就有那么好看吗？当然不是。好看的是变幻。一匹马会变成什么呢？这里头有悬念了，也可以说，有了玄机。

四五分钟的静态足以毁坏一匹马的造型，我们可不急。两三分钟，或四五分钟，一定会有人最先喊出来："看，变成一头猪了。"

在通常的情况下，第一声叫喊大多得不到重视，一匹白马凭什么会变成一头白猪呢？可是，老话是怎么说的？天遂人愿——玄机就在这里，不知不觉的，一匹白马真的就幻化为一头白猪了，所有的眼睛都能见证这个遥远的事实。越看越像，最后成真的了，的的确确是猪。

我不知道"白云苍狗"这个词是谁发明的，他一定是一位心性敏感的倒霉蛋，他被人间的变幻与莫测弄晕了头，不知何去，不知何从。就在某一天，当然是"八月"里的一天，他的"天眼"开了，通过天上的云，他看到了苍天的表情，还有眼神。就在一炷香的工夫里，他理解了大地上的人生。他看到了人生的短暂和不确定性，他看到了命运姣好的静，还有命运狰狞的动。他由此成了一个怀疑论者，或者说，相对论者。他一下子就"明白了"，由此获得了生命里的淡定与从容。就像虞姬在临死之前所吟唱的那样：自古常人不欺我，成败兴衰一刹那（为了押韵，这里念"nuo"），一刹那啊。

当然了，乡下的孩子是简单的，乡下的孩子看天上的云，不是为了"悟道"，更不可能"悟道"。我们只是为了好玩，怀揣的是一颗逛动物园的心。看了骆驼再看马，看了狮子再看熊，这多好哇。要知道，许多动物我们从来都没有见过——因为云朵的飘移，我们认识了。你看看，云和天空所做的工作居然是"科普"与"启蒙"。也还可以这样说，在看云的时候，我们其实在看露天电影，天空成了最大的屏幕，生命在屏幕上递嬗，演变，你中有我，我中有你。"天"和"云"就是这样神奇，难怪我们的先人一遍又一遍地告诉我们：向大自然学习。我们观察大自然，研究大自然，其实都是学习。

如果你的启蒙老师是大自然，你的一生都将幸运。

"神马都是浮云"，这是前些年流行过的网络语言，颓废啊，颓废。唉，现在的孩子就知道浮云的虚幻，他们哪里能知道浮云的妙呢。其实呢，"浮云"要比"神马"神奇得多、有趣得多——全看你有没有那样的造化了。造化在天上，也在你的瞳孔里，在你的灵魂里。

长夏草木深

文／黎 戈

冬夜宜读传记，因为就寝早，夜长，心静，适合咀嚼和回味那些绵实的人事。夏天则不然。夏夜苦短，天明即起，烧水、煮茶、静坐，在孩子起床之前翻几页书，整个人会消消暑气，慢慢澄净下来。夏日宜读散文或是日记选，篇目短，不耗神，即兴阅读，笔墨清凉。梭罗的《野果》、汪曾祺的《人间草木》、梅·萨藤的《独居日记》、黑塞的《堤契诺之歌》，成了我的枕边书。

我亲近梭罗，就是从《梭罗日记》和《野果》开始。这是一个能够

识别矮脚蓝莓和黑莓，品出野苹果和家苹果酒，对植物的地理分布洞悉于心的诗意人士。这是一本植物随笔集，但不是小资式的精致情趣，也不是种植手册，也非养殖日志，而是一本带有泥土气息的耕读笔记。《瓦尔登湖》像是提纲挈领的宣言，充满了困兽般的思辨，内心的踱步，对暴政的鞭挞，而这些田野日记，才是日子扎实的针脚——借一句妙语"天上有胖云，地上有安宁"。

晚年的梭罗，有个田野调查任务，常常要去做田间考察，兼做笔记，大概是个谋生的兼职，不过他做得尽心细致。翻译梭罗日记的朱子仪说，译文时手边必须准备几本书，其中就有《北美植物志》和《美国人爱鸟手册》，因为书中提及的物种非常丰富。我欣喜地在字里行间查找，三分之二的植物我都没听说过，但并不妨碍我阅读时的喜悦心情，因为他对植物的喜爱，使它们变得如此鲜活，已经大于花鸟本身的意义。

有一段是写蓝莓"五月三十日，我就看见它们青绿的幼果了，第一次看到它们熟透的果实，是在六月初，也就是一日到五日之间，果实成熟最多的是八月头五天"。这些工作的报酬并不丰厚，比如这个越橘考察报告，连货币酬劳都无，只是实物相抵——背回几筐果子而已。而且这些产地，多是在遥远的贫瘠山梁或是滩地里，往返多次，不乏辛苦。

大概是沉思了一辈子，厚厚的疲劳感，需要实物的拯救。他开始贪恋和落脚具体的事物。他开始学习田野的语言，做植物笔记，为了弄清松鼠如何采松果，他学着它们的姿势亲自上树采摘，弄了一手难以清除的松脂，又在帽子上搭了储物架，随手塞进采摘来的标本。他整夜在林间漫步，风和水醒着，镀银般的月色环绕着远山，他细细辨识每一日的温差，植物的微妙变化，很多自然现象给他启示，《野果》没有《瓦尔登湖》的思辨味道，但却不乏人生智慧，"不管你的生命多么卑微，你要勇敢地面对生活。不用逃避，更不要用恶语诅咒它。"

不行，我必须得摘抄，不然无以复制那种语速。"才不过是五月十四日，河畔的菖蒲在枝干上长出叶子的分杈处就长出了一些细细的小东西，这些小东西绿绿的，是菖蒲的果实也是花苞。我常拔出菖蒲，吃它的嫩叶。五月二十五日，菖蒲刚刚长得露出水面，我就常常移舟靠近菖蒲集中的水域，进行采摘。六月，我常看到孩子们一大早就出发，去采集菖蒲，然后，他们带回大捆连着叶子的菖蒲，回到家后再悠悠闲闲地把叶子扯下来。春天，搓揉一下菖蒲嫩嫩的枝干，就能闻到沁人的幽香，妙不可言。这幽香该不是年复一年从潮湿的泥土里吸取来的吧。"梭罗常说，夏天是用来过感官生活的，而冬天得移居到内心依赖理性。《瓦尔登湖》是冬日版梭罗，《野果》是夏日版。

而这些文字呢，如果不是爱草木的人，恐怕都读不下去。但我就是爱死了他那些絮叨，比如野苹果是多么大气，它的鲜脆得益于阳光，而锈斑都得力于阴霾。某个角落里的小船，翻开来，下面有我整个夏天吃到的最甜美的草莓，诸如这类。还有他的乡土意识，很骄傲他家乡的物产。那时北美尚属蛮荒，而他却告诉世人，我们的泥炭地和苔藓滩，可是出产着世界上最好吃的苹果和李子啊。这些野果是梭罗的信仰，他认为一切真理都寄生其中。而他自己的人生目标，就是成为"野果"，自由随性，随处可活，不那么驯服，很佻，上面还落着星星的斑点，口感苦涩，来自于最荒凉和高寒的牧场，自生自落，自荣自枯。

遇见 N 个女孩

文 / 哥舒意

那时，我正在经历一场漫长的旅行。就在这个过程里，我遇见了 N 个女孩。她们中的大多数，我都不认识。很多人，只是擦肩而过。有一些，我们彼此成了朋友，也有的和我一起旅行了一段时间，分享了彼此的快乐和痛苦。

雨伞少女

在没有什么乘客的公交车站等车时，忽然下雨了，还起了风。

有个女孩跑进来躲雨。她带着伞，不过身材太纤细了。

哎呀风变大了，她担心地说。

你看起来这么轻，好像随时会被吹走。我有些担心。

她微笑着收起伞，摸摸湿发。

可不是吗，还好带了雨伞，吹走以后至少能当降落伞用。

有车来了，我们挥挥手，坐上了去不同方向的电车。

也许她真的被风吹走了，打着伞，轻巧地降落在另一个男孩的生命中。

动物女孩

很久前认识了一个女孩，她说自己觉得很痛苦，总觉得身体里有一个怪兽，想冲出来。但她又不敢放它出来。

可能，你是一个动物女孩吧。我安慰她说。

有的女孩看起来是普通的女孩，实际上却是某种动物的化身。

我想她拥有野生的心灵。有的夜晚她野生的心灵特别容易烦躁，有的夜晚则安静地躲起来舔伤口。有时她会遇到一个驯化她的人，从此变得温柔。但有的时候，比起接受驯化，她好像更喜欢掌握自己的命运。

问题在于你的内心，我说。

我不知道，女孩想了想，被驯化是一种什么感觉？

那是金色的麦浪和温柔的心情。有一天，你会知道那种感觉，并把那种感觉变成一个人的名字。

后来我又遇见过动物少女。她微笑着告诉了我一个名字。

风之国的少女

我一直在写故事。不过我并不是作家，因为我写的故事从来没有发表过，它们只存在于那一张张稿纸上。

直到有一天，有个姑娘却说她读过。这不可能。我想。

某次，你在公园写作，风把每一页纸带到我的家乡，我的家乡是风之国。你的故事在那里被所有人喜欢着。我也不例外，她微笑着说，加油，请继续写下去。

我刚刚开始骄傲和害羞，不知道怎么跟她交谈。可就在这时，一阵风把她吹走了。她真的比风还要轻盈。

现在我仍然在写小说，我的故事从来没有发表过。每次起风的日子，我都把最新的作品扔到风里。希望风能把我的故事，带到她的家乡。

白纸姑娘

白纸姑娘喜欢穿白裙子，白衬衫，白T恤。就连头发上系的蝴蝶结也是白色的。

你这么喜欢白色吗？我问她。

是的，因为白色很干净。她点头。

她单纯得仿佛像一张白纸，只要一点点伤感就会哭泣，甚至还不知道怎么去喜欢一个人，只是觉得，想和某个男孩待在一起。

那男孩出生在热带，喜欢丰富的颜色和热烈的情感。他喜欢白纸姑娘，就像喜欢清白的画布。

他们一起去了热带岛屿旅行。

回来以后，她的裙子变得五颜六色，流光溢彩。雪白的皮肤晒成了小麦色，就好像洁白的画纸，变成了一幅美丽的画。

甜蜜亲吻的姑娘

刚认识她的时候，我觉得她是普通的姑娘。她当然好看，但也没好看到让人心跳停止的地步。

作为朋友，我们慢慢熟悉起来。直到有一天，她把这个秘密告诉我。

我呀，是拥有甜蜜亲吻的姑娘，她轻声说，只要被我亲一下，就会甜蜜到死去活来，心脏停跳。就像这样。

她拿起花瓶里已经枯萎的花，放在嘴边亲了一下。花瓣甜蜜得死去活来，几乎立刻重新盛开。

我目瞪口呆地看着她。

嗯，你想不想试一试，她笑眯眯地说。

我没有尝试，大概是害怕自己的心脏停止跳动。

可是有时我觉得非常遗憾，因为我也很好奇，那是一种怎样的感觉。

记录梦境的少女

在公共课的教室，旁边座位的女孩看了看我。我们不认识，所以没有说话。

你好，听见她说。

我抬起头看着她。请问有事？

刚才一直觉得，在哪里看见过你，她说，想了半天，才在梦境记录里找到你。

梦境记录？

从很小的时候，我就把每天做的梦记录下来，已经记了好几本，她说，你在我的第 723 个梦里。

我看见笔记本上记满了梦。有人写日记，有人记录自己的梦境。那个梦是关于什么的？我问。

是关于遇见的，她说，我在梦里告诉你，你在我的第 723 个梦里。所以，现在我想认识你。

可是，我们不是早就认识了吗？我说，在你的第 723 个梦里。

是的。她笑了起来。

巧克力女孩

遇到这个女孩，总觉得她有种让人喜欢的味道，直到分辨出那是巧克力的香味。我只好问她是不是用了巧克力味道的香水。

没有呀，她说，大家都觉得我有巧克力的味道，我真担心有一天被朋友吃掉。

不过呢，如果你失恋了，可以来找我，因为巧克力可以疗伤。

不久，我真的失恋了。巧克力女孩过来陪我。

想吃巧克力吗？是真的巧克力，不是我。她从兜里拿出一大块已经软掉的巧克力。

吃了巧克力女孩的巧克力，心情确实好多了。我们成为好朋友。一天，她哭着打电话过来说失恋了。

我正在把自己吃掉一点，她哽咽着说，这样就不难过了。

我仿佛看见伤心的巧克力女孩，一边哭泣，一边把融化的自己吃掉。

cosplay 姑娘

我其实见过她很多次，不过每一次都没有认出她。

一方面可能我有面孔盲，另一方面可能她的形象每一次都绝不重样，而且每个形象都很有趣。

有一次她穿着老式燕尾服，鼻子下面贴的八字胡掉了一半；有一次她穿着美少女战士的水手服，裙子短到不好意思坐下；有一次她变成了黑色西装的黑帮老大，额头上贴着十字架。

见面第一句话总是，对不起我迟到了，又被围观了。

她是 cosplay 圈里著名的女孩，多数的动漫人物都能扮演。

这次和她约在咖啡厅见面。我到的时候，对面一位陌生面孔的少女向我招手。

我辨认了一下。请问你是？

不记得我了？

终于认出来了，居然是她。

不过今天你扮演的是哪个动漫角色？好像没见过。

今天我扮演的是自己，她说。

写信的女孩

她住在很远的城市，那里交通十分不便，连电话都没有。人们的联系保持着最古典的方式，互相写信，然后贴上邮票，寄给对方。

我们只有通过信件联系，在信纸上写下想告诉对方的话，然后收到回信。

偶尔我会想见到她，但那是不切实际的事情。

我给她写了一封信，信上说真希望能看见她，在阳光下喝有热气的茶，像老朋友那样聊天。

很久都没有收到她的回信。我想我可能写错了，或者她已不在那里。

有一天。我听见邮递员敲门。

打开门一看，一个少女站在门口，面带拘谨和温柔的笑容。

我也想见到你，她小声说，所以我把自己寄过来了。

阳光掠过少女的发丝，她的额头上，贴了一张盖了戳的邮票。

发条姑娘

每天早上，她都要给自己上紧发条，然后开始一天的生活。坐地铁，上班，吃饭，逛街，一切都跟随着齿轮的节奏。

如果忘记上发条，这一天就会过得有气无力，越来越慢，越来越慢。直到一切停下，她在人来人往的街道上陷入静止。

所以她总是随身携带钥匙，挂在细细的脖子上。

她丢失了自己的钥匙。

而钥匙被我捡到了。根据钥匙上留下的电话，终于找到了她。

我看见发条姑娘一动不动地坐在椅子上，如同精致的木偶。我插入钥匙，转动齿轮。

她的手臂慢慢摆动起来。

你没有备用钥匙吗？我问她。

备用钥匙在我的另一半的身上，她摇了摇头，可惜我还没找到他在哪里。

无声少女

她来自没有声音的国度，那里的人们从来不说话。

当她来到有声音的国度，来到我在的城市，被无处不在的声音吓坏了，就像我不能适应没有声音的国度一样，尽管她听不见任何声音。

我去没有声音的国度旅行过，懂得一些手势，所以陪着她。

路过音乐厅，乐团在那里演奏缓慢的音乐。

少女忽然闭起眼睛，伸出双臂，仿佛在让微风穿过指尖。

你在干什么？我用手势问她。

这是我第一次感觉到，她露出微笑，我在抚摸流动的声音。

你为什么吃惊

编译／杨晓琼

车以每小时 60 英里的速度前行。这时，商人哈瑞站了起来，把他的箱子从行李架上拿下来扔出窗外。车厢里，仅有另一个乘客。这两人用眼神做了个锐利的交锋。哈瑞是个好交际爱闲扯的人，他本来估计他的行为会引来一场谈话。但没有，这意味着他没有机会解释自己做的事。对面的乘客，可能会以为他的箱子里装的是尸体，他正等着到达目的地时去报警，各种麻烦将会缠上自己。

实际上，克劳德感觉到对方等着他的反应，他就偏不反应。

五分钟后，哈瑞忍不住了，"不好意思，先生，但我必须说，你让我很吃惊。"

克劳德说："吃惊？我在火车上看书让你吃惊了？"

"不。"哈瑞说，"我吃惊的是，我把箱子扔出窗外，你一点也不吃惊。"

"如果一个人事无巨细都要吃惊一下，那么人的一辈子不就由吃惊构成了？"

"那你是觉得我这样的行为无足轻重喽？"

"完全正确。"克劳德说，说完他的眼睛又盯着书里了。

"那我能不能问一下，"哈瑞恼火了，"对你来说，什么样的行为才不是无足轻重呢？"

克劳德慵懒地耸了耸肩，"要是那个箱子是我的，那就不是无足轻重了。"他用一种置身事外的语气说，"其实，你是迫切地想告诉我，为什么你要扔箱子吧？"

"要是你不感兴趣，我也不说。但我必须说，实在难以相信会有人不感兴趣。"

他停了会，克劳德没回答。他看起来想要接着看书。为避免这样，哈瑞靠在座位上开始滔滔不绝地谈起来。"事实是，一个半小时以前，我抛弃了妻子。刚才我扔掉箱子，是因为衣服、梳子这些东西都使我联想到过去。我快50了，结婚21年。现在，我要重新开始了。这该是非常不同寻常吧？"

"相反，"克劳德先生说，"再正常不过了。"

哈瑞有些惊讶，"我知道了，你一定是单身汉。"

"现在是。"克劳德先生回答道。

"现在是？你是说你结了婚又离开你老婆了？"

"也不是。离开自己的老婆意味着离开家，这可不行。我爱我家，宽敞的房子，漂亮的花园，现在它归我独有，更加完美了。"

"你把你老婆赶出去了？"

"不，这会造成很多不愉快，有更简单的办法。"

"我想知道！"哈瑞说。

"我觉得，我的方法不适合你。我的方法需要……怎么说呢……沉默寡言，机智老练，还有大量的精心部署。沉默寡言不是你的强项，你明显很希望让别人吃惊。"

"你太让我感兴趣了。告诉我吧，告诉我你怎么做吧。"

克劳德似乎很犹豫，接着下定了决心似的说："要是我告诉你，你别说我是故意让你吃惊，我完全没有这个意思。要不是你向我搭话，我们旅途本会非常安静。"

"完全正确！"哈瑞兴奋起来，"我保证，我不会表现出一点吃惊。"

"好吧，我做得很简单。"克劳德顿了顿，"其实，我只是把我老婆杀了。"

对这样的坦白，哈瑞把自己的反应控制得非常好。他只是略微退缩，脸色有点苍白，但很快他就恢复常态。"谢谢你，先生，"他说道，"对你的坦白我非常感激。我觉得我也该像你一样坦白。事实上，我单身。我种了大规模的蔬菜，由于业务关系，每周都要去一次伦敦。在我们刚经过的几公里处，是我顾客的房子，我每周都装一箱蔬菜带着，火车路过时就从车窗扔出去。箱子会滚下路基，停在他们的栅栏旁。我知道这是个笨拙的方法，但是它很省邮费，而且你一定想象不到，它给我带来了许多愉快的谈话。"

第一个时间旅行者

文/宝 树

"……预备阶段完成，一分钟后进入时空融合。"随着柔美的合成语音，一盏红灯亮了起来。他的心开始狂跳不已，他知道，这意味着时间机器进入不可逆转的临界状态。从这一刻起，整个过程就不可能停下了。

"60、59、58……"倒计时开始了。他浑身止不住地颤抖起来。长期准备之后，他本以为自己可以平静地面对这一刻，但是他错了。

这是他亲自参与研究、开发的时间机器，十多年的青春岁月奉献给了这旷世绝伦的事业。终于，第一台试验机研发出来了，而他也主动请缨，经过严格遴选后，成为第一个人类试验者。

他将是人类历史上第一个时间旅行者，注定将被载入史册。

"45、44……"

此刻，他像宇航员一样穿戴着笨重的衣服，站在一个三米见方的乳白色房间中间，周围除了几盏内嵌在墙壁上的指示灯外，看不到任何仪器。因为这个"房间"本身在一部巨大机器的内部，是机器的发射舱。而整部机器高达四十多米，像核反应堆一样庞大。这就是千百名专家和技术骨干奋战十多年的成果：时间回溯机。

他感到自己越来越紧张，忽然一阵强烈的后悔，大有一股逃出这里、回到外面世界的冲动。但他知道，这是不可能的。目前这个房间已经完全封闭了，就是用原子弹炸也炸不开。因为很快将会有相当于几百万吨TNT的能量注入进来。

时间回溯机的基本原理，是通过巨大的能量进行时空扭曲，将这个"房间"内部的时空抛回过去，不同时空域进行融合，在这一过程中，过去时空域的物质会被来自未来的形态所取代，从而在不违反物质守恒定律的情况下，实现时间旅行。

"31、30……"

他觉得自己像是一只小白鼠。在他之前，当然已经用老鼠、兔子和猴子做过实验，实验后它们都消失了，再也没有出现过。既然他们以前从未观察到有老鼠或兔子神秘冒出来或消失，那么它们应该是回到过去，创造了另一条时空线。但科学家在这个时空中是观察不到的。

当然，也可能是出了什么差错，从此灰飞烟灭，或者掉进时空缝隙里去了。

无论如何，他马上就会搞明白的。

"15、14……"

从理论上来说，机器能够抛回的时空坐标和输入的能量正相关，能量越大，则抛回的时间越久远。但这台试验机不可能输入太多能量，最多只能返回到几个月之前，也许只是几天之前。他还是他自己，生活不会有太大的改变。

但这已经够了，虽然这个时空的人们无法知道试验是否成功，但当他回到过去后，会在另一条时空支线上告诉其他人。一旦时空融合完成，过去的他会立刻消失，被来自未来的他所取代。但为了证明自己的身份，他随身携带了一部微型电脑，里面存储了许多进入时空机前刚刚得到的信息。如几分钟前检测到的宇宙伽马射线数据、纽约股市的最新走向、若干刚结束的体育比赛的分值等，足以向过去的人们证实他确实来自未来。

"10、9、8……"

红灯进入闪烁状态，标志着时空融合马上就要开始。他只觉得浑身冒汗。

当然，也可能上面的推测都是错的，理论毕竟是理论。也许他睁开眼睛，会发现自己在唐朝的宫廷里，三国的战场上，甚至出现在一条霸王龙面前，谁知道呢？什么都可能发生。他已经穿上类似宇航服的防身服，戴上了氧气面罩，还背着必要的武器、药品和压缩食品等，以期最大限度地增加自己在异时空存活的概率。

在他内心深处，甚至有一点希望发生这样的意外，被传送到某个远古的神秘时代去，经历各种各样的冒险，过一种全新的生活……就像那些小说里写的那样。

"7、6、5……"

如果机器出了故障怎么办？他还是忍不住担心。但他知道，时空融合时将有相当于上百颗广岛原子弹的能量在瞬间注入这个舱室中。万一真的失败了，他也会在一刹那化为乌有，死得一点痛苦也没有。

当然，一般来说也是不会发生这种事情的。几种动物实验都成功了，在进行人体实验前，兹事体大，工作人员更是细致入微地检查了每一个环节，保证万无一失，没有理由在这个时候出差错。

当然，据推断，在时空穿越的瞬间，由于人生理结构的脆弱，即使在正常情况下也免不了会有电击一样的强烈疼痛，但只是一瞬间，很快就会过去，不用太担心。

"4、3、2……"

就要开始了！他有一种眩晕感，他觉得自己像是上太空前的加加林，他想象同事们和朋友们都在看着他、祝福他，他微笑着向他们挥手……但这是错觉，为了保证时空融合条件的纯粹不受干扰，他一进入这里就和外界绝对封闭了，他们不知道房间里发生了什么，他也无法知道他们在干什么。

但不要紧，也许他很快就能再见到他们——几天、几个月或几年以前的他们。他会告诉他们，他是从未来穿梭回来的，想到他们惊愕而艳羡的眼神……他甚至有些迫不及待了。

他终于放下了一切心理压力，充满自信地面对即将到来的神秘命运。

"1。启动！"

红灯熄灭了，绿灯亮起，一片柔和的绿光带着撕心裂肺的痛苦将他湮没——

然后，当绿光消失，疼痛消退——

"……预备阶段完成，一分钟后进入时空融合。"随着柔美的合成语音，一盏红灯亮了起来。

"60、59、58……"

他不敢相信地盯着红灯，直到听到熟悉的倒计时，才陡然明白过来：他已经不可思议地穿过了时间的长河，然后，回到了一分钟前。

"我成功了！"他叫了出来，迫不及待地想跑出去和同事们分享这一切。然而看到没有丝毫缝隙的合金墙体，他才想起来，此刻自己仍然处于绝对封闭中。

然而这也就意味着……他猛然想到了什么，浑身僵硬了起来。

他无法离开这里，外界也无从得知他的情况，而时间回溯机仍然在运行着，此时外部的一切条件都和之前相同，因此他必将再次被抛回一分钟前，然后，是第三次、第四次……

这个狭小的时空形成了一个闭合的环。他将在其中一次次地经历电击一样的酷刑，每隔一分钟一次，直到他耗尽一切补给死去，循环也不会结束，他失去生命的身体也将在无限循环中漂泊着，直到永远——

"不！"他惊恐地大叫出声，"不！不要！谁来救救我——"

"1。启动！"

红灯熄灭了，绿灯亮起，一片柔和的绿光带着撕心裂肺的痛苦将他湮没……

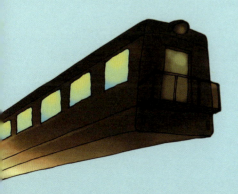

日暮时分的客人

文／[日] 安房直子

译／彭　懿

背街小巷有一家卖纽扣、线和衬里的小店。店主人山中干这行买卖，已经快 10 年了。有一天，店里来了一位稀客，教会了他一件特别美丽的事情。

那是一个初冬的日暮。山中坐在凳子上翻晚报，妻子在厨房里准备晚餐。这时，门被推开了一条细缝，"您好，我想买衬里。"

"欢迎光临。"山中放下报纸，抬起头，可是什么人也没有看到。他觉得奇怪，就朝门口那边走了两三步，哎哟妈呀，门槛那里，竖着一只披着黑斗篷的黑猫。

"您好。"猫又招呼了一遍，绿色的眼睛像绿宝石一样。

这可是一位不得了的顾客啊！"你是什么地方的猫？"山中笑着问。黑猫回答道："是北町中央大道鱼店的猫。"

猫轻轻地把斗篷一翻，进到了店里，"我想给这件黑斗篷配上红色的里子。今天听了气象厅发布的预报，说是不久西伯利亚的寒流就要来了。所以，我下了决心给这件斗篷配上衬里。"

"可不是，配上衬里就暖和多了……那么，你看这块怎么样？"山中从架子上拿下来一捆橘黄色的布，想不到猫一声尖叫："人造丝不行。那玩意儿刺啦刺啦的，手感不好，请给我百分之百的丝绸。"

山中把丝绸拿了出来，可猫盯着布说："颜色不行。"

"你刚才不是说红的好吗？"

"红是红，可我要的是炉火的颜色。这颜色，是太阳的颜色呀。"见山中吃惊地看着眼前的布，猫在一边低声说道，"请稍稍眯缝起眼睛看一看吧。这是夏天正午的太阳的颜色！阳光火辣辣的，向日葵、美人蕉、西红柿、西瓜……全都一块儿燃烧起来了。"

山中轻轻点了点头。这样说起来，带了点橘黄色的红里头，是有盛夏的晃眼和痛苦。

猫静静地说："虽说红色是一种暖色，但温暖却又是各种各样的。太阳的温暖、火炉的温暖，还有夜里窗口亮着的灯光的温暖……这全都不一样。即使是火炉的温暖，又有劈柴火炉、煤气火炉和石油火炉，我最喜欢的是劈柴火炉的感觉。就是劈柴火炉一边发出噼噼啪啪的声音，一边燃烧着，一颗心安歇下来，不知不觉地睡着了似的感觉。"

"是这样。"山中点了点头。猫说的，懂是懂了，可一旦实际选起来，又不知道选哪一种好了。店里的架子上，红色的衬里有七种。有偏橘黄色的红，有带了点桃红色的红，还有像绽开的红玫瑰一样的深红色……山中犯愁了。猫说道："对不起，请把七种全部拿下来，摆到这里。"

可真是够折腾的！山中把七捆衬里从架子上拿了下来，竖着放到了猫的面前。

"让我舔一下行吗？"不等山中回话，猫伸出红红的舌头，舔起布的边儿来了。一眨眼工夫，就把七捆衬里的边儿全都舔了一遍，最后才在一捆最浓最深的红布前面停了下来，"就是它！劈柴火炉的火的颜色！"

山中怎么也看不出来，就模仿着猫的样子，从头开始依次嗅了起来，把耳朵贴了上去……他有点懂了。

带了点桃红的红色衬里，有一股好闻的味道。那是像野玫瑰、梅花一样亲切的、甜甜的味道。山中深吸了一口气，轻轻闭上眼睛，一片没有尽头的香豌豆田就浮现在了脑海里。

"什么样的感觉？"

山中回答说："一种误入花田的感觉，喜不自禁。"

猫嗯嗯地点着头，"非常好。这虽然是一种轻飘飘的好颜色，但却不适合做斗篷的衬里。否则，总像有谁在你耳边低声细语似的，沉不住气呀。那么，你觉得这个怎么样？"猫朝边上的紫红色衬里一指。

"唔，这个素雅了一些，适合中年人。"

听山中这么一说，猫轻蔑地抖动着胡须，说："这样的判断方式不行呀，你好好看一看，用耳朵去听一听声音。"山中照猫说的去做了，然后，他嘟哝道："怎么搞的，这种颜色让人头昏脑涨的，像灌了酒。"山中觉得自己仿佛是坐在葡萄酒瓶的瓶底，从什么地方传来了曼陀铃的声音。他一遍又一遍地听着，那本是一首辉煌而欢快的曲子，但到了最后，却又让人泪流满面了。

这时，耳边响起了猫的声音："我也是这样的感受……怎么说呢，偶尔披披这样的衬里还行，天天披可就受不了了。所以，我还是觉得这种颜色最合适。"猫指着自己最初选定的最浓最深的红衬里说。

山中重新试起那衬里来了。嘿，从布料的里头，隐隐传来了劈柴燃烧的声音，还有一股干透了的树的味道。山中眯缝起眼睛看去，真的在布里看到了一股小小的火苗。"寒冷而悲伤的时候，如果被这样的颜色裹住，也许立刻就解脱了，是种让人安宁、亲切的颜色啊。"

猫满足地点了点头，说："您总算懂了。那么，请给我剪 33 厘米。"然后，猫接过衬里，付钱后说道，"这就告辞了。托您的福，这个冬天

我又能活下去了。"

冲着要走的猫的背影，山中心情愉快地招呼道："别急着走啊，一起吃晚餐怎么样？我们家今晚吃咖喱。"

猫回过头来说："对不起，那种又辣又浓的东西，不对我的胃口。下回如果烧普罗旺斯鱼汤，请叫我一声。"

山中收拾着散落的衬里，自语道："颜色，真是不可思议的东西啊！"

架子上还有好多种衬里。有大海颜色的衬里，还有矢车菊颜色的衬里……不管是哪一种颜色，都静静地睡着，好像一旦把它们拿下来展开，就全都会唱起各自的歌、飘出各自的味道似的。山中还想和那只猫一起，一个一个慢慢地试一遍。

红鱼之夜

文／陈丹燕

这是个上海的雨夜，又冷又湿，一团漆黑。我们夫妇，与我少年时代的朋友夫妇相约在淮海路上的一家餐馆吃饭。他们夫妇刚从加拿大回来。那天晚上到处都湿漉漉的，行道树上秋天结下的悬铃又湿又黑，好像无数悬挂的逗号和句号。自从他们移民去了加拿大维多利亚岛，我们就不能像从前那样时时见面吃饭了。

我们 16 岁的时候就认识了，因为我们的父亲当时一起去青岛创立一家远洋运输公司。此后，我们的友谊一直延续着，我们的孩子是发小。再后来，我们各自的孩子到了 16 岁，在我们认识的年龄，他们先后与我们吃过一顿告别晚餐后，便离开我们，去远方求学。现在，我们的孩子都已长大，我们的父亲也先后离开了人世。再后来，他们也离开上海，远赴加拿大。

彼此想念的时候，我总这样问，你们什么时候回来呀？

他们却总这样说，你们什么时候来维多利亚岛看看我们呀。

因为有了他们，我才从听说中认识那个岛，有许多加拿大枫树，雾常常很大，很安静的岛，就在北美的西海岸线上。

霉干菜烧新鲜黄花鱼，塌棵菜炒冬笋片，鸡汁百叶结，四喜烤麸，都是江南菜，老口味。如今孩子们远在天涯，父亲们也已往生，我们围桌团团坐下。

渐渐地，他们说起维多利亚岛初冬时，溪流里会挤满回流的大马哈鱼。每年十一月开始，已长得有一米多长的大马哈鱼，会成群结队从大洋游回维多利亚岛的淡水溪——它们的出生地。

"每日都看见那些成双捉对的大鱼挤挤挨挨地回来了。最多时，溪流里挤满了鱼，踩着它们的身体过河，鞋都不湿。"妻子说。

"溪流到秋天水流湍急，即使是大鱼，稍有松懈，就被水冲回到海里。所以它们都拼命向前。一千多公里回来，身上的脂肪就都已经消耗得差不多了。"我的朋友说。

总算回到溪流里，母鱼沉到河底，拼命摆动身体和尾巴，在卵石中刨出一个小巢穴，卧到里面产卵。等产完卵，公鱼跟上去给卵受精。而母鱼再奋力向前，去刨另一个小坑。

到它们完成繁衍，身体都已经败坏，尾巴大多数已残缺不全，身上伤痕累累，鳞也都掉得差不多了。

翻江倒海的生育繁衍完成，它们的身体很快衰亡，死在自己出生的溪流里。庞大的尸体一旦失去向前的力气，就被水流冲回大海。但有时，尸体太多，将溪流都堵住了。

老鹰、秃鹫和狗熊，从四面八方赶来，尸体被吃得支离破碎，渐渐腐烂了，工人们就开着卡车来，把那些尸体清运出去。

此时，已冬尽春来，它们产下的鱼卵变成了小鱼，小鱼们在清爽的溪流中成长，等待离开溪流，去往大洋的那一天。

它们从未有机会看到自己孩子的出生，甚至看不到初春时分，野鸭子如何扒拉开它们埋好的巢穴，偷吃那些橘红色的受精卵——它们的孩子。小鱼也从来见不到它们的父母。等它们出生后，游离一个个小巢穴，游出溪流，去大洋，等长大会再回来。大马哈鱼，一代代，就这样生生死死。

伙计端来四大碗阳春面，还是我们小时候的口味，有猪油和香葱气味的袅袅热气，白色的。

"其实挺惨的。"我的朋友说。

"它们真称得上是义无反顾，前赴后继。"妻子说，她拍了我一下，"你真该来看看它们。"

从清汤里挑起柔软的细面，念起那些遥远的大马哈鱼——千里万里无垠的大洋里，它们是怎么找到归途的啊。

"真想看看它们。"我说，那里总是薄雾弥漫的枫树林，那寒冷清澈的溪流，因为大马哈鱼变得神秘起来，如一个宿命之地。我们的父亲用身体为我们扒拉出来的小巢穴在哪里，我们为我们的孩子扒拉出来的小巢穴又在哪里呢？漫漫大地，我们也会有一条如大马哈鱼那样必要游去的溪流吧，它在哪里呢？

这间店的阳春面做得地道，因为这间餐馆的主人自己从小也是个爱吃阳春面的孩子。他爸爸热爱阳春面的习惯遗传给了他。他父亲死得早，他开饭馆二十多年，菜式越做越传统，阳春面的味道也一直没变过，他父亲却没来得及吃他店里的阳春面。我们计划下一个秋天，要去看看全力以赴、慷慨赴死的大马哈鱼，看看那条拥挤着伤痕累累、鳞片斑驳的鱼脊的溪流。

"那些鱼回到溪流里的时候，很瘦了，身上到处都是伤，鲜血淋淋。由于鱼皮是银色的，所以鲜血好像平面设计做出来的一样有美感。来我们家附近这条溪流的鱼都是银色的皮肤，去大陆的亚当斯河的，是红色皮肤的。"妻子说。

真想去看看那样的鱼。

所以。所以旅行并不简单。也许可以追溯到这个人早年的生活，内心的愿望，生活中无解的难题，以及生活中重大的获得与失去，以及他深藏于心浩瀚幽暗的潜意识。旅行看上去与度假没有两样，其实它要的不是休息，旅行是由一个人内心的某些无形的感情，推动他走向陌生大地的过程，就好像我想去看看大马哈鱼，这是由人生中最复杂的内在部分决定的。

那个雨夜，在回家的路上，我觉得自己好像在被雨水打湿的幽暗街道上见到那些银色的大鱼。它们拼死向前的样子，也许就是我们父亲年轻的时代，也许也是我们自己的年轻时代。十一月的维多利亚岛就像自己心里那个不可触摸的世界。那条湍急的绿色溪流，怎么想怎么像我们一代代人都要经历的人生。有时候，去一个地方旅行，就是走回自己的内心世界。22年的旅行经验让我熟悉了这种陌生之地的召唤。

这陌生之地好像与你毫不相干似的，拿着地图你也不免会走错路，住在陌生的床上总是怎么也睡不踏实，但总有一刻让你突然发现，自己面前这陌生而隔膜的地方，透露出不可思议的熟悉，就像梦境重现。你以为在探索一个新地方，其实却是在探索你心中那些尚未明了的角落。

暴风雪后的马群

文／格日勒其木格·黑鹤

我在不同的时节看过马群，但冬天的马群，一直让我难以忘记。

那个冬天，一场百年不遇的暴风雪从锡林郭勒呼啸而过，那就是牧民所称的白灾，无数牲畜不堪寒冷纷纷倒下。在草原这种广袤无边的疆域里，风与雪所挟带的自然力量轻易地主宰着原本脆弱的生命。

我进入草原时正是黎明，在灰蓝色的天空中，雪地一片苍茫。车在近一米深的雪中开出的道路上向前行驶，两边的雪地中几乎一无所有，甚至没有一只飞鸟，扑面而来的只有没有任何感情色彩的白色，这也许是草原一年中最苍白的季节。无边无际的单调颜色让人昏昏欲睡。

终于，前方雪地中一个黑色的影子突然闪现，我的精神为之一振。随着距离越来越近，它的形象也显得越加清晰，如同一朵绽放在雪地中的黑色花朵。

当车驶近时，我看清了，那是紧紧地挤在一起的一群马。

车停下时，距离已经很近，但那些紧紧拥在一起的马群竟然没有出现任何的骚动，依然低眉顺目地挤在一起，站在那里一动不动，似乎在同伴颈项间找到了寒夜之后温暖的慰藉。尽管它们的长鬃和尾巴在风中轻轻飘扬，宣示着生命的活力，但我已经发现了有些异样，在这种寒冷的季节里，在马群的上空我没有看到由呼吸带来的白色的雾气。

草原上的朋友验证了我的猜测。这是一群已经被昨夜的严寒夺去生命的马，它们会一直站在这里，直到明年春天到来，冰雪解冻时，它们才会倒下。

我面前的马群，就是曾经在夏天绿色的大地上奔跑、交配、洗浴的马群，此时安详地伫立。我不知道那是锡林郭勒的凌晨几点，灵魂终于无法忍受寒冷的侵袭，留下马匹正慢慢僵硬如岩石一样的躯体纷纷飞去。这就是暴风雪后的马群，只要看过一眼就永远也无法忘记，在这些紧紧依偎在一起的，还散发着冰冷的牧草气息的身躯上，马的表情坚忍而平静。那只也许最早被生命舍弃的四腿细长的幼马紧紧地依偎在母亲的腹下，在它如湖冰般深蓝的眼睛里，我并没有看到一丝对风雪的恐惧。而它的母亲，正低下头颅，试着用嘴唇温暖自己的孩子。它们保持着这种姿势凝固了。

这是一组不屑风雪的雕塑。

也许你从没去过草原，或者从未真正理解冬天的含义，那么你就去看看那些马群，去冬天的草原看看那些死去之后仍然站立着的马群。看到它们，你会以为它们只是暂时歇息，随时准备再次驰骋大地。看到它们，你就会理解冬天就这样让大地铭记。

这些马群像经过雷殛之后的巨杉，依旧挺立，直到春天，当牧草铺满大地时，才会像决堤的洪水一样訇然倒地。草原上的朋友告诉我，在马群倒下的地方，牧草会丰茂无比，并会呈现出黑夜般沉稳的色彩。而且，只要你相信，在盛夏某个寂静的夜晚，你伏下身去，会听到，在大地的深处，回响着马蹄星群般翻涌的轰鸣。

烟波蓝

文／（台湾）简　媜

　　暮秋之夜，坐在地板上读你的字，凉意从脚趾缝升起。空气中穿插细沙般的摩挲声，我被吸引，倾听，这原本寻常的夜，因你的字而丰饶、繁丽起来，适于以酒句读。

　　你的信寄到旧址，经三个月才由旧邻托转，路途曲折。你大约对这信不抱太多希望，首句写着："不知道你会不会看到这封信，你太常给别人废弃的地址。"

　　废了的，又何止一块门牌。

　　你一定记得，出了从北投开往新北投的单厢小火车，只有两条路可走：一条是油腻腻的大街，大多数学生走这儿到学校，路较短但人车熙攘。另一条是山路，铺了柏油，迂回爬升之后通往半山腰的学校后门，人虽少但多了一倍脚程。

　　离山路几步之遥有一幢废屋，你也一定记得。那院门是两扇矮木栅，斑驳的蓝漆接近惨白，门都脱臼了，有一扇被野蔓缠住，刺了一身花花绿绿的七情六欲。那宽阔的庭院留给我忧伤的印象，像渴爱的冤魂积在那儿，等人喊他们的名字。因有说不出口的苦，以致终年有散不去的冷。

　　我相信你不会忘记它，在全校美术比赛中，你以此为题材，摘下写生组第一名。原本报名参赛的我，那日却放弃了，独自躲在操场边榕树荫下，读《恶之花》。风，闲闲地吹动书页以及齐耳的头发。我凝视遥远的山棱，仿佛看见你背着画架到那儿，一个人静静地参悟废屋的意义。

你的画让人停下脚步，思绪澄净，静静聆听色彩与光影的对话而让思维渐次获得转折、攀越。你题为"时间"。时间，让盟誓过的情爱灰飞烟灭，也让颤抖的小草花拥有它自己的笑。

从一开始，我们即是同等质地却色泽殊异的两个人。然而，即使是现在，行走于烟尘世间多年之后，我看到大多是活得饥渴、狼狈的人，勤于把自己的怨怼削成尖牙利爪伺机抓破他人颜面的嫉世者，鲜有如你一般雍容大度。你的眼睛里有海，烟波蓝，两颗黑瞳是害羞的、泅泳的小鲸。

我以为我是最好的，直到素描课告一段落进入水彩阶段，美术老师在画室中央高台上摆了瓶花要我们临摹，我才知道从小到大积存的绘画信心竟是那么不堪一击。我只画玫瑰，枯萎的玫瑰田一隅；画尚未完成，劣质画纸因承受过量颜色而起皱。她站在背后，以失去理智的尖锐声调批评："你这是什么画？"然后，轻蔑地"哼"了一声。她要我看看你的，她说你画得非常之好。

必须等到数年之后，我才消弭余怨并且承认，那日是生命中险峻的大弯道，促使我毁弃那幅枯玫瑰的不是美术老师的讥讽，而是看到你的才华那般亮丽耀眼，遂自行折断画笔，以憾恨的手势。

才华既是一种恩赐亦是魔咒，常要求以己身为炼炉，于熊熊烈焰中淬砺其锋芒。

首先，你的家庭遭逢变故，一夜之间变成无家可归的人，接着是情变。我以为你的一生应该像姣好的容颜般风和日丽，至少，不应有那么多根鞭子，四面八方折磨你。然而在我心目中，你是最亮的，命运可以欺负人，但才华骗不了人。我祈求你不要溃倒，一旦崩溃，人生这场棋局便全盘皆输。

收到你寄来的结婚照。照片背面，你说"终于有个家了"，一笔一画都抖着幸福。可后来，凡·高"星夜"明信片背面，你写着：巴黎的冬季冷得无情无义，但比伤心的婚姻还暖些。你淡淡下笔：生命里好多东西都废了，来这儿看能不能找回什么。

绕行半个地球，你回到画布前。你没留地址，想必是居所不定。巴黎，被称为艺术心灵的故乡，但我相信对一个娇弱的东方女子而言，现实比铜墙铁壁还重。唯一能给你热的，不是家人、朋友或前夫、情人，是你自身对艺术的梦——从少女时代，你那闪动着烟波蓝的眼睛便痴痴凝睇的一个梦。

数年，失去消息，无人知晓你在世界的哪一个角落。忽然，暮秋时分，老邻居转来你的信。

是张画卡，打开后一边是法文写的画展消息，另一边是你的字迹。第一次个展，与老朋友分享喜悦，你写着。

印在正面的那幅画令我心情激越。画面上，宝蓝、淡紫的桔梗花以自由、逍遥的姿态散布着、幽浮着，占去二分之一空间，你挥洒虚笔实线，游走于抽象与实相边缘。画面下半部，晕黄、月牙白的颜色回旋，如暴雪山坡，更似破晓时分微亮的天色。如此，桔梗之后幽黑深邃的背景暗示着星空，黎明将至，星子幻变成盛放的桔梗，纷纷然而来。

蓝，在你手上更丰富了。令我感动的是，这些年的辛苦并未消磨你的雍容与优雅。

你留下地址。

不需回信了，我们已各自就位，在自己的天涯种植幸福；曾经失去的被找回，残破的获得补偿。时间，会一寸寸地把凡人的身躯烘成枯草色，但我们望向远方的眼睛内，那抹因梦想的力量而持续荡漾的烟波蓝将永远存在。

我知道有一个地方，那里一个人也没有

文/李　娟

　　我知道有一个地方有一条河，最终流向北方。我知道北方，还知道北方全部的夏天。那么短暂。

　　我知道有一座桥断了。对岸荒草齐腰，白色蝴蝶云雾般成群飞翔。但是，我知道唯一的浅水段藏在哪里。

　　我还知道涉水而过时，等在河中央的黑色大鱼。

　　我知道有一条路，在尽头分岔。我知道岔路口有几枚脚印，在左边犹豫了三次，在右边也犹豫了三次。

　　我知道有一棵树，上面刻了一句话。我担心树越长越高，携着那句话越离越远。等有人来时，他踮起脚尖也看不清楚了。

我知道有一片小小的草地，一块小小的阴影，掩藏着世上最羞怯的一朵花儿。那花儿不美丽，不怕孤独，不愿抬起头来。

我知道一只蓝色的虫子。来时它在那里，走时它还在那里。春天它在那里，秋天它还在那里。

我知道天空。天空是高处的深渊。我多么想一下子掉进去啊！

我知道远方。远方是前方的深渊。掉进去的只有鸟儿和风。

我知道鸟儿终身被绑缚在翅膀上，而风是巨大的、透明的倾斜。

我知道黑夜。这世间所有的道路都通向它，在路上行走的人，总是走着走着，天就黑了。

但黑夜却并非路的深渊，它是睡眠的深渊。

睡着了的身体，离世界最远。我知道，睡眠是身体的深渊。

而一个人的身体，是另一个人的深渊吧？

还有安静，安静是你我之间的深渊。

还你的名字，你的名字，是我唇齿间的深渊。

还有等待，等待是爱情的深渊。

我独自前来，越陷越深。想起有一天，名叫"总有一天"。它一定是时间的深渊。

但是还有一天，是"总有一天"的第二天。

我甚至知道"结束"和"永不结束"之间的细微差异。知道"愿意"和"不愿意"的细微差异。唯有此地，却一无所知。

每一片叶子，每一粒种子，云朵投下的每一块阴影，雨水注满的每一块洼地。

好像每一次前来，都是第一次前来。每一次离去，都是最后一次离去。

（京）新登字 083 号

图书在版编目（CIP）数据

成为所有地方的所有人 / 李钊平主编；青年文摘图书中心编 . — 北京：中国青年出版社，
2014.7

（青年文摘彩虹书系）

ISBN 978-7-5153-2433-3

Ⅰ . ①成… Ⅱ . ①李… ②青… Ⅲ . ①散文集 – 中国 – 当代 Ⅳ . ① I267

中国版本图书馆 CIP 数据核字 (2014) 第 098602 号

成为所有地方的所有人

青年文摘图书中心 编　李钊平 主编

责任编辑：侯庚洋　彭慧芝　杨冰清
内文插图：稻荷前
装帧设计：后声 HOPESOUND
出版发行：中国青年出版社
社　　址：北京东四十二条 21 号
邮政编码：100708
网　　址：www.cyp.com.cn
编辑中心：010-57350371
营销中心：010-57350370
印　　装：三河市君旺印务有限公司
经　　销：新华书店
规　　格：880×1230　1/32
印　　张：8.75
字　　数：230 千字
版　　次：2014 年 7 月北京第 1 版
印　　次：2014 年 7 月河北第 1 次印刷
印　　数：1–12000 册
定　　价：28.00 元

如有印装质量问题，请凭购书发票与质检部联系调换　联系电话：010-57350337

青年文摘图书中心精品书目

青年文摘白金作家系列

《女生，我悄悄对你说》（毕淑敏著）
《男生，我大声对你说》（毕淑敏著）

定价：32元（单册）64元（套装）

《跨越百年的美丽》（梁衡著）

定价：36元（平装）48元（精装）

青年文摘典藏系列·第一辑

《成为世界的光》（励志卷）
《爱吧，就像没有痛过》（爱情卷）
《平流层的小樱桃》（成长卷）
《生命灿烂如花》（人生卷）
《在有限的人生彼此相依》（温情卷）
《推开虚掩的智慧之门》（哲思卷）

定价：22元（单册）132元（套装）

青年文摘典藏系列·第二辑

《那段奋不顾身的日子，叫青春》（成长卷）
《当我已经知道爱》（爱情卷）
《赠我一段逆流路》（励志卷）
《爱是永不止息》（温情卷）
《梦想照耀未来》（人生卷）
《生命从不绝望》（哲思卷）

定价：22元（单册）132元（套装）

青年文摘30年典藏本

《赢这场人生旅程》（人生卷）
《比爱更爱你》（恋情卷）
《独一无二的柠檬》（成长卷）
《谁在尘世温暖你》（情感卷）
《动听的花园》（随笔卷）

定价：27元（单册）

当当网、亚马逊、京东网、淘宝网及各大新华书店均有销售　　青年文摘　　中国青年出版社

青年文摘图书中心 电话：010-57350371 邮箱：qnwzbc@163.com 新浪微博：http://weibo.com/qnwzbook 腾讯微博：http://t.qq.com/qnwzbook